幻綺行 完全版

横田順彌
日下三蔵 編

竹書房文庫

幻綺行　完全版

目次

聖_{せい}樹_{じゅ}怪_{かい}

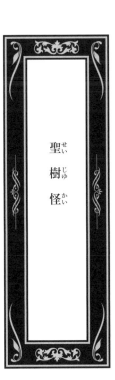

1

わが輩が、ジャワ島のバタビヤから、シンガポールに向かう予定を変更し、スマトラ島探検の途にのぼったのは、明治三十六年四月十日のことであった。

理由はほかでもない。少々、剣呑《けんのん》なことではあったが、オランダ軍が攻撃を開始し、すでに数十年にもなるというのに、なお一歩も踏み込むことができないという、アチエ地方の蛮界を視察してみたいという希望からだった。

このアチエ地方の住人アチエ族は、勇猛果敢ということでは評判の種族で、その上、この場所は土地も峻険《しゅんけん》。したがって、あながちオランダ軍が弱いというばかりではないのだが、文明の利器を持った西洋人が、文明に遅れた現地人に悩まされる様を見るのも、決して、むだなことではないと思ったのだ。

いったん、こうと思い立つと矢も盾《たて》もたまらないのが、わが輩の性質だ。バタビヤの三井物産の林君に頼まれた、相当の金額をシンガポールの細君に渡すという大役があることも忘れ、周囲の同胞の忠告など聞かばこそ、ふるまい酒の酔いも手伝って、「世界自転車無銭旅行者・中村春吉《なかむらはるきち》は、一度いくといったら、ぜったい後へは引かん」とかなんとか豪語して、ドイツ汽船〔ジャワ号〕の甲板客におさまった。

船は、スンダ海峡を船尾に見失い、北航してバンカ海峡に入り、アラランの河流を逆航すると、夕刻にパレンバンに投錨《とうびょう》した。ジャワとスマトラなど近いものだ。

パレンバンは、スマトラ人、マレイ人の街であるが、中国人街へいくと、多少、商業的市街の面目を備えている。この地方における現地人の家屋は、すこぶる奇妙で、たいていは二階造りの下は開けはなしだ。最初、ちょっと変に思ったが、訳を聞かされてみると、土地が熱帯であるから階下は風通しがいいように、かくのごとく空虚であるということであった。

パレンバンは、人口約三千ぐらいの市街で、日本人が二百人ほどおる。雑貨店も七軒ばかりあり、日本の雑貨がよく売れていた。品種は、歯磨《はみがき》、楊枝《ようじ》、陶器類、石鹼《せっけん》などで、贅沢品《ぜいたくひん》ではなく、日用品ばかりであるから、将来の貿易に望みがあるように思われた。

三千人の人口に対し、二百人の在留邦人は、ちと多すぎるが、その大部分はご多分にもれず、醜業婦《しゅうぎょうふ》だ。まったく日本の醜業婦ほど、侵略性の激烈なものはあるまい。彼女らは、あたかも空気のごとく、地球のほとんどすべての部分を満たし尽くさんとしている。

しかして、醜業婦のいくところ、必ず、これを相手に商売する日本人が伴うから、善意に解釈すると、彼女らは邦人発展の先駆者であるといえるし、悪意に解釈すれば、日本帝国の体面に泥を塗るものであるといっていい。

だが、わが輩は断言する。出稼ぎ醜業婦は、徹頭徹尾、国家の体面を汚すものだ。今日、世界各方面に散乱しつつある幾万の醜業婦は、厳重なる人道と法規の目をくぐり抜け、どうして故国を去ったのであろう。これ、ほとんど一種の魔術ではあるまいか。

さて、話をもどして、パレンバンに船がついたので、わが輩はただちに自転車を背負って、上陸をなさんとした。ところが、ここに一場の滑稽《こっけい》なことが起こった。それは税関吏《ぜいかんり》が、わが輩の自転車を認めて、数ドルの関税を掛けたのだ。

それはおかしいと、わが輩は、いろいろ抗弁したが、税関吏はなかなか聞かぬ。えい、めんどうくさい。バタビヤで幻燈会《げんとうかい》をやって稼いだ金《かね》が少しあるから、それを投げ出してやろうかと思ったが、それももったいない。そこで、苦しまぎれの作戦を案じた。

すなわち税関吏が、ちょっと脇見をしているうちに、わが輩、靴を脱いで裸足《はだし》になり、自転車に跨《また》がった。そして、こういった。

「いったい、この国では、旅行者の履物《はきもの》に関税を掛けるのかね？」

「いや、履物に関税を掛ける国などあるわけがない」

税関吏が変な顔をする。わが輩、しめたと膝を打っていった。

「それなら、ぼくの関税はなしだ」

「どうして？」

「君、見てくれたまえ。他の人は知らんが、ぼくは、このとおり裸足で自転車に乗っておる。すなわち、この自転車が履物なのだ」

こう屁理屈《へりくつ》をこねると、税関吏は奇妙な顔をしていたが、よほどおかしかったとみえて、ついに、くすくす笑い出した。

「とんだ、大きな履物があるものだ。まあ、いい。ここは見逃そう」

「サンキュー」

ひとことというと、わが輩は力いっぱいペダルを踏んで、市街に向かって走り出した。もう、午後四時を、少し回っていたが、さすが熱帯に不断の暑気を浴びて生長する草木も、まだぐったりとして、葉末《はずえ》をうなだれておる。

自転車の、あらゆる場所に荷物をくくりつけ、後ろに日の丸の旗をはためかせたわが輩の姿は、現地のスマトラ人やマレイ人には、すこぶる奇妙に見えたようだが、なに、そんなことは少しも気にならん。わが輩は現地人の俥屋《くるまや》に、日本人居留地を教わって、颯爽《さっそう》と走っていった。

なにしろ、わが輩としても、スマトラにきたのははじめてのことであるから、アチエ族のことはよく知らない。そこで、日本人居留地の有力者に会い、いったい、どのような方法でアチエ族に会うことができるのか、少し、情報を得ようと考えたのだ。

ところが、土地不案内の悲しさ。日本人居留地は、どこかとたずねたつもりだったのに、俥屋のやつは、ここを教えておけばいいと思ったらしく、着いたところは日本人の遊廓《ゆうかく》ではないか。見ると二町ほど道の両側に、ずらりと女郎屋が軒をならべ、その軒下に、二十八、九の大年増《おおどしま》たちが、派手な浴衣に赤いちりめんの兵児帯《へこおび》をだらしなく巻きつけ、蝶々髷《ちょうちょうまげ》に赤い鹿《か》の子《こ》などをかけ、紺足袋《こんたび》につっかけの麻裏《あさうら》といったいでたちで、通りがかりの中国人、マレイ人あるいは、白人の水夫などに声をかけている。とても、まともに見られる光景ではなかった。

わが輩、いつまでもこんなところには無用と、自転車のハンドルの向きを変えようとしていると、ここに一大事が出来《しゅったい》した。通りに面した〔紅花楼〕なる一軒の女郎屋の三階の屋上、それも急勾配の屋根の端に、傾きかけた陽の光を浴びながら、髪もおどろに振り乱した、歳のころ、二十一、二と思われる、色青ざめた浴衣姿の、醜業婦らしからぬ日本の美人が、突っ立っておるのが見えた。

通りがかりの人々や、店々の女たちが、それに気づいて騒ぎだした。口々に「お志保《しほ》ちゃんが、お志保ちゃんが……」といっている。

すると、その美人は、屋上からわが輩を認め、かすれた声で叫んだのだ。

「日本の旅行者のおかたとお見受けいたします。わたしは東京駒込《こまごめ》の呉服問屋〔大黒屋〕の娘、雨宮《あまみや》志保と申します。悪者に捕らえられ、この地に連れてこられて、地獄の責め苦を受けております。おねがいでございます。あなたさまが、日本へお帰りになりましたらば、家族の者に、志保はここで死んだとお伝えくださいませ」

志保と名乗った娘は、早口にこれだけいうと、わが輩に向かって会釈し、合掌《がっしょう》を口辺《こうへん》に組んで、上体をあわや前に傾けんとする。

「待て、待てっ。早まるんじゃないっ！」

騒ぎを聞いて集まってきた数十人の群衆は、いっせいに叫ぶ。娘は叫ぶ声に、からだを支えられた形で、またも切れ切れにいう。

「みなさま、見てくださいませ。わたしは、お客を相手にするのが少ないと、いままで、こうしておかれました」

そういいながら、彼女は屋根の上にからだを低くし、右足首を示した。そこには、鎖のついた黒鉄《くろがね》の足枷《あしかせ》がはまっている。

「もう、なにも望みはございません。どうぞ、ご回向《えこう》をねがいます」

娘は、また立ち上がると、合掌した。

「だめだ、だめだ!!　ならん、ならん!!　死んではいかんぞ。そのかわり、俺《おれ》が、なんでも相談に乗ってやる」

これまで半年間の旅行中、幾多のおそろしいできごとを体験してきたわが輩も、目前で醜業婦の飛び降りなど見たくはない。わが輩は、必死で叱咤《しった》したが、群衆の声に消されて、まるで大滝に雨垂れのごとしだ。

おりしも、娘の真下に立ったわが輩のまわりには、近くの女郎屋の主、駆けつけてきた現地の警官、通りがかりの男など七、八人が、どこからかハンモックを引っ張り毛布を拡げて、あっぱれ娘のからだが落ちてきたら受け止めんものと、準備中であった。わが輩も、ほかにしようがないので、ハンモックの一部を助け持つひとりになった。

するど、屋根の反対側から、二個の人影が現れた。ひとりは現地人と同じ服装の凶悪なる目つきのあごの張った若い日本人の男、もうひとりは制服姿の警官だった。ふたりとも、猫のごとくに足音を忍ばせて、娘の背後に接近する。

気配を感じた娘は、がらがらと屋根の上を、音をたてて走って逃げ出した。男がやにわに飛びつく。次の瞬間、警官がしっかりと娘の腰を抱きとめた。

「さあ、こっちへこい！」

男が、娘を乱暴に引きずるようにして、屋根の向こう側に連れていこうとする。

「待てっ!!」

わが輩が、男に向かって叫んだ。

「なんですね、旦那《だんな》？」

男が、ぎろりとわが輩を睨《にら》む。別に恐くはないが、こんな時は、へたに怒らせる手もあるまいと、わが輩はもの静かな口調でいった。

「その娘をどうするのだ？」

「しれたことよ、折檻《せっかん》するまでだ」

男がうそぶいた。

「悪い男にだまされたといっておったが」

「そんなことは、俺には関係ねえ。うちの店じゃ、高い金を出して、この娘を買ったんだ。それが、店に出してもいうことも聞かねえ。あげくの果てに、逃げ出そうと、このしまつだ。金輪際《こんりんざい》、逃げ出そうとか、死のうなどとは思わねえように、厳しく、からだに教えてやるつもりよ」

男のいかにも、底意地の悪そうな声に、群衆がざわめいた。同業の女たちの中には、浴衣の袖で涙を拭いている者もある。

「旦那、お志保ちゃんを、なんとかしてやっておくんなさい」

わが輩のそばにいた、三十二、三と見えるひとりの女が、わが輩の顔を拝《おが》むようにしていった。

「どうすればいいのだ?」

「五百円のお金があれば、お志保ちゃんは自由になれます」

「五百円か……」

わが輩が、呟《つぶや》いた。

「といっても、旦那の、その風体《ふうてい》じゃ、どうしようもなさそうだね」

女がふうっとため息をつく。

「馬鹿! 人を外見で判断するものではない。俺だって五百円ぐらいの金は持っておるぞ」

わが輩が、怒鳴《どな》った。いや、実際、その時、わが輩は五百円の金を持っておった。そう、例の林君から細君に渡してくれと頼まれて預かってきた金というのが、ちょうど五百円だったのだ。自分の金ではない。しかし、持っておることは持っておった。

「じゃ、なんとかしてあげて、あの娘、ほんとうに気の毒な身の上なんですよ」

女がいった。

「しかし、俺の金はたいせつな金だ。醜業婦を身請《みう》けするためには使えん」

わが輩がいった。

「へん。人でなし。さっき、なんでも相談に乗ってやるといったじゃないか。あれは、うそだったのかい」

女がいった。

わが輩は、屋根の上に目をやった。もう、男も娘の姿も見えない。

「あんたは、あたしたちを醜業婦と白い目で見るけどね。あたしたちだって、好きで、こんなことやってるんじゃないんだよ。たいていのものは、悪い男にだまされて、むりやり連れてこられてさ、でも、生きるためにはしようがないんだ……」

女の目から、涙がしたたり落ちた。

「あたしなんか、もう、からだが汚れきっちまって、とうてい日本へは帰れない。だけど、お志保ちゃんは、まだ、そんなに汚れたからだになっちゃいない。それに、お志保ちゃんは、あたしたちには決して、話そうとしないけれど、なにか、どうしてもやらなけりゃならないことがあるんだよ。いまなら、助けてあげられるんだよ……」

女は、ぽろぽろと涙をこぼす。わが輩、これには閉口した。たとえ、それが、どんな種類の女でも、涙を見せられるのは、おおいに苦手だ。しかも、その女は真剣に自分のことではなく、いま連れ去られた、お志保を助けてくれという。わが輩、この女の涙にほだされた。

とはいうものの、わが輩に金はない。五円や十円の金なら、どうにでもなるが、五百円とまとまると、すぐに用だてもできない。バタビヤの同胞に頼めば、集められはするだろうが、それでは、そもそもの無銭旅行の趣旨からはずれてしまう。といって、男が女の不幸にぶつかり、しかも、ある意味で頼りにされていながら、知らぬ顔の半兵衛はできん。そこで、わが輩も決心せざるを得なかった。

「よかろう。ここに、ぴったり五百円の金がある。あの娘を自由にしてやろう」

わが輩は、決して、手をつけてはならない他人の金を包んだ風呂敷《ふろしき》包みを、探検服の内ポケットから取り出すと、女にいった。

「えっ、いいのかい。ほんとうに、いいんだね?」

女が、涙の顔で俺の顔を拝むように見ていった。

「ああ、いいとも。そこですまんが、おまえ、店の主に話をつけてきてくれんか」

わが輩、女郎屋などに、足を踏み入れる気がせんかったので、女にいった。

「いいとも。話してくるよ」

女が、うれしそうに、店に駆け込んでいく。わが輩、その後ろ姿を見送りながら、内心、いささか困っておった。

わが輩は、もともと、ものごとを頼まれるのに、その理由などは聞かんことにしている、だから、その五百円の金も、林君から細君に渡してくれといわれただけで、どういう事情のある金かはわからなかった。

しかし、なんにしても、五百円という金は大金で、それを、わが輩の手から直接、一か月以内に、必ずや細君に渡してくれと頼まれたのだから、遊び金ではないはずだ。その金を使ってしまったら、今度は林君や細君が、どんなに困るかしれなかった。しかし、わが輩・中村春吉は、その時、お志保というその娘を、そのまま残して立ち去ることはできなかった。

さて、わが輩は、しばらく店の表で、待っておったが、女が出てくるようすがない。自転車につかまり、いつまでも、女郎屋の前に立っているのも、おかしなものだ。しかたがないので、自転車を店の脇に置くと、五百円の風呂敷包みを手に持って、〔紅花楼〕につかつかと乗り込んでいった。

すると、店の奥の帳場に、シャツ、ステテコ姿の、歳《とし》のころ五十ばかりで、でっぷり肥《ふと》り、頭のはげた男がいて、わが輩の全身をねめまわしていった。

「お前さんかい。お志保を身請けしようというのは」

「そうだ。ここに五百円ある」

　わが輩がいうと、そのはげ頭は、にやりと笑って首を横に振った。

「五百円では、身請けはできない。その娘の身請け金は七百円だ」

「しかし、五百円と聞いたぞ」

「それは、昨日までで、今日から七百円になったのだ」

「そんな馬鹿な」

「なにが、馬鹿なものか。ぐずぐずいうと、警察に突き出すぞ」

　この男、わが輩をおどかす。こんな奴におどかされて、おどろく中村春吉ではない。片腹痛いわいと、心の中で笑っておったが、こやつこそ醜業婦の雇い主、日本の国辱を外国にまで来てさらす、悪党の親玉だと思うとむしょうに腹が立ってきた。

「黙れ、悪党！　いますぐ、あの娘を出さんければ許さんぞ！」

　そういうなり、わが輩は、そのはげ頭に飛びかかると、床の上にねじ伏せ、ぽかりぽかりと鉄拳をごちそうしてやった。もの音におどろいた女郎たちが、奥の部屋から顔を出し、恐さ半分、悪親父《おやじ》が殴られているうれしさ半分で、やんやと囃《はや》したてる。

　すると、今度は、さっきの目つきの悪い若い男が、お志保という娘を連れて出てきた。

「おい、どうするのだ。あの娘を、五百円で自由にするのかしないのか！」

　わが輩、やかん頭を床に押しつけて詰問すると、親父のやつ泣きべそをかいていう。

「わかった、わかった。五百円でいい、五百円でいい」

「よし、それなら、証文《しょうもん》を持ってこい」

わが輩、その若い男にいった。

「お父つぁん」

若い男は悔《くや》しそうな顔をしておったが、ついに親父に促されて、小引き出しから、証文を出して判をついた。そして、わが輩に手渡しながら、いまいましそうな表情でいった。

「では、五百円渡せ」

「だめだ。まず、娘をこっちに渡してからだ」

「ちっ！」

親父は舌うちしながら、息子に目で合図した。息子が、娘の手を離す。自由になった娘が、荷物を取りに部屋にもどろうとするので、よほどだいじなもの以外は、捨ててしまえといって、小さな荷物包みひとつを持たせると、悔しそうな顔をしておる悪親子の前に、風呂敷包みを投げ出して、わが輩、意気ようようと表に出たのだった。

2

「旦那、くれぐれも、お志保ちゃんを、よろしくおねがいします」

例の女をはじめとして、数人の女たちに送られて、わが輩は領事館の場所を聞くと自転車を引いて歩き出した。娘は、悪親父から受け取った証文を渡してやった時に、泣きながら、何度も「ありがとうございます」といった以後は無言で、わが輩の後ろからついてくる。

わが輩が女郎屋を出て、すぐ領事館にいこうと思ったのには、わけがある。わが輩としても、娘を身請けしたはいいが、それからどうしたものか考えも浮かばんので、ともかく、領事館にいって相談に乗ってもらえば、いい方策も見つかるにちがいないと思ったわけだったのだ。

領事館は、女郎屋街から、十五分ほど歩いたところにあった。ところが、その日は、あいにく領事は不在で、出てきたのは、痩《や》せて青白い顔をした、いかにも生意気そうな若い書記生だ。

「ぼくは、自転車世界無銭旅行をしておる中村春吉というものです。実は、ここにおる女性のことで、ぜひ話を聞いてもらいたいのです」

わが輩は丁重《ていちょう》にいった。

「なんの話か知らんが、無銭旅行とは、ずいぶん貧乏たらしいことをするものだね」

書記生が、いかにもさげすんだ表情で、わが輩を見ていった。実に無礼なやつだが、これこそ、あわれむべき小官吏だと思ったので、少しも逆らわず、まず、自分の抱負の大意を述べ、これからインドの未開の地に深く進み入り、民情を探り、商業を探るつもりだと説明した。

そして、志保についてのいきさつを説明し、ぜひ、領事館の力で、日本に送り帰してやってもらいたいと頼んだ。

「君と、娘の関係は？」

書記生は、わが輩の話のあいだ中、欠伸《あくび》をしたり、煙草《たばこ》をいじったりしていたが、話し終わると、それが一番興味あるという表情で質問した。

「いや、だから、ぼくは、いま説明したように、この娘さんとは、さっきはじめて会ったばかりで、詳しいことは知らんのです。しかし、気の毒な身の上であるようだから、この領事館で話を聞いて、日本に送ってもらいたいのです。ただ、大変すまんとは思うのですが、わが輩もこの娘さんも、日本までの旅費を持っていない。そこで、それをなんとかしてほしいのです。ただではできんというのなら、ぼくが必ず返すから、一時たてかえてもらいたいのです」

「それは、むりだね。ここには、そういった余分な金はない。それに君の風体を見ると、まるで乞食《こじき》ではないか。たぶん、本国で食いつめて、外国に逃げてきたのだろう。実際のところ、君は山師か詐欺師ではないのかね。それに、いま会ったばかりの女郎に、五百円もの金を出すというのは、本官には、とうてい信じられん。なにをたくらんでおるのか知らんが、帰りたまえ」

書記生は、冷やかにいった。

わが輩は、心中、はなはだおかしかった。とかく、から威張《いば》りする、こんな小官吏、相手にするのも大人げないが、ひとつおどかしておいてやろうと思ったので、いきなりテーブルを叩いて、雷のような声を出した。

「貴様のような青書記生が、なにをいうか！　貴様は、なんのために日本国民の税金で生きているのだ。国民が外国で困っているというのに、そんなに威張るのなら、税金で飯を食うな。貴様などに、わが輩の大経綸《だいけいりん》はわかるまい。そんな腐ったような目でものを見る外交官がいるから、日本の外交はふるわぬのだ。そんなことだから、ロシアにもあなどられる。さあ、どうするんだ。この娘さんを日本に送るか!!」

わが輩が怒鳴りつけると書記生は、おじけづいたのか、それとも腹が立ちすぎたのか、青い顔をいよいよ青くし、目をきょろきょろさせながらなにかいおうとしたが、唇が震えて声が出ない。やおら立ちあがると、頬をふくらせて、次の部屋に消えていった。

わが輩は、冷やかに笑い、テーブルの上の煙草を取って火をつけ、煙をくゆらせた。わが輩は、生来大の煙草好きなのだが、無銭旅行中は贅沢《ぜいたく》だからと吸わんことにしていた。しかし、ここは、ただの煙草ぐらい吸ってもかまわんだろうと火をつけたのだった。

「けしからんやつだ」

わが輩は、大きく煙を吐き出すと、椅子から立って、書記生の消えた隣室に乗り込もうかと思った。と、それまで、無言でおった志保が、至極冷静な口調でいった。

「中村さん、わたしのために、いろいろとありがとうございました。でも、わたし、また、あのお店に帰ります」

びっくりしたのは、わが輩だった。

「馬鹿をいってはいかん。それでは、なんのために、あんたを身請けしたのかわからんではないか。なに、心配せんでいい。こんなところにやっかいにならずとも、旅費はわが輩がなんとかする」

「でも、いま、お聞きしたところによれば、わたしを身請けしてくださったお金は、使ってはならないお金とか……」

志保がいった。わが輩、その馬鹿書記生に説明する時、つい、ちらりと、その身請けの金が、自分のものではないことをもらしてしまったのだ。

「なに、だいじょうぶ。シンガポールには、あとひと月のうちに届ければいいのだ。その時、五百円の金がそろっていれば問題はない」

わが輩は、笑いながらいった。

「お金のできるあてが、あるのですか？」

志保が、すっかり白粉《おしろい》を落とした素顔に、憂いを漂わせていった。この娘は、化粧しても別嬪《べっぴん》だが、化粧などしないほうが、よほど素敵だ。

「いまはない。しかし、なんとかなる。金は天下のまわりものだ。あんたは気にせんでいい」

「でも……。わたしのことを、なにも知らない中村さんに、ご迷惑をかけては……」

「かまわん。わが輩はあんたの身の上になど、少しも興味はない。ただ、あの場合、見捨てておかれなかったから、助けたまでだ。さて、これ以上はここにおっても、らちがあきそうにもない。とにかく、腹が減った。飯でも食おう。それくらいの金なら持っておる」

わが輩は、そういうと椅子から立ちあがり、ドアを開けて領事館の外に出た。時刻は六時を過ぎており、日はすでに沈んでいたが、なんといっても、赤道直下の土地がら、むっとする空気が、あたりにたちこめていた。外の通りには領事館に入る時よりも、はるかにたくさんの人々が、行き来しておった。

「できるだけ節約をせねばならんので、なるべく安いものがいいのだが」

わが輩は、志保にざっくばらんにいった。無銭旅行者に、見栄《みえ》を張っておるひまなどない。

「では、屋台でタフ・ブレンでも食べましょうか」

案内するように前を歩きながら、志保がいった。

「それは、どういう食べものだ？」

わが輩がたずねる。

「日本のお豆腐みたいなものを、ヤシ油で揚げたものです。厚揚げに似たおいしいお料理です。バナナのてんぷらもあります」

志保が説明した。

「ああ、それはバタビヤでも食ったよ。なかなか、うまかった」

汽船の中でもがまんをして、昼飯を食っていなかったわが輩の喉が、ごくんと鳴った。それを聞いて志保がはじめて、小さく笑った。

「やあ、あんたが笑ったのを、はじめて見たな」

わが輩がいった。

「中村さん、わたしのこと、志保と呼んでください」

志保がいった。

「よし、わかった。志保君。いや、志保さんだな」

わが輩がうなずいた。

「中村さん、中村春吉さんじゃありませんか？」

わが輩が、突然、声をかけられたのは、屋台の飯を食い終わり、はて、今夜の宿をどうしたものかと、自転車を引っ張りながら、志保とともに、思案していたところだった。

「いかにも、ぼくは中村春吉だが、君は？」

わが輩が、声をかけてきた男にいった。年齢二十四、五と見える、目鼻だちの整った背の高い男だった。なかなか、もののいい麻の背広をきていた。

「ぼくは、ここの商品陳列所にいる石峰省吾《いしみねしょうご》という者です」

青年が、パナマ帽を脱いで、きちんと自己紹介をした。

「商品陳列所というと、農商務省のかね？」

「そうです」

「ははあ。ここには、商品陳列所があったのか。それは知らなかった」

「といっても、まるで古物の陳列所のような、あまり、ぱっとしないところですが」

「それで、君はなぜ、ぼくのことを？」

わが輩が質問した。

「数日前に、バタビヤからきた友人に、中村春吉という自転車旅行者が、インドネシアにきているると聞いていましたから、すぐ、わかりました」

石峰青年が笑った。

「やあ、ぼくのうわさは、ここまで響いておるのか。うむ、中村春吉もたいしたものだぞ。いや、自分で威張ってはいかんなあ」

わが輩も笑った。

「これから、どちらへいかれるのですか？」

「それが、決まってはおらんのだよ。宿を探しておるのだが、実際、ふところが暖かくないのでね。安いところはないものかね」

「宿ですか？」

「うむ」

「そちらのかたも、一緒ですか？」

石峰青年が、わが輩の背後で、身を隠すようにしている志保を見ていった。

「そうだ」

「奥さんでは、ありませんよねえ」

「わっははははは。ちがう、ちがう。ぼくには妻はおらん。また、おっても無銭旅行などについてくるものか」

わが輩が、石峰青年の思わぬことばに、大笑いしていった。

「雨宮志保と申します。わたしは、〔紅花楼〕の……」

「ちょっと、理由《わけ》ありの娘さんでな。なんとか、日本に帰してやりたいのだよ」

わが輩がいった。

「それで、さっき領事館にいったのだが、馬鹿書記生が出てきおって、話にもなにもならん」

「ああ、あの人はだめです。ぼくがいうのもおかしいですが、ことなかれ主義の小心者ですから、中村さんの無銭旅行の精神など、とうていわかりっこありません」

石峰青年が、吐き捨てるようにいった。

「どうですか、中村さん。もしよければ、ぼくの家にきませんか。商品陳列所の後ろが住まいになっているのです。せまい家ですが、三人ぐらい寝られますよ」

「なに、君の家に？　ほんとうにかまわんのか？」

「だいじょうぶです。一応、官舎ということになっていますが、陳列所の職員はぼくひとりですから、だれもとがめる人間はありません」

「それはありがたい。なあ、志保さん」

「はい」

志保が、小声でうなずいた。

「よかった。では、ぜひ、きてください。中村さんに泊まってもらえるなんて、ぼくも光栄です」

石峰青年が、うれしそうにいった。

「領事館では乞食だといわれたよ」

わが輩が笑う。

「そう見えないこともありませんねえ」

石峰青年が、冗談をいった。なかなか、おもしろい青年だ。

農商務省の日本商品陳列所は、町はずれの場所の悪いところにあった。建物は、日本ふうらしくなく、この地方の家と同じ、下が風の吹き抜けになっている二階家だ。それもそのはず、聞けば、もともと、そこにあった家具屋を日本政府で買い取って、陳列所にしたのだという。

しかし、石峰青年のいうとおり、並べてある製品は、農器具にしろ日用品にしろ、いまから十年も前の骨董品《こっとうひん》のようなものばかりで、それを見て、日本との貿易事業を試みようなどと思う酔狂な人間は、いくら南洋ののんびりした人々でもありそうになかった。

床の上に、日本のものにそっくりの茣蓙《ござ》を敷いた居間には、古いものながら籐製《とうせい》のソファがあった。わが輩と志保が並んで座り、向かいに石峰青年が腰を降ろした。

石峰青年は、どうしても、世界無銭旅行家のわが輩と、志保との関係が奇妙に見え、一緒に行動しているのがふしぎだと、しきりに事情を聞きたがる。そこで、わが輩は、まあ石峰青年は、例の青書記生とはちがうだろうと、パレンバンについてからのいきさつを、詳しく説明してやった。

といっても、もちろん志保が屋根上で死を決意しておったことや、わが輩の使った金が、わが輩のものではないことなどは、これっぽっちも口にしなかった。しかし、石峰青年は、それとなく、それを察しておるようだった。

「中村さん、お金がいるのではありませんか？」

ひとしきり、これまでの旅行の珍談、奇談に話を咲かせてから石峰青年がいった。志保が、わが輩の頼みで、近くの雑貨店にいくつかの品物を買いに出た後だった。

「うむ。欲しい。実は、あの娘を身請けした金は、わが輩のものではないのだ。人から預かって、一か月以内にシンガポールの、その人の細君に渡さなければいかん金なのだ。あの娘を日本に帰してやる金もいる」

わが輩、石峰青年なら信用はできると思って、実際のことを話した。

「ついては、この町で働きたいと思うのだが、なにかいい仕事があるだろうか？」

「パレンバン港の荷揚げの仕事なら、いつでもあります。しかし、とても一か月や二か月で五百円の金にはなりません」

石峰青年は、首を横に振った。

「ですが、もしかすると、五百円どころか十万円、いや百万円になるかもしれない仕事があります」

「なに、百万円の仕事だと！」

わが輩は、この青年を見誤っておったかと思い、その顔を、ぐっと睨みつけた。こんなスマトラの小さな町で、まともな仕事をして百万円が儲《もう》かることなど、考えられなかった。

阿片《アヘン》の密輸、婦女子の売買でも、それほどの金が儲かるはずもない。

「決して、悪事を働こうというのではないのです」

石峰青年は、わが輩の顔を見て、わが輩の心が読めたというように答えた。

「なにをしようというのだ？」

「宝を探すのです」

石峰青年が、声をひそめた。

「なに、宝探しだと！」

わが輩は、予想をしていなかった石峰青年のことばに、びっくりしながら聞き返した。

「そうです。山田長政《やまだながまさ》の秘宝です」

石峰青年がいった。

「山田長政の秘宝？　どうして、そんなものが、このスマトラにあるのだね？」

わが輩がたずねた。

「山田長政というのは、シャムに渡った人間ではないか」

「たしかに、そうです。長政はシャムで、国王の庇護《ひご》を受け、なにひとつ不自由のない暮らしをしていました。ところが、ある一時期、心の貧しい部下の讒言《ざんげん》によって、長政が立場を危うくしたことがあるのです。その時、長政は、もしもを考えて、自分の息子のひとりに、いまの金額で十万円とも百万円ともいわれる財産を持たせて、数十人の部下とともに、南の島に、第二の長政城を作るように命じたのです」

　石峰青年が説明した。

「ほんとうかね、それは？」

　わが輩が質問した。

「これは、伝説です。それも、いまはほとんど、現地人でも知っているもののない伝説です。しかし、ぼくは、この話を日本で、若いころボルネオ探検をしたという老人から聞きました。そして、それを信じています」

「すると、その秘宝はボルネオに？」

「はい。長政の息子はシャムからマレイに渡りましたが、第二の長政城を作る適当な場所を発見することができず、さらに、ここスマトラにやってきました。けれど、ここにも、いい環境を見つけることができず、結局、ボルネオに渡り、その鬱蒼《うっそう》たる密林の奥に、ついに城を築き、付近の現地人たちと混血しながら、立派な日本人村を形成したというのです」

「なるほど。あっても、おかしくはない話だな」

「そうでしょう。それで、その後、その第二の長政城は、さらにシャムの本家からの人間も渡ってきて、数十年のあいだは、大いに栄えたということなのです」

「ということは、その後、滅びたというわけかい」

　わが輩、つい話に引き込まれてたずねた。

「そうです。いまから、二百年ほど前、なにが原因か、わずか数か月のうちに、隆盛を誇った、その村も城も、ひとりの人間も残さず、全滅してしまったといわれているのです」

石峰青年が、やや紅潮した顔つきでいった。

「それは、なぜなのだ？」

「わかりません。しかし、その村の滅びかたが、あまりにも突然だったので、城内に蓄えられた金銀財宝は、なにひとつ、外に持ち出されることもなく、現在もそのまま、城に眠っているというわけです」

「なるほど。で、その財宝を手に入れようというわけか」

わが輩、合点してうなずいた。

「そうです」

石峰青年も、首をたてに振る。

「だが、その話は、どこまで真実性があるのだね？」

「ぼくは、さっきもいいましたように、実際の話と信じています。そして、いつの日か、この財宝を求めて、探検する日を夢見ていました。ところが、はからずも昨年、農商務省が、このパレンバン陳列所の職員を募集しているのを見つけたので、渡りに船と応募したのです」

「なるほど。すると、君は財宝探しが目的で、ここで働いておるわけか。君は勤勉実直そうな青年に見えたが、山師的な性格をしておるのだね」

　わが輩、人間、見かけでは判断できんものだと思いながら、思ったとおりのことをいった。

「そんなに、金が欲しいかね」

「欲しいです。けれど、ぼくは、手に入れた金をぼく自身のために使って、贅沢がしたいというのではありません。ぼくの家は、これでも甲府《こうふ》では、素封家《そほうか》として知られていました。ところが、ぼくの祖父の時代に、敵対していた庄屋家にだまされ、全財産を取られてしまったばかりか、ある事件で無実の罪を着せられて、甲府を追われてしまったのです。ぼくは、なんとしても石峰家を再興したいと思っています。いま時、お家再興に人生を賭《か》けるなど、時代遅れかもしれません。しかし、祖父の受けた辱《はずかし》めは、必ずやそそがねばなりません」

　石峰青年が、きっぱりといいきった。

「うむ、わが輩は、祖父の汚名を晴らすのは、必ずしも、金の力を借りるには及ばんとも思うが、聞いてみれば、君の目指さんとするところのものは、よく理解できる。わが輩が、近年の軟弱な青年の生きかたに満足できず、いつの日か、日本帝国の利益にならんものと、世界無銭旅行を企てたと同じように、君には君の意志がある。いずれにしても、おのれの意志を貫くために、人のやらん冒険を試みるのは、わが輩は大賛成だ」

「では、中村さん。ぼくと一緒にボルネオの密林探検にいってくれますか？」

　石峰青年が、ぱっと目を輝かせていった。

「わが輩も、百万円などという大金は必要ないが、どうしても、差し迫った金が五百円はいるからね」

わが輩が笑った。

「で、その長政の城跡のある場所は、わかっておるのかね？」

「いまは、スマトラに住んでいる、ボルネオのダヤク族の古老に百五十年前のものだという古地図をもらいました。いま、お見せしましょう」

石峰青年が、ソファから立ちあがった。

「うん。見せてもらおう。ところで、あの娘はどうすればいいのかな。なんとか、日本に帰る金を作ることはできんかな」

「考えてみましょう」

石峰青年がいった。

「君が、いつ出発するつもりでおるのか知れんが、ボルネオの密林に、あの娘を連れていくわけにもいかんし、ここに残していくわけにもいかん」

わが輩がいった、その時だった。まだ、てっきり外にいるものだとばかり思っていた志保が、開いたままになっている扉の陰から、すっと姿を現して、わが輩の顔を見つめていった。

「いえ、わたしも連れていってください。いけないといっても、ついてまいります。わたしは、中村さんに身請けされたからだです。主のいくところには、どこにでもまいります」

「おいおい、そんなところで話を聞いておったのか。しかし、わが輩は志保さんをわがものにするために、身請けしたのではないぞ」

「わかっております。ですから、なおさら、好意に甘えてばかりはいられません。一緒に探検にまいります。決して、足手まといになるようなことはしませんから」

志保の表情は真剣だった。

「どうするね、石峰君？」

わが輩がいった。

「ぼくは、かまいませんよ。中村さんとふたりより、美人がいたほうが、探検も楽しくなります」

石峰青年の、そのことばに、志保がにっこりと、それはうれしそうに笑った。

「なるほど。そういうことか。なに、ふたりが、そういう気持ちなら、わが輩はなんにも文句はない」

わが輩も、にっこり、うなずいた。

3

わが輩たち三人が、ボルネオ島の玄関口ともいえる、バリクパパンに到着したのは、四月十三日の午後三時過ぎのことだった。探検を思いたってから、出発までに、あまりにも時間が無いようだが、石峰君は、もういつでも、わが輩さえその気になれば旅立ちできる準備を整えていた。

わが輩にも、これといった準備はなかった。なにしろ、着ているものは一張羅の探検服だから、そのまま密林に入れる。ただ困ったのは、志保だった。いくらなんでも、浴衣がけで探検にはいけない。かといってパレンバンには、女だてらに密林探検にいこうなどというものはいないから、女ものの探検服などない。

しばらく思案しておったが、結局、石峰君が知り合いから、少年用の探検服を借りてきて着せてみると、これがぴったりだ。ついでに髪も日本髪ではいかんと、イタリア結びにした。服装の問題も解決して、翌朝早く、わが輩たち三人は、小さな定期船に乗ってジャワ海を横切り、ボルネオに向かった。

この探検は、石峰君にしてみれば、その同行者を最初から、わが輩と決めておったわけでもない。ともかく石峰君としては、かれの財宝探しの相手としてふさわしい人物が、現れるのを待っていたわけで、そこに、たまたま、一文無しどころか、他人の金まで使い込んでしまい、窮々《きゆうきゆう》しておるわが輩が通りかかったのだ。

　前にも述べたが、わが輩、元来、一獲千金を狙うような山師ではない。それは、むろん金は無いよりはあったほうがいいに決まっておる。しかし、その金は、額に汗した、尊い労働によって得たものでなければならないというのが、わが輩の考えかただ。

　だが、今回の場合は、わが輩、どうしても緊急に金が欲しかった。どんな事情があったにせよ、他人から預かった金を使い込んでしまうというのは、泥棒にほかならない。どうしても、約束の期日までには、五百円の金をそろえる必要があった。

　さらに、わが輩が、この探検旅行に同行することを決意した理由は、ふたつだ。ひとつは、純粋なる好奇心だ。ほんとうか、うそか知らんが、ボルネオ島の密林に山田長政の財宝が隠されているなど、考えるだけでも実に痛快ではないか。もし、うわさに過ぎんとしても、探検をしてみる価値はあると思ったのだ。

　もうひとつは、石峰君の財宝探しの動機だ。これも、実際のところ、わが輩はかれの話を聞いただけだから、悪い奴にだまされて、没落してしまった家を再興するというのが、真実かどうかはわからん。だが、わが輩、それを信じて、その心意気に感じたのだ。軟弱青年がはびこっておる今日、石峰君のような気骨のある青年は少ない。

　わが輩が、力を貸したからといって、必ず、財宝探しが成功するとは限らん。危険だからやめろというのは、いかにもかんたんだ。けれど、それでは、せっかくの石峰君の気持ちを萎《な》えさせてしまう。その挑戦心を伸ばしてやるのは、わが輩の役目だと思ったのだ。この精神は、たとえ財宝探しには失敗したとしても、いずれ、日本帝国の力として発揮されるにちがいない。

バリクパパンは、マハカム河の河口の町だ。小さな町で、人口もわずか。外国人も少しはいるが、ダヤク族を中心とした現地人が多い。わが輩たちは、ここからマハカム河を遡《さかのぼ》り、ボルネオ島一の都市サマリンダに向かい、ここで本格的探検旅行を開始する予定でおった。

石峰君が集めた情報は、はなはだ心もとなく、長政の第二の城のありかというのは、島のほぼ中央部のミュラー山脈の麓《ふもと》付近のプマンヌと呼ばれる大密林地帯という以上のことはわからなかった。ダヤク族の古老からもらったという地図は、城の周囲十キロほどの部分が示してあり、それについては、詳しそうに見えたが、なにしろ、プマンヌにいくまでが、いかにも困難そうだった。

あまり時間のない旅であるから、その日のうちにサマリンダにいってしまおうと、バリクパパンとサマリンダを結んでいる蒸気船に乗った。河は、日本のけちな川とちがって、まるで海のように広い。対岸のマングローブの林が、遠くにかすんで見える。水面は灰色というよりも、ほとんど黒に近く流れはない。水が黒いのは、あたりの湿地帯から流出してくる腐食土のせいだということだった。

三時間ほどで、サマリンダに到着した。すぐに、オランダ人経営の安宿を求めて、その晩は、そこに泊まることにした。わが輩は、野宿でかまわんかったのだが、志保もおるし、翌日からの探検を考えれば、これが最後の休息といえるので、奮発したのだ。

腹ごしらえがすむと、わが輩たちは、ただちに表へ出て、道先案内人を探した。密林に詳しく、荷物運びをしてくれる、現地人の若者が必要だった。ところが、これが人がいない。仕事がなく、遊んでいる人間はいくらでもおるのだが、いき先がプマンヌ地方だというと、いずれも尻込みしてしまうのだ。

「プマンヌの密林に入って、ぶじ帰ってきたものはない」

これが、現地人たちのいいぶんだった。報酬ははずむといっても、決して、首を縦に振らない。この地帯は、いつのころからか聖樹林と呼ばれ、海賊の末裔《まつえい》ダイヤ族も住んでいない。それどころか、有尾人といわれるクーナンすらも、生息していない、人間が冒《おか》すべからざる死の領域というのだ。

これには、わが輩たち、少なからず閉口した。いくらわが輩が旅慣れておるとはいえ、人跡の絶えた熱帯雨林の密林に、現地の案内者なく分け入ることはできる相談ではない。まして、現地の人間が尻込みするような大密林を、わが輩たち三人で、どうして探検ができよう。わが輩は、少年時代より蛮勇でならしたものだが、蛮勇といえども、勇気と無謀は大いに異なるものだ。

わが輩たちは、しかたなく小さな酒場に入り、顔を見合わせて大いに弱っておった。すると、いずことともなく、ひとりの日本人が、現地人の男を伴って近寄ってきた。歳は、わが輩と同じくらい、三十を少し越えたところだろう。長身の端整な顔だちだが、やや目のきつい男だった。現地人のほうは、二十六、七で精悍《せいかん》そうな顔つきをしておる。

「プマンヌにいくつもりだそうですな」

男がいった。

「ええ」

石峰君が答えた。

「なにかの調査ですかな？」

男は、志保のほうに、ちらりと目を向けていった。

「そうです。ぼくは、スマトラのパレンバンの商品陳列所の職員ですが、農商務省の命令で蘭《らん》の調査にいくのです」

石峰君が説明した。もちろん、長政の秘宝探しなどとはいわぬ。

「なるほど」

男がうなずき、わが輩の顔を見た。

「ぼくは、彌次馬《やじうま》だ。世界無銭旅行をしておるのだが、石峰君が密林に分け入るというので、ひとつラフレシアでも見てやろうと思っておるのです」

わが輩がいった。ラフレシアというのは、三年に一度開花する、紫色をした、直径四尺もある世界最大の花だ。実際、わが輩は、この花を見たいと思っておった。

「ラフレシアなど、どこでも見られるでしょう？」

「いや、ジャワ島で聞いたのだが、ボルネオの密林には、なんでも六尺にもおよぶやつがあるということですからな」

「なるほど。それで、さっき、小耳にはさんだのですが、道先案内人を探しているとか？」

「そうなんです。なかなか、いってくれる者がいなくて」

石峰君がいった。

「そうでしょうなあ。プマンヌは死の密林地帯と呼ばれているところです。そう、だれでもいけるところではありません。しかし、われわれなら、案内できますよ。いや、正直に申しますが、われわれもプマンヌの密林の中までは入ったことはないのです。ですが以前、その目の前までいきました。だから、そこまでなら案内できますが」

男が、現地人の男を見ながらいった。

「たしかですか？」

石峰君が、目を輝かせていった。

「約束しますよ。これは、申し遅れました。わたしは、バンジェルマシンで貿易商をやっている小菅健二《こすげけんじ》という者です。これは、使用人のガフンです。日本語が使えますから、役に立ちますよ」

小菅と名乗った男が、隣りの褐色の肌の腰巻姿の青年に目を向けていった。

「どうぞ、よろしく」

ガフンが、流暢《りゆうちょう》な日本語で会釈した。

「ぼくは、石峰省吾といいます。こちらは、世界無銭旅行家の中村春吉さんです」

石峰君が、わが輩を紹介した。

「ああ、あなたが中村さんでしたか。うわさは聞いておりました。自転車で世界一周を企てておるかたですな」

「知っておいででしたか」

「ええ、仕事仲間から、聞いていました。一度、お会いしたいと思っておりましたが、こんなところで、お会いできるとは。よろしく」

「こちらこそ」

「で、そちらのご婦人は？」

「雨宮志保といいます」

志保が、小さな声で自己紹介した。

「ぼくのいとこなのです」

石峰くんが、志保のことばをさえぎるようにいった。

「ほほう。ごいとこさんですか。お美しい人だ」

小菅が、口許《くちもと》に微笑をたたえていった。

「それで、いかがですかな。われわれを雇っていただけますか。いや、わたしは、貿易のための調査で、密林に入るつもりでいるのですから、酬報はいりません。その代わり、貿易の対象になるような蘭が見つかったら、わたしに輸出の権利をいただけませんか。ただ、ガフンには、なにがしかの金をいただきたい。いかがでしょう」

「どうですか、中村さん？」

石峰君が、わが輩にたずねた。

「ぼくはいいと思うが、決めるのは君だよ」

「では、契約しましょう。ただし、案内していただくのは、プマンヌの密林の入口までで結構です。それから先は、われわれ三人でいきます」

「いいでしょう。しかし、三人であの密林に入っていくというのは、よほど珍しい蘭があるのでしょうね。それとも、実際は、ほかの目的でもありますか。あまり、むりをしないほうがいいですよ。わたしの知っているかぎり、この十年間に五人の夢想家が密林に入っていったが、ただのひとりも帰ってこないのです。ま、どちらにしても、われわれは、入口で別れさせてもらいますよ」

小菅がいった。どうもなにか、わが輩たちにかまをかけているような口ぶりだった。山田長政の秘宝のことを知っているようにも思えなかったが、わが輩、その時、ひどくいやな感じを受けた。なぜといわれても困るが、この連中と旅をすると、なにか、やっかいな事件が起こるような気がしてならなかったのだ。

とはいっても、前にも述べたように、プマンヌの大密林は、案内なしでは旅はできない。気の進まない道先案内ではあったが、頼まないわけにはいかなかった。ともかく、まあ、こうして道先案内もでき、わが輩たちは、その翌朝をきして、財宝探検の旅にのぼったのだった。

サマリンダからは、マハカム河を遡り支流に入り、込み入った水路を進めるだけ進み、それから先は徒歩にすることにした。しかし、蒸気船では、すぐに先に進めなくなるので、サマリンダから、小菅の用意したカヌアに乗った。わが輩ら三人は、残念ながらカヌアは漕《こ》げない。そこで、ガフンの漕ぐ舟に石峰君と志保、小菅の舟にわが輩が乗った。

幸い乾季だったので、カヌアの旅は比較的楽だった。それでも途中、数多くの逸話が生まれた。わが輩が、食事のために岸につけたカヌアから、河の水に足を浸していたところ、いつのまに忍び寄ったのか、一匹の猛烈なる鰐《わに》魚に危うく足を食いちぎられそうになったのなど、逸話の中の最たるものだ。

サマリンダを出て五日目に、わが輩らはカヌアを降りて、現地民がメボクと呼ぶ密林地帯に入った。ここからプマンヌまでは、さらに四日の行程だった。あたりは、昼間でも陽の光が射してこないような大密林だった。いけどもいけども野生ゴム、ルサック、檳榔樹《びんろうじゅ》、ワーリンギン、ユーカリ、ニッパ椰子《やし》、パパイヤ、バナナなどの茂る樹海が続いていた。

トラ、ヒョウ、毒蛇にも、しばしば出会ったが、ガフンは、これらの扱いに慣れており、わが輩らには、なんの被害もなかった。ただ閉口したのは、その湿気で、密林の中は蒸し風呂のような蒸し暑さだった。しかし、それでも雨季の旅よりは、はるかに楽だということだった。

山ヒルには悩まされた。下草のいたるところに生息しておって、靴やズボンの内側に入り込んでくるし、場所によっては、ばらばらと頭上から、雨のように降ってきた。夜には蚊の大群に襲撃されたが、これは用意していった日本製の蚊帳《かや》が、大いに役立った。実際、南洋の旅行や探検には、蚊帳はなくてはならない必需品だ。

灌木《かんぼく》と落葉と下草の生えた林藪《りんそう》の道なき道は、鉄脚を誇る、わが輩にもいささかこたえたが、石峰君はともかく、華奢《きゃしゃ》なからだつきの志保が、ただのひとことも愚痴《ぐち》をいわず、黙々と歩き続けたのには、わが輩もおどろいた。見知らぬ異国の苦界《くがい》に生活しておったことが、よほど精神を強くしたのか、それとも、持って生まれた性質なのか、とにかく、わが輩、志保の頑張《がんば》りには頭が下がった。

四日目の午後、密林を抜け、ちょっとした草原に出た。わずか幅三、四キロの湿地帯であったが、見上げた空に太陽が輝いているのを認めた時は、うれしかった。その前方に、それまで、わが輩たちが歩いてきたのより、はるかに大きく鬱蒼とした巨大密林が、果てしなく続いていた。はるかかなたに、山岳地帯が見えた。それが、ミュラー山脈だった。

「われわれが、案内できるのは、ここまでですな」

湿地帯に出ると、小菅がいった。

「すると、あの大密林がプマンヌですね」

石峰君がいった。

「そう。死の大樹林です。たしかに、あすこには、まだ、人に知られていない蘭もあるでしょう。しかし、われわれは蘭と命を引き替えにはできない。あなたたちは、いつまで、プマンヌの調査をするつもりです」

小菅が質問した。

「五日分の食料を用意してきました」

石峰君がいった。

「よろしい。では、われわれも、この付近で仕事をしていましょう。五日、いや、余裕を見て、六日だけ、ここで帰りを待ちましょう。それを過ぎると、われわれも食料がなくなるので、カヌアにもどります」

小菅がいった。

「わかった。よろしく、頼む」

わが輩は、小菅に頭を下げると、その晩はそこで、別れの酒宴を催し、早めに眠りについた。

翌朝は、五時に起きて、いよいよ、プマンヌの大密林地帯に入り込んだ。なるほど、その密林は、前に通ってきたメボクの密林をはるかにしのぐ、鬱蒼とした深樹林だった。生えておる木や草は、同じ種類のようだったが、その密度がちがっていた。

メボクは、それでも木々の梢《こずえ》から木洩《こも》れ日が射しているところもあったが、そこには、かすかな日射しさえなかった。足を踏み入れる前は、死の密林と聖樹林という、ふたつの表現がふしぎでならなかったが、なるほど、中に入ってみると、そのどちらもうなずけるような荘厳な雰囲気と、まったく人を近づけたがらないような雰囲気の両方を持った大密林だった。

覆いかぶさっている植物を見上げると、時々、名も知らぬ猿の大群が見えた。森の人といわれる橙猩々《だいだいしょうじょう》も時折姿を現した。極楽鳥や鸚鵡《おうむ》や、巨大な嘴《くちばし》の怪鳥も認められた。猿や鳥の声は、時に気味悪く聞こえることもあったが、むしろ淋《さび》しさを減じて、わが輩の耳には爽《そう》快《かい》に聞こえた。

密林に入って五時間ほどたって、休憩を取った時、石峰君が、例の古地図をおもむろに持ち出し、わが輩の前に広げた。

「中村さん、この地図が正しければ、もう一日ほどで、城跡につきますよ」

石峰君が、地図と周囲の地形を、見比べていった。

「なに、そんなに近いのか？」

もっと、密林の奥地だと思っておったわが輩は、おどろいていった。たしかに、プマンヌは大密林ではある。しかし、その入口から、わずか一日半ぐらいの距離のところに、城跡があるのなら、もう、とうに、だれかがみつけておっても、ふしぎはなかろうと思ったのだ。

だが、考えてみれば、長政の息子たちも、あまり奥に入ってしまっては、交易をするにしても不便なわけだ。それに、メボクの密林をひとつ越えているのだから、一日半というのは、適当な距離なのだろう。

「いまでも、お城が残っているのでしょうか？」

志保がいった。

「さあ、どうでしょうね。伝説では、いまから、二百年も前に滅びたといいますから、あるいは、もう、城の建物はないかもしれません」

石峰君が説明した。

「志保さん、もし財宝を発見したら、わが輩の分を半分やろう。そうすれば、大手を振って、日本に帰れる」

わが輩がいった。

「いえ、わたしは、宝物なぞ……」

志保がいった。

「しかし、あって困るものでもない。なあ、石峰君」

「そうですとも。ですが、中村さん。宝はそれが、どれだけの分量であれ、分け前は、まったく公平に三等分です」

石峰君が、もうすっかり、財宝を手に入れた気になって説明した。

「おお、わが輩にもそんなにくれるのか。それは、うれしい。すると、わが輩と志保さんが結婚をすれば、三分の二はわれわれのものだな。どうだ、志保さん。わが輩と一緒になるか」

わが輩が、冗談をいった。

「まあ、中村さん。わたしのような廓《くるわ》の女を……」

志保が答えた。すると、石峰君が、語気を強めて、志保に向かっていった。

「志保さん、君、そういういいかたはよくないよ。廓にいたからといって、なにが悪いのだ。人には、それぞれ運命がある。問題は、どんな境遇にあっても、精一杯生きることだ。ちがいますか、中村さん」

「その通りだ。志保さん。自分を卑下してはいかんよ。ましてや、あんたは、好きで廓生活をしておったわけではないからね」

わが輩がいった。

「でも、からだは汚れてしまいました」

志保が、淋しそうにいった。

「心が清ければ、それでいいではないですか！」

石峰君が、怒ったようにいったのだった。

4

突然、それまで、限りなく続いているように見えた深樹林が途切れ、前方が明るく開けたのは、翌日の昼前だった。といっても、それは、そこまでの密林に比べてという程度であって、草原や湿地帯というものではなかった。ただ、そこには、何十尺という高い木々はなく、背の低い灌木や雑草の類が密生しているのが、ここまでとは、多少異なっていたにすぎない。

わが輩は、その広場に出た時、なにか奇妙な感に打たれた。なんといっていいかわからないのだが、あたかも、別世界に迷い込んだような気分になった。それは、ひとつは、異様な静けさだった。それまでは、獣の声、鳥の声、蟬《せみ》類などの昆虫の声が聞こえたが、その広場のあたりは、真の静寂に包まれていた。

そして、もうひとつは、一種類の植物を除いた、木々の様相だった。なぜか、その周囲の木々が、いかにも遠慮深げに繁殖しているように見えた。その場所では、それまでの道程では、まったく見ることのなかったトックリ椰子に似た、根元が奇妙に膨らんだ、木々が主役だった。

トックリ椰子に似ているとはいうものの、それは幹の部分のみで、葉は透《す》き通るようなエメラルド色の、厚ぼったいヤツデに似ていた。そして葉の下には深紅色の実らしきものが、いくつかなっていた。大きさはミカンとリンゴの間くらいだ。

木の高さは、ぜいぜい七、八尺ほどしかない。幹の太さも、両手で抱えられるほどだったが、根元のトックリ型に膨らんだ部分は、十尺ぐらいもありそうな、それまで見てきた樹木に比べて、いかにも、不格好な植物だった。

その木が、周囲の密林の木々と、どうも調和せず、なにか違和感をもたらしているのだった。ただし、その実らしきものは、あたかも宝石のルビー玉のように輝き、植物にも宝石にも興味を持たぬわが輩が見ても、すこぶる美しかった。

わが輩は、石峰君に、その木の名をたずねてみたが、わからないという。志保も、はじめて見たと首を横に振った。その木は、せいぜい百坪ほどの、その広場の四、五箇所ほどに五、六本ずつ群生していた。

「ほんとうに、きれいな実」

志保が、ルビー玉に、顔をほころばせていった。

「中村さん、あれ!」

石峰君が、その植物の一群生のあるあたりを指で示した。そこには、石垣の崩れた跡があった。

「おお、あれは城壁の跡だな。すると、やはりここが長政の城か」

わが輩がいった。

「まちがいありません。地図の位置とも完全に一致しています。ですが、もう城そのものは残っていないようですね」

石峰君が、広場を端から端まで、見渡していった。

「ちょっと、城跡にしては、狭いような気もしないでもありませんが、徐々に樹木に侵略されてきたのかもしれません」

「ここが、まさしく城のあった場所だとすると、その問題の財宝は、どこにあるのだろう？」

なんとも情けないことに、わが輩、財宝など興味がないといっておきながら、ここまでくると、やはり財宝が欲しくなった。少なくとも五百円ぶんは欲しい。

「わかりませんが、ぼくなら、倉の中にでもしまっておきます。もし、なにかの理由で、この城を全員が離れるようなことがある場合は地中か洞窟にでも隠していくかもしれませんね」

「なるほど。では、さっそく手分けして、倉のありかでも探すとするか」

「とにかく、城跡にいってみましょう」

わが輩たちは、なにはともあれ、現地人でさえも入れないプマンヌの目的地に辿《たど》りついたことをよろこび、弾むような足取りで、腰のあたりまである雑草をかきわけ、その一部が露出している石垣の方向に向かって走りだした。

石垣は近くで見ると、思ったより高く、八尺もあった。ところどころが崩れ落ち、あたりに、大きな石が転がっている。その石の転がっている周辺に、トックリ椰子に似た植物が、五、六本生えていた。そのいずれもが、美麗な実をつけている。

「ほんとうに、珍しい木だなあ？　葉はヤツデ、幹はトックリ椰子、それに、あのルビーの実」

先頭を歩いていた石峰君が、木の下で立ち止まり見上げた。わが輩も、同じように立ち止まって、上を見た。その時だった。そのルビー色の実のようなものが、突然、二つに割れ、中から霧状の粉とも水蒸気とも判断のつかないものが、あたりにぱっと広がった。

すると、なんともいえぬ芳香がわが輩らの鼻をついた。しかし、志保は、その匂いが好きでないのか、ハンカチを取り出して鼻を押さえた。

その霧状のものが、キラキラとプリズムのように輝いた。わが輩、表現がうまくないので、見たとおりのものを、伝えることができないが、その七色に輝くプリズム状の霧の美しさには、えもいわれぬものがあった。

「きれいだ」

わが輩は、木を見上げ、大きく鼻の穴を広げて、匂いをかいだ。そのとたん、いかにも快い気分が、わが輩の全身を包んだ。その時だ。背後で、物音がした。わが輩が振り向こうとするのと、志保が叫ぶのが同時だった。

「な、中村さん!!」

「どうした!?」

わが輩が、振り向いた。そこには、ふたりの男が立っていた。小菅とガフンだった。小菅の手には、短銃が握られていて、その筒先はわが輩に向けられていた。ガフンの逞《たくま》しい手は、志保の細い腕をがっしりとつかんでいる。

「貴様は！」

わが輩は、とっさに事態を理解して、怒鳴るようにいった。

「おや、もう名前を忘れたかね、小菅だよ」

小菅が、わが輩をからかうようにいった。

「いや、よく、ここまで案内してくれた。途中で殺さないでよかったよ。なあ、ガフン」

小菅のことばに、ガフンがうなずいた。

「殺さないでよかった？　すると、貴様は俺を殺すために、近づいてきたのか？」

わが輩がいった。石峰君は、状況を把握できないらしく、目を丸くして成り行きを見ている。

「そのとおり。俺はあんたと、そっちの青年を殺すために、密林の道案内を引き受けたのだ」

「志保さんが目的か？」

わが輩が、志保に目をやっていった。

「そうだ。といっても、俺がこの娘を、どうこうしようというわけではない。忘れてはおらんだろう。〔紅花楼〕の親父に、頼まれたのだ」

「なにっ？　あの悪党に……」

「悪党は、どっちだね。あんた、あの親父をだまして、その娘を奪い取ったそうじゃないか」

小菅が、鼻で笑うようにいった。

「馬鹿をいうな。俺は、きちんと金を払って身請けしたのだ」

わが輩がいった。

「親父は、そうはいっていなかったよ」

「そうか。まあ、いい。貴様に、説明してもらちのあかぬことだ。しかし、それなら、なぜ、いままで、わが輩たちを殺さなかったのだ？」

「それは、聞くまでもないのではないかな。長政の秘宝だよ。せっかく、そのありかまで案内してくれるというのに、その前に殺すことはない。サマリンダでは、あんたたちが、ほんとうに、ここまでくるとは考えていなかった。だが、途中で、あんたたちの真の目的は、財宝探しだと確信してね」

小菅がいった。

「別れたふりをして、ついてきていたのか?」

石峰君がいった。

「そういうことだ。今度はわれわれのほうが、道案内のお礼をいわなければならんね。しかし、ここまできたら、もう、これから先は、われわれふたりでも、充分、探せるよ。女も、取りもどしたし……」

小菅が、ぐっと短銃を、わが輩のほうに突き出した。わが輩、もとより、死など少しも恐れてはおらん。だが、日本帝国の発展のために死するなら命は惜《お》しくないが、こんな賊徒《ぞくと》の手にかかって死ぬのは、まっぴらだ。短銃など、そうめったに当たるものではない。ましてや、急所に命中することなどまれだ。

わが輩は、小菅に飛びかかり、鉄拳をお見舞いしようかと思った。あるいは、道を拓《ひら》くために手にしていた蛮刀《バラング》で斬《き》りかかってやろうかと思った。だが、問題は志保だ。卑怯《ひきよう》にも小菅は、志保を人質にしておる。わが輩が飛びかかって、志保にもしものことがあったら、取り返しがつかぬ。わが輩は、ぐっと下腹に力を入れて思案した。

「死に場所としては、悪くはないだろう。いい香りじゃないか」

小菅が、ちらりと木を見上げた。その時、香りが一段と強くなったような気がした。また、全身が、なんともいえぬ快さに包まれた。それは、わが輩ひとりではなかったようだ。石峰君とガフンも、その瞬間、からだをびくっと震わせた。その快さは、ふつうではない。まさに、女性の白い柔肌《やわはだ》に触れる時の感触だった。

「これは……」

あまりの快さのためか、いいかけた小菅のことばが、途中で止まった。わが輩は、一間《いっけん》ほど前の石峰君を見た。石峰君も、恍惚《こうこつ》とした虚《うつ》ろな目で無言で木を見上げておった。わが輩は、志保のほうに目をやろうと、からだの向きを変えようとした。

その時だった。木の上のほうから、長い緑色の、太さが一寸《いっすん》もある触手のような蔓《つる》が数本、ロープのように、するすると音もなく垂れさがってきたかと思うと、またたくまに、わが輩のからだに巻きついた。いや、わが輩だけではなかった。石峰君も、石峰君を見上げている木の蔓に、同じように巻きつかれている。小菅もガフンも、それぞれの木から降りてきた蔓に、身を委ねていた。小菅は短銃を握っていたが、抵抗しようともせず、黙って、蔓になされるがままになっていた。

わが輩は、本能的に、それが危険なことであることがわかった。けれど、不可思議なことに、それがわかっていながら、小菅と同じように、からだは蔓に巻かれるままになっておるのだ。少しも、蔓から逃れる気が起こらなかった。

「中村さん、石峰さん!!」

背後で、ガフンの手を離れた志保が鼻を押さえながら叫んだ。

「志保さん、この木から離れろ、できるだけ遠くへ」

叫んだつもりだったが、その声は、いかにも弱々しく、怠惰的《たいだてき》になっているのが自分でもわかった。蔓にからだを巻かれると、快楽はさらに増した。握っていた指の力がゆるんで、蛮刀が地面に落ちた。

それは、まさしく女体との交わりの感覚だった。恥ずかしながら、たちまち、わが輩は勃《ぼっ》起《き》した。おそらく、あとの三人の男も同じだっただろう。

というのも、その後はわが輩にはわからないのだ。愉楽《ゆらく》は加速度的に増していき、頭の中が、まっ白になった。陶酔の感が全身を駆け巡り、わが輩は完全に、肉欲のとりこになっておった。

その恍惚感は、自分がボルネオの密林の中で、木の蔓に巻かれているのだということさえ、忘れさせた。わが輩は、ふくよかな女体を貪《むさぼ》っていた。そして、それは、わが輩がそれまでに体験した、どの女性から受けた快楽よりも甘美だった。

気がつくと、わが輩が身を委ねているのはかつて、手さえ触れることのなかった初恋の女性だった。彼女は全裸で、白いしなやかな手足を、わが輩のからだに、からみつかせていた。わが輩の快感は、猛烈な勢いで昇りつめていく。思わず口から、大きな息が漏れた。その時だった。左の上腕部に激痛が走った。

「うわっ‼」

わが輩は思わず叫んで、左腕に右手を伸ばした。なにか、鋭い金属の棒が突き刺さっていた。それを確認するのと同時に、わが輩の頭の中から、女性の姿が消失した。

「中村さん、早く！」

消えた女性に変わって、志保の姿が眼前に出現した。わが輩は、まだ、怪樹の蔓に巻きつかれたままだった。いつのまにか全身に、黄金色の粘液がまつわりついていた。蔓が実のようなものの中から出てきた粘液をなすりつけたようだ。

志保は、自分を捕らえようとする蔓からたくみに逃れながら、落ちている蛮刀を拾うと、わが輩の手に握らせた。

その時、わが輩のからだは、上から垂れた四本ほどの蔓に巻かれ、足がやっと地面につくかつかないという、いかにも不安定な状態だった。わが輩は、蛮刀をしっかりと握ると、力いっぱい頭上の蔓をなぎ払った。

からだに巻きついていた蔓のうちの三本が一瞬にして、地上から六尺ほどのところで切断され、足が大地を踏まえた。残った一本が、かろうじてわが輩を支えていた。切断された三本の蔓は、動物のように、青黒い樹液を撒《ま》き散らして、のたうちまわったが、むろんのこと、わが輩には届かない。こうなれば、もうしめたものだ。ゆうゆうと、残りの一本を切断して自由の身となった。

「助かったよ、志保さん」

わが輩は、そういって左腕を見た。まだ、痛みが残っている。かんざしが突き刺さったままになっていた。ゆっくりと、かんざしを引き抜いた。血は、それほど出てはこなかった。

「すみません。これ以外に、方法を思いつかなかったのです」

志保がいった。

「もっとも、効果的な方法だった」

わが輩は、志保に向かってうなずくと、石峰君を見た。黄金色の粘液にまみれた石峰君の顔が、甘美に歪《ゆが》んでいた。かすかに、嗚咽《おえつ》が聞こえる。小菅とガフンは、表情がなかった。まるで、精根を尽き果たした仮面のような顔で、蔓に身をまかせていた。ふたりとも、全身が粘液にまみれていた。

「石峰君！」

わが輩は、石峰君のところに駆け寄ると、力いっぱいからだをゆすった。しかし、それに対して、反応はなかった。蔓は、がっしりと石峰君を抱え込んでいる。

「いま、助けてやる！」

わが輩は、ひと声叫ぶと、自分の時と同じように、石峰君の頭上で蛮刀をふるった。今度は、みごとに四本の蔓を同時に断ち切った。蔓の抱擁から解放された石峰君が、どさっと、下草の上に倒れこんだ。その衝撃で、正気にもどったようだった。

「石峰さん、石峰さん！」

志保が石峰君のそばに駆け寄り、声をかけながら、蔓をほどいた。

「志保さん……」

　まだ、上気した表情をしてはいるものの、どうやら、自分を取り戻した石峰君が、ゆっくり、起きあがりながら志保にいった。

「だいじょうぶですか？」

　志保が、石峰君に寄り添うように手を貸した。

「ありがとう。だいじょうぶです。中村さんは？」

　石峰君が、わが輩のほうを見ていった。

「だいじょうぶだ。ぴんぴんしておるよ」

　わが輩がいった。その時、脇のほうで、あいついで、どすんと大きな音がした。放心状態の小菅とガフンを、蔓が解放したのだった。かれらふたりとわが輩らの距離は二間ほどだったが、だれも駆け寄ろうとはしなかった。助けたくなかったわけではない。ただ、そこまで、気がまわらなかった。実際のところ、自分たちのことで、精一杯だったのだ。

　投げ出された小菅とガフンは、無表情のまま、自分でゆっくり立ちあがった。そして、まるで夢遊病者のように、ふらふらと、五間ほど離れたところにある四、五本の別の怪樹の群生している方向へ歩きだした。わが輩には、それがどういうことなのか、皆目《かいもく》見当がつかなかった。

　わが輩と石峰君の目は、小菅たちに釘《くぎ》づけになる。志保は探検服のポケットから、手巾《しゅきん》を取り出すと、それを裂いて、わが輩の左腕に巻きつけてくれたが、やはり、その目は、ふらふらと歩く小菅とガフンから離れなかった。

　小菅は、引き寄せられるように、一本の怪樹の下までいくと、これも妖《あや》しげに七色の霧状のものを放出しているルビー色の実を見上げた。すると、やはり先程と同じように、梢のほうから四本の触手のような蔓が、するするすると伸びてきた。そして、そのうちの三本が小菅のからだを抱え込んだ。その瞬間に、小菅の表情が、また甘美に震えた。

　それを確認するように、残りの一本の蔓が、小菅の全身に粘りついていた黄金色の粘液を撫《な》で取り、器用に自らの実の中になすりつけた。その間にも、小菅の表情が、陶酔状態に移っていった。また、勃起しているのが、わが輩たちのところからでも、はっきりと見て取れた。ガフンのほうに目をやると、これも、まったく小菅と同じ状態だった。

「受精だ。受精しているのです！」

　石峰君が、叫ぶようにいった。

「そうか。あの木は、人間を使って受精をするのか！」

　わが輩も興奮状態で、大声を出した。

「受精をさせるために、わが輩らに、あんな淫靡《いんび》な興奮を与えたわけか。手の込んだことをする」

　わが輩がいった時だった。小菅が二度目の絶頂をむかえた。志保が、そっと、目をそらした。その瞬間だった。怪樹の根元に近い、ぷっくりと膨らんだ部分に、突然、縦に亀裂が入り、幹にぽっかりと大きな穴が開いた。中は、血の色のように真っ赤だった。

わが輩は、とっさに、なにが起こるのかを理解した。怪樹に向かって駆け出そうとした。だが、悲しいかな、からだがすくんで、足が動かなかった。小菅のからだは、頭から、怪樹の開けた、真っ赤な空洞に吸い込まれた。

あわてて、ガフンのほうを見た。ちょうど、足が幹に吸い込まれるところだった。だが、ふたりとも、悲鳴どころか、小声ひとつあげはしなかった。ふたりを飲み込むと、それぞれの木の空洞は、どこがそうであったかもわからぬように、ぴたりと口を閉じた。

「み、見たか。石峰君。石峰君？」

わが輩は、石峰君の顔を覗《のぞ》きこむようにしていった。

「見ました。食人植物ですね。人間を虫や鳥のように使って受精し、用が済むと滋養にしてしまう……。しかし、こんな植物が、この世に存在するなんて……」

石峰君が、震える声でいった。

「わが輩も信じられん。だが、たしかに、いまこの目で見てしまった」

わが輩がいった。

「とにかく、ここにいては危険だ。逃げよう！」

「でも、長政の秘宝が……」

石峰君が、未練たっぷりにいった。

「石峰さん、逃げましょう。どれほどの財宝を手にしても、死んでしまったら終わりです」

志保がいった。

「そのとおりだ。残念だが、財宝はあきらめるしかない。ここにいたら、あの化物《ばけもの》植物になにをされるかわからん」

わが輩がいった。

「わかりました。逃げましょう」

石峰君が、うなずいた。

5

帰途の旅も、困難ではあった。だが、わが輩は、一度通った道は、決して忘れんという、特殊な能力を持っておるから、ぶじプマンヌの深樹林を抜け、さらにメボクの密林を越えて、カヌアのところまで辿りついた。行きに五日かかった行程を三日で、もどってきた。もしや、あの怪樹が追いかけてきやしないかと、三人とも口にこそ出さなかったが、恐怖心にとりつかれ、自然に足を急がせたのだ。

カヌアは、三人でなんとか漕いだ。河を遡るのであれば、経験のないわが輩たちには、漕ぐのはむずかしかったかもしれない。だが、下るので、ある程度、流れにまかせればいいから、なんとか操ることができた。カヌアの旅も三日で終わり、わが輩ら三人は、どうにかサマリンダに帰還した。

「よく帰ってきたね。てっきり、もどらんものと決めていたよ。プマンヌの聖樹林に入って、ぶじ、もどってきたのは、わしの代になってから、はじめてだよ」

オランダ人の安宿の主人は、わが輩らを見て、びっくりしたようすだった。

旅装を解くと、どっと疲れが押し寄せ、三人とも、その夜は、話もそこそこに眠りについた。当然のように、怪樹は夢の中に出現し、わが輩を追いまわした。それでも睡眠は充分取れ、翌朝はすがすがしい気持ちで目覚めた。ようやく、口を開く気分にもなった。

「ぜんたい、あの怪樹はなんだったのだ？」

朝食を食いながら、わが輩が石峰君にたずねた。

「わかりませんね。あんな植物、いままで見たことも聞いたこともありません」

石峰君が、首を横に振った。

「わたし、あの木は、地球のものではないのではないかと思います」

志保がいった。

「地球のものではない？」

わが輩、目を丸くして聞き返した。

「はい。ひょっとしたら、宇宙空間の別の星、たとえば火星世界から飛んできたのかもしれません」

志保がいった。

「いや、志保さんは、顔に似つかぬ突飛《とっぴ》なことをいうね」

実際、わが輩には、二十一、二の娘のことばのようには思えなかった。

「なるほど。あれは宇宙空間に発生した、植物の進化した生物かもしれません。動物と植物の中間のような生物です」

石峰君が、うなずいた。

「ね、そうでしょう」

志保が、同意を求めるようにいった。だが、わが輩には、残念ながら、なんとも答えようがなかった。宇宙空間には、わが輩ら地球の人間が想像もできん生物がおるかもしれんということは、天文学者の説であるが、わが輩は、これまで、そんなことを考えたこともなかったし、わが輩の頭では、そんな途方もない考えは理解できんかった。

志保や石峰君のことばを聞いておると、そんな気がせんでもないが、正直、考えもおよばんというのが、うそいつわりのないところだった。

それにしても、この志保という娘、どんないわくがあって、女郎屋に身をやつしておったのか知らんが、とうてい、女郎などをしているような女子《おなご》には思えなかった。

「わが輩には、あれが、宇宙空間から飛来したものかどうか、よくわからんが、実際、そうだったとしたら、どういうことになるのだ」

わが輩が、石峰君にいった。

「わかりませんね。たしか、英国のウエルスという人が、火星人類が英京に飛来し、毒熱光線をもって攻撃するという小説を書いていますが、あの怪樹に、地球人類攻撃の意志があれば、戦争になるかもしれません。いったい、いつごろから、あの場所にあるのか。ぼくはひょっとしたら、長政の城が滅びたのは、あの植物のせいではないかと思っているのです」

石峰君がいった。

「すると、もし、宇宙空間より飛来したものであるとするならば、城ができた以後ということだな」

「飛来したものではなく、なにかの理由で、突然的に発生したものであるとしても、城ができた後のことでしょう。あんな植物のあるところに、城は作れないんじゃないですか」

「そうだとすると、数百年の間、あすこに植わっているわけだ。向こうから、地球人類に攻撃をしかけてくることもない」

「あの木は、蔓は動物のように動いたけれども、根は土の中にあったから、場所を動くことは、できないのでしょう?」

志保がいった。

「うん、たぶん、そうだ。自分で動くことができないから、人間を媒介にして受精するわけだものね。あれが、動くことができるなら、人間を媒介にせずとも、自分で繁殖できるはずだ」

「あの木は、人がくるのを待って、受精させるのでしょうか?」

志保が石峰君にいった。

「そうだろうね。ところが、あんなところには、めったに人はいかない。そこで、ぜったいに、受精を成功させるために、あんな芳香や、プリズム状の霧で人間の興味をひき、そして
……」

石峰君が、ことばをとぎらせた。

「いまでも、わが輩はあの時の感覚が残っておるよ。志保さんの前でいうのもなんだが、実際、あんな快楽を感じたのははじめてだ。いや、頭の中に初恋の女性が現れてきてね」

わが輩がいった。

「ぼくも、あのまま、死んでもいいという気持ちになりました」

石峰君が、恥ずかしそうに、ため息をついた。

「あれは、殿方だけに、そんな気持ちを起こさせるものでしょうか？」

志保がいった。

「いや、ぼくは、ちがうと思う。たぶん、男でも女でも、同じ作用をおよぼしたのだろう」

石峰君が説明した。

「でしたら、わたし、捕まらなくてよかった。殿方でさえ、あのように恍惚としてしまうのですから、女のわたしなど……」

志保がいいかけて、はっとしたようにことばをとめた。

「すみません。はしたないことを……」

志保が、恥ずかしそうにうつむいた。

「それにしても、志保さんが、かんざしで腕を刺してくれなかったら、わが輩もまちがいなく小菅たちと同じ運命になっていたはずだ。木を切ろうとするのでなく、わが輩のほうを正気にもどらせるなど、よくそこに気がついてくれたね」

　わが輩がいった。

「中村さん。これを見てください」

　志保が、そういって、ガウンの裾をめくりあげ、左足のふくらはぎを指差した。わが輩と石峰君がのぞきこむ。その白い足には、無数の黒い痣《あざ》のようなものがあった。

「それは？」

　石峰君が質問した。

「お客と寝ても、ぜったいに、気をやらないようにするには、どうしたらいいかと考えて、いつも、かんざしで刺していたのです」

　志保がいった。

「それを、わが輩に応用したわけか」

　わが輩がいった。

「はい」

　志保がうなずいた。

「志保さん」

　石峰君が、志保の顔を見つめていった。

「あなたは、すばらしい女性だ」

志保の顔が、みるみる耳まで真っ赤になった。

こうして、わが輩らの山田長政の秘宝探しは失敗に終わった。石峰君は時を改め、あの怪樹の調査を兼ねて、もう一度、城跡を訪ねたいといっているが、わが輩は、いまのところ、もういく気はない。それより、商業視察を早くなし遂げ、天下国家のために、存分に腕をふるわねばならんと思っておる。

それはともかく、困ったのは、例の五百円の金のことだ。こればかりは、手当ての目処《めど》が立たず、わが輩、口には出さなかったが、大いに気にしながら、パレンバンに帰ってきた。と、石峰君の商品陳列所の留守を預かっていた現地人が、わが輩にバタビヤから届いたと、一通の封書を手渡してくれた。差し出し人の名を見ると、三井物産の林君ではないか。これは、まだシンガポールに金を届けてくれないのかという、催促の手紙だと思い、わが輩、頭をかきかき封を切った。

すると、どうだ。そこには思いもかけない文面がしたためられてあったのだ。それは林君がわが輩に預けた金は、実は五百円ではなく十円だったというのだ。わが輩、なんのことやらわけがわからず、手紙を読み進めた。

話はこうだった。細かい説明は省くが、林君は非常に思慮深い性質で、しかもバタビヤあたりでは、始終、泥棒が出現するので、ふだん、もしもの時のために、新聞紙の上下を本物の一円札で挟んだ、にせの百円の札束を、いくつも用意して、金庫にいれてあるのだそうだ。

そして、万一、泥棒に金を出せといわれた時は、それを渡してごまかす。こちらの銀行などでは、よく用いられる方法だという。

そして林君も、そんなまちがいをしてしまったことが信じられないのだがと、何度も強調して、なぜか本物の札束ではなく、そのにせ札束のほうが、わが輩の手に渡ってしまったと書いてあった。林君は、まったく面目ないと平謝りに謝っておる。

わが輩も、札束を受け取る時、確かめればよかったのだが、目の前に積み重ねられたやつを、うんうんと、そのまま風呂敷に包んで、内ポケットの中にしまい込んでしまったので、まったく気がついていなかった。

しかし、林君は謝っておるものの、わが輩、この手紙を読んで、それはほっとした。五百円の金を使ってしまい、財宝探しもうまくいかず、どうしたものかと、思案しながら帰ってきたところに、この手紙だ。まったく、地獄に仏とはこのことで、心の底から安心した。

しかも、使った金が十円なら、ちょっと、働いてでも返せると思ったが、手紙の最後には、貴君に迷惑をかけたお詫《わ》びに、その十円は進呈すると書かれてあった。これで、わが輩は、まったく借金なしになったのだ。最後まで読んで、思わず万歳を叫んで、そばにおった石峰君と志保をおどろかせてしまった。

だが、大いによろこんだ反面、わが輩の胸は痛んだ。それは、小菅とガフンのことだ。いや、小菅から、〔紅花楼〕の悪親父が、わが輩のことをだましたと怒っていると聞かされた時は、なんのことやら、さっぱり、話がわからなかった。だが、五百円といって、実際には十円しか渡さず、証文を取ってしまったのだから、これは、いくら悪親父といっても、怒って無理はない。

それで、悪親父は、小菅たちにわが輩を殺させて、志保を奪い返そうとしたのだ。ところが、小菅たちは、欲の皮を突っ張らせて、結局、怪樹の餌食《えじき》として、非業の死を遂げることになってしまった。幸い、苦しまずには死んだものの、この死には、わが輩にも、責任の一端がないとはいいきれない。

しかし、同情はするものの、最早《もはや》、どうすることもできない。いずれ、ふたりの身内の者でも探し出し、なにがしかの供物をわたしてやりたいとは思っておる。

「志保さん。あんたは、もう、まったく自由の身だ。わが輩に恩を感じることもない。あの悪親父が、損をしたことになるのかもしれんが、なに、もともと悪事を働いておるのだし、証文はこちらが持っておるのだから、なんの心配もいらん。安心して、日本に帰りたまえよ」

わが輩がいった。

「ひとりで帰るのが心配ならば、石峰君についていってもらってはどうかね。石峰君、なにか、日本へ一時帰国する理由は見つけられんか？」

「はあ。その気になれば、なんとかなると思います」

石峰君がいった。

「そうか、なら、そうしてやってもらえんか」

わが輩がいった。

「いえ、中村さん。わたし、日本へは帰りません。たとえ、あのお金のことを考えなくていいとしても、わたしを救ってくださったのは、中村さんです。もう少し、お供させてください。なにかのお役にたちたいのです」

志保がいった。

「自転車旅行のか？」

「はい。わたしも自転車の練習をしたことがありますから、乗れます」

「いやいや、これは、自転車に乗れるとか乗れないとかの問題ではないよ。志保さんは、日本に帰るのが一番いい。日本に帰って、もう一度、人生を出直したらいい」

「でも、わたし、中村さんがだめだといっても、ついてまいります」

志保が、毅然《きぜん》たる態度でいった。これには、わが輩も困った。無銭自転車旅行に、若い女連れは似つかわしくない。しかたなく、いわんでおこうと思ったことをいった。

「石峰君より、わが輩を選ぶのかね？」

「それは……」

志保が、口ごもった。

「中村さんは、これから、どっちへ旅するのですか？」

石峰君が、困ってうつむいている志保に助け船を出すように質問した。

「シンガポールから、マレイ、シャム、ビルマと訪ね、インドには少し長く滞在して、商業的視察をするつもりだ」

わが輩がいった。

「ビルマにいくのですか？」

「うん」

「じゃ、ぼくも連れていってください。実は中村さん。ビルマのミンドンミン王にまつわる、莫大《ばくだい》な財宝の地図があるんです」

石峰君が、目を輝かせて、わが輩の顔を見た。

「わたし、おふたりと一緒にまいります」

志保がいった。

「ふむ……」

わが輩、苦笑せざるを得なかった。

奇《き》窟《くつ》魔《ま》

1

明治三十六年五月十八日にスマトラ島のパレンバンを出発して、マレイ半島のピナンに渡ったわが輩と志保《しほ》と石峰《いしみね》君の三人は、そこに二日ほど滞在した後、ラングーン・インディアン汽船会社の好意で〔マルダ号〕に無賃乗船を許され、ビルマのラングーンに向かった。

ラングーンには、一か月あまり滞在した。もちろん商業視察のためだ。そして視察の合間に、幻燈会《げんとうかい》を各地の学校などで催し、いくばくかの路銀を懐《ふところ》にした。

ここで、わが輩と志保のふたりは、一か月半行動をともにした石峰君と別れ、いよいよインドのカルカッタに向かうことになったが、これが六月二十日のことだった。

ラングーンからカルカッタまでの間、道路は極めて険悪で、木の根、岩角は、しばしばわが輩たちを苦しめた。あまり道が凸凹《でこぼこ》なので、尻の皮が破れてしまったことも、一度や二度ではない。

けれど、それくらいの困難は、わが輩が自転車無銭世界一周の冒険旅行を企てた時から、わかりすぎるほどわかっておったことだ。冒険旅行ではあたりまえのことだから、ここにくだくだしく述べることはしない。

ただ、すこぶる閉口したのは、カルカッタに到着した時、わが輩のランブラー式自転車が、車輪とブレーキに大破損を生じ、用意してきた小道具では修繕のしようがなかったことだった。

　ランブラー式自転車は、頑丈なことでは定評があるのだが、なにしろ、わが輩の乗っておるのは旧式だし、二十五貫もの荷物をいたるところに結わえつけたので、その重みに耐えきれなかったのだろう。その証拠に、荷物をほとんどつけていない志保の自転車は、ランブラー式より、ずっと華奢《きやしや》であったにもかかわらず、途中で一度、パンクをしたきりで、その他の損傷はなにもなかった。

　こんなことなら、ラングーンで石峰君が別れぎわに、自分の自転車と取り替えたほうがいいといってくれた時、断らなければよかったと思ったが、後悔は先に立たん。

　インドネシアのスマトラ島で親しくなり、一緒にボルネオ島の秘宝探しをした石峰君は、結局、そのままパレンバンの商品陳列所を辞めてしまい、わが輩や志保と自転車無銭旅行の途に登った。

　ボルネオ島の宝探しが不成功に終わったので、今度はビルマのミンドンミン王にまつわる財宝を探しにいくというのだ。が、わが輩の見るところ、理由は、どうもそれだけではなく、わが輩をだしにして、志保と行動をともにしたかったようだ。

　また出発の時点で、わが輩は、その財宝探しに協力することを断ったにもかかわらず、ラングーンまで一緒に旅をするうちに、口説き落とせると目論《もくろ》んでいたらしい。

だが、わが輩、探検・冒険は三度の飯より好きだが、その目的が宝探しなどというのは、いかにも好まない。探検や冒険は自分自身の忍耐力を試し、ひいては国家の利益となる精神を引き出すもので、個人の欲がからんでは、絶対にいかんと考えておる。

もっとも、その点、石峰君の財宝探しは単なる欲得ずくではなく、凋落《ちょうらく》した家系を再興しようというものだから、大いに奨励するものではないが、頭から否定するものでもない。それで、わが輩、ボルネオ島の探検には協力をしたのだ。

石峰君にいわせれば、そのボルネオ島の探検に失敗したのだから、次の手段として、ビルマにいこうというわけだが、わが輩にも予定がある。ましてや、志保という思わぬ連れができてしまったとあっては、そうそう財宝探しばかりはしておれん。

それで、わが輩は予定どおり商業視察のため、インド各地を探検旅行するというと、石峰君は残念そうではあったが、やはりミンドンミン王の宝を探すといって、ラングーンで別れたのだ。

その際、新式の自転車に乗っておった石峰君は、わが輩の自転車の旧式なのを見て、自分はこれより先は鉄道を利用するから、自転車を交換してはどうかと、わが輩に勧めた。けれどわが輩としては、馬関《バカン》出発以来、探検旅行をともにしてきた自転車に愛着深く、石峰君の申し出を断ったのだ。

もちろん、自転車を修繕に出せれば問題はないのだが、例によって懐の中は、いかにも淋しい。ぎりぎり修繕費用ぐらいは持ってはおるが、それを使ってしまうと、宿屋に泊まる金《かね》がなくなってしまうのだ。わが輩ひとりなら野宿で充分だが、女の志保は、そうもいかない。三日に一度は、風呂にも入れてやらなければならんのだ。

さて、どうしたものかと、壊れた自転車を引きずって志保と市中を歩いていたが、いつのまにかやってきたのは市場だ。道の両側に果物、野菜、雑貨などを売る露店がずらりと並んでいる。ふと見ると、その中に布を売る店があった。

わが輩、その時、手拭《てぬぐ》いがほしかった。日本から持ってきた最後の一本が、もう雑巾同様、いや志保にいわせれば、同様などというと雑巾が怒るというほどに汚くなっておったからだ。そこで、その店をのぞきこみ、手拭いを探したが、もちろん日本式のものはない。何か代わりになるものはないかと見ると、長さ三尺ほどの褌《ふんどし》みたいな白い布がある。しかたがないので、それを買おうと値段を聞くと、店の主は十銭だという。

「おいおい、それは高すぎる。では、二枚買ったら、いくらにするね」

わが輩がたずねた。

「二枚なら二十五銭だ」

店の主が、すまし顔で答えた。これを聞いた、わが輩、わけがわからんかった。それはそうだ。こんな場合、割合が安くなるのがあたりまえだ。

「それは、どういうわけだ？」

わが輩、首をひねって質問した。

「おまえさん、金持ちだろう」

「なんで、そんなことを聞く？」

「それは、一枚より二枚買う人のほうが、財布にたくさん金が入っているからだ。俺《おれ》は金持ちには高く売ることにしている。だから、もう一枚でいいといっても、十銭では売れない。十五銭出してくれ」

店の主は、ふしぎな理屈をいう。いくら日本とは風俗、習慣がちがうといっても、これは、わが輩を外国人とみて、暴利を貪《むさぼ》ろうとしているのに他ならない。

「馬鹿野郎！　だれが、そんなものを買うものか‼　もういらん」

わが輩、大いに怒って店の前を離れようとすると、志保が笑って主の前に進みでた。そして、なにやら身振り手振りで主とやりとりをしておったが、やがて、わが輩に向かって、にっこりといった。

「中村《なかむら》さん、二枚で十五銭でいいといっています」

いやはや、わが輩も、これにはあきれた。どこの国でも、男は美人に弱いものだ。

「あの親父《おやじ》め、鼻の下を伸ばしおって」

わが輩が憤慨しながらも店を離れ、手拭いが安く買えたことをよろこんでおると、後ろからぽんと肩を叩くものがあった。

「なんだ！」

さては主が、やっぱり、もう少し金をよこせと追いかけてきたのかと思い、口をへの字に曲げて、にらみつけるように振り向いた。と、それは布屋の主とは似ても似つかん温厚そうな顔のインド人の紳士だった。歳は三十といったところだろう。

「あなたがたは、日本の人ではありませんか？」

紳士がいった。流暢《りゅうちょう》な日本語だ。

「いかにも、わが輩たちは日本人だが、貴君は？」

わが輩がたずねた。

「ハル・ナンドという、この町の貿易商ですが、わたしは日本で生まれて日本で育ちました。十年前から、このカルカッタに住んでいますが、思わぬところで日本のかたに出会い、懐かしくなって声をおかけしたのです」

ハル・ナンドと名乗る紳士がいった。

「なるほど、それで日本語がぺらぺらなのですな」

「ええ。この日本語のおかげで日本の領事館とも取引させてもらっています。ところで、あなたがたは、どちらにお泊まりですか？」

「いや、まだ、宿は決まっておらんのです。われわれは無銭旅行者なので、なるべく安い宿を探しておるのだけれども」

「無銭旅行者？　では、もしや、あなたは中村春吉《はるきち》さんではありませんか？」

「ええ。中村春吉です」

「そうでしたか。いえ、はじめ、そうではないかと思ったのですが、ご婦人が一緒だったので」

ナンド氏が、ちらりと志保に目をやっていった。

「ああ、この人は雨宮《あまみや》志保さんといって、スマトラ島で連れになったのですよ」

わが輩がいった。

「はじめまして」

志保が会釈をする。

「そうでしたか。しかし、中村さんに会えるとはうれしい。どうです、中村さん。汚いところですが、これから、わたしの家へおいでになりませんか。よろしければ、泊まってください」

ナンド氏が、親切にいってくれた。

「いいのですかな」

「どうぞ、どうぞ、大歓迎です。わたしの家は、ここから歩いて十分です。さあ、いきましょう。自転車の修繕も必要ですね」

ナンド氏が、壊れた自転車を見ていった。

カルカッタ市街のナンド氏の家は、それほど大きくはなかったが、なかなかきれいな風流な家だった。その風流な家に無骨なわが輩が飛び込んだのは、猩々《しょうじょう》が花園に飛び込んだようなものだが、志保がいてくれたので、そう無風流にもならずにすんだ。

若い婦人、それも志保のような美人は、そこにいるだけで、あたりを輝かせてくれる。生来、婦人は苦手なわが輩ではあるが、志保と行動をともにするうち、やや婦人に対する考えかたが変わってきた。

ナンド氏の家では、わが輩、大いに羽根を伸ばさせてもらった。これで、ナンド氏に細君や子供があれば、そうのんびりもできんだろうが、わが輩にとっては幸いなことに、ナンド氏は、まだ独り身だったので自由にふるまうことができたのだ。

ナンド氏は、インドでは数少ない仏教を信仰しておる宗教心の厚い、まったく親切な紳士で、旧知のごとくわが輩たちの世話を焼き、いつまでも家に泊まっていけという。その上、わが輩のことを吹聴して歩いたものだから、来訪人が続々とやってくる。

中でも当地の新聞社では、わが輩を招待して一場の旅行談をやらせ、それを翌日から新聞に連載するというので、若干の酬報金を持ってきた。あたりまえなら、そんな酬報金は受け取らぬのだが、どうしても自転車の大修繕をする金銭がいるので、口を動かすのも仕事のうちと、ありがたくちょうだいした。

自転車の大修繕を終わるには、一週間ほどかかるというので、わが輩たちは、その間、ナンド氏の家に厄介になり、毎日毎日、市中をぶらついてはいろんなところを視察した。

わが輩は、まだカルカッタに入る前、この町が壮麗な都府であるとは耳にしていたが、まことに立派な町で欧米の大都会に比しても遜色《そんしょく》がない。ただ、驚くのは人食鳥だ。この人食鳥は七面鳥くらいの大きさがあり、そここの屋根の上に群がっている。

首が長く、カラスのようにまっ黒な鳥で、肉であれば人間の死骸でも食うというので、人食鳥と呼ばれているとのことだ。

カルカッタの婦人は、毎日、市場に買い出しにいって、買った品物を笊《ざる》に入れ、それを頭に乗せ帰ってくるのだが、その中には串に刺した焼肉などがある。すると建物の棟に止まって見張っておった人食鳥は、しめたとばかり、ひらひらと舞い降りてきて、笊の中の肉を引っつかんで屋根にもどり、さもうまそうに、むしゃむしゃと齧《かじ》っておる。

わが輩など、その光景が、いかにも憎々しいのだが、インド人たちは一向平気で、追い払うでもなく笊に蓋《ふた》をするでもなく、つかんでいくにまかせてあるところが、実におもしろい。

さて、そんなのんびりとからだを休めておった、ある日のことだ。夕食を終えて一服しておると、ナンド氏がいった。

「中村さん、今後の旅行の予定は、どうなっているのですか？」

「確かなことは決めておらんけれども、しばらくはインド国内の視察をして、その後、ペルシャに向かうつもりでおるのです」

「そうですか。では、ヒマラヤのほうにいく予定はないのですね？」

「というと、ネパール国ですかな。いってみたいですなあ。まだ、ネパールに入った日本人はひとりもおらんということだから、ぜひ、視察をしてみたい。しかし、鎖国をしておるから入れんのでしょう」

わが輩、ナンド氏が、わが輩になにをいおうとしておるのかわからず、真意を探りながらいった。

「いえ、いかれるおつもりなら、ネパールには入れます。わたしは、カルカッタ駐在のネパール国政府大書記官・ジッパードル氏と懇意にしておりますので、頼めば通行証を発行してくれますよ」

「なるほど。それは好都合ですな。だが、なんの理由で、あなたはわが輩をネパール国にいかせたがるのですかな？」

わが輩、もったいぶったことは嫌いなので、ずばりと話を斬《き》り込んだ。

「いや、実際をいうと、わたし自身がネパールにいきたいのですが、どうも、ひとりでは心もとないのです」

ナンド氏が、いかにも照れ臭そうに頭をかいた。

「なるほど、用心棒になれというのですな」

わが輩が笑った。

「いえ、決して、用心棒というわけではありませんが……」

「まあ、よろしい。けれども、あなたのネパール国にいく目的はなんです？」

わが輩が質問した。石峰君と同じで財宝探しなどではかなわんからだ。

「貿易視察の目的もあるのですが、それより、その懇意にしている書記官から、おもしろい話を聞きましてね。ネパール国より、わずかにチベット国に入ったところにあるシシャパンマ山の麓《ふもと》のラマ寺院に、なんでも経を読む仏像があるというのです」

ナンド氏は、いかにも興味深げにいう。

「お経を読む仏像ですか？」

それまで、まったくの無言でわが輩たちの話を聞いていた志保が、口をはさんだ。

「そうです。おもしろい話でしょう」

「でも、実際に、そんなことがあるのでしょうか？」

志保が、首をかしげる。

「まあ、よほどの迷信家でないかぎりは、信じられんでしょう。それで、実は、わたしもそれがほんとうなのかどうか、この目で確かめてみたいと思っているのです。もし事実なら、こんな、ありがたい話はありません。ですがヒマラヤの山奥に、わたし、ひとりでは出かけられません」

話をするナンド氏の目は輝いておる。信心深いナンド氏には、よほど関心のあることなのだろう。

「経を読む仏像か……」

わが輩、宗教には、あまり興味を持ってはおらんが、世の不可思議なできごとというのには、大いに関心がある。

「どうです。まったくのペテン話かもしれませんが、事実なら、拝《おが》みにいく価値があると思いませんか？」

「そうですなあ。どうせ、ここまで足を伸ばしたのだから、ネパール国に入れたら、これは痛快ですな」

わが輩、少しずつ、その気になってきた。経を読む仏像は信用ならんが、ネパール国にはいってみたい。あえて、名誉を欲するものではないが、もし真実、わが輩がネパール国に入る最初の日本人になるのなら、これは名誉なことではないか。

しかし、問題は志保だ。わが輩がネパール国にいくといえば、志保も必ず、一緒にいくというに決まっておる。果たして、若い女の足でヒマラヤの山中を歩くことができるものだろうか。

もっとも、わが輩が、ぜったいについてきてはいかんといえば、志保も、あきらめるにちがいない。けれど、その場合は、知った人間もいないカルカッタの町に残していかねばならず、これもまた非常に剣呑《けんのん》なことだ。わが輩、思わず腕組みをした。

すると、その様子を見て、わが輩の心の中を察したように志保がいった。

「中村さん。まいりましょう。せっかく、ネパール国に入る機会を、むざむざ逃すのは残念ですわ」

「それはそうだが、志保さんは、どうするね？」

わが輩、答えのわかっておる質問をした。

「もちろん、いきます」

志保が当然だという声を出した。

「中村さん、志保さんが、こういっているのに、あなたがいかんわけにはいきませんね」

ナンド氏がうれしそうにいった。

「苦しい旅になるぞ」

わが輩は、志保にいった。

「はい。わかっています」

志保が、力強くうなずいた。

2

わが輩と志保がネパール国いきを決意すると、ナンド氏は、まるで子供のように喜び、旅の用意をはじめた。食料や衣類をわが輩らのぶんまでたっぷり買い込み、通行証を入手して、あとは出かけるだけとなった。

実際のところ、わが輩は、ほんとうにナンド氏のいうように、鎖国政策を取っておるネパール国の通行証が、一介の貿易商の力で、わが輩たちのぶんまでもらえるのだろうかと心配しておった。だがナンド氏は、別に手に入れるのに苦労したようすもなく、わが輩らに通行証を示した。

ところが、いよいよ出発しようという数日前になって、ナンド氏は仕事上の急用ができ、どうしても、すぐに旅立つことができなくなってしまったのだ。

その時、わが輩らはカルカッタから汽車で、ネパール国との国境に近い、終点のラクソールまでいき、そこから首都のカトマンズへは徒歩を予定しておった。だがナンド氏は、あと五日は、どうしても出かけられないという。

そこで、わが輩はただちに、ひとりで自転車で出発し、いけるところまでいって、そこから先は徒歩。志保はナンド氏と、五日後に汽車で追いかけ、一週間後にカトマンズで落ち合おうということにした。

ナンド氏は、ヒマラヤ山麓《さんろく》は自転車では危険だから汽車にしろと盛んに勧めたが、自転車は大修繕も終わったし、わが輩、いくと決めたら、すぐに実行に移さないと気がすまんほうだから、五日も待っておったら、からだがなまってしまうと、忠告を振り切って出発した。

カルカッタからムザファーポールまでの間は、比較的、道は平坦であったが、そこからラクソールに向かう道は極めて険阻で、しかも、あたりに人家がなく、実に心細かった。食料は蒸し飯に、ナンド氏の用意してくれた罐詰《かんづめ》があったから、さほど困りはしなかったが、寝る場所には困った。

カルカッタを出発して、五日目のことだ。ある平原の真中までくると、日はとっぷりと暮れてしまった。見渡せば、草茫々《ぼうぼう》たる平原は、前途遥《はる》かにして尽きるところがない。左右は、遠くに黒き魔神のごとき険山が横たわり、人家のある気配はない。

動けば動くだけ、道に迷う危険があると見たわが輩は、しかたなく、その荒野の一角に天幕を張り、例の蒸し飯を食いつつ、四方をながめた。あたりは、見れば見るほど恐ろしいものすごい景色だ。

経験のない人にはわからんかもしれんが、この世の中に、どこが淋《さび》しいといって、草茫々の荒野ほど淋しいところはない。大海原や山の奥も淋しいが、海には波の音が聞こえ、山には谷川の響きが聞こえる。

なんにも見るものがなく、なんの物音も聞こえず、ただ風で草がサラリサラリと揺れるだけの荒野は、実にいうにいわれぬ心細さだ。

それでも、眠らないと翌日の行動に差しつかえるので、天幕の四方に角灯を照らし、虫よけのために天幕の内部に蚊帳《かや》を吊《つ》るして、からだを横にした。しかし、うとうとはするものの、なんだか熟睡できない。悶々と寝返りをうっておるうち、どこかで、ウオー、ウオーと猛獣の遠吠《とおぼ》えが聞こえてきた。これまでにも、何度か聞いたことのある狼《おおかみ》の声だ。

声は一頭ではなく、しだいに天幕のほうへ近づいてくる。さあ大変だと、わが輩、やにわに飛び起きたが、その時はすでに、狼はぐるりと天幕の周りを取り巻いたようすだ。ぐずぐずしていると、天幕の中に侵入されるおそれがある。

日ごろ自慢の拳骨《げんこつ》も、狼に対しては自信がない。そこで、かねて用意の短刀を逆手《さかて》に握り外をうかがうと、空は月も星もない烏羽玉《うばたま》の闇夜で、ただ角灯の光が、あたりをぼんやり照らしているばかりだ。

その光に反射して、暗中にぎらぎらと輝く狼の目は、数百の星を列《つら》ねしごとく、何十頭いるかわからん。

わが輩、これには、さすがに荒肝を挫《くじ》かれたが、なにをこしゃくな畜生どもめがと、決死の覚悟で、半身を天幕の外に現すと、数十頭の狼は、一時にウオー、ウオーと唸《うな》りをあげ、いよいよ目を光らせ、牙《きば》を鳴らして、いまにも飛びかかってこようとする。

こりゃいかんと、わが輩が一歩退こうとした、その時だ。たちまち横手の暗闇から、一頭の狼がわが輩の喉笛《のどぶえ》めがけて飛びかかってきた。わが輩は、ヒャーッと叫んで身をかわし、ほとんど夢中のうちに、短刀を下から上に突き上げた。

ところが、これが運のいいことに、短刀の切っ先は、その狼の横っ腹をつんざき、血煙をあげて、どっとわが輩の足下に落ちた。わが輩、しめたと死にかかっておるこの狼の後ろ足をつかんで、えいとばかりに、他の狼のほうに投げやると、狼は共食いをするから、またたくまに、黒山のように集まり、ものの数分のうちに仲間の死骸を食いつくした。

その間に、わが輩、手荷物を入れた袋の中から、こんな時のためにと日本から準備してきた、手製の爆裂弾を取り出した。これは、武器と明かりを兼ねた、ブリキ罐《かん》に石油を浸した高野豆腐《こうやどうふ》を詰めたものだ。

この爆裂弾に懐中マッチで火をつけ、縦横無尽に振り回すと、手製爆裂弾の効能著しく、猛火は炎々と手中に燃え上がり、振り回すごとに花火、流星のごとき火の玉は、八方に飛び散る。地上に落ちた火の玉は、そこここに油炎を立てて燃え広がる。なにしろ、高野豆腐に石油をたっぷり浸したものだから火持ちは請け合い、火勢も猛烈だ。

わが輩、これでひと安心とほっとしたが、このやりかたでは、爆裂弾の数がもたないことに気がついた。そこで二個目の爆裂弾からは、無闇やたらに振り回すことをやめ、狼の襲撃に応じて、火花を散らすことにした。こうすれば一個が約五十分間、用をなすのだ。

けれど、それでも、夜が明けるまで生きていられるかどうかわからない。夜が明ければ、きっとなんとかなると思うが、果たして朝まで命が保てるかどうか。わが輩、決死の覚悟を決めたが、幸いに爆裂弾を五個使い、いよいよ最後の一個となったところで、ようやく東の空が白んできた。この時のうれしさは、まさに筆舌に尽くしがたかった。

太陽は荒野の一端から、キラキラと輝き昇ってくる。すると狼は太陽が嫌いとみえて、声もだんだん弱くなり、一頭ずつ、わが輩に背中を向けて、遥か彼方《かなた》の森のほうへ立ち去っていった。

こうなったら、そんな場所に長居は無用だ。大急ぎで天幕をたたみ、自転車に結びつけると、ペダルを踏む足も忙しく、ラクソールの方角目指して走りだした。

ラクソールには、翌日の午後にぶじ到着したが、この時のことは、いま思いだしても身の毛がよだってならん。

ラクソールで、志保とナンド氏を待つこと一日、ようやくふたりも汽車でやってきた。いよいよ、これからヒマラヤの秘密国ネパールに踏み込むのだ。ここから先は自転車で進むことはできんから、旅に必要なものばかりを袋に詰め込み、その他のものは自転車と一緒に木賃宿に預けて、カトマンズに向かった。目的地はカトマンズよりさらに北に位置するシシャパンマ山の麓だが、まずはカトマンズを通らなければならんのだ。

ラクソールから、シマン川の国境を越えて、カトマンズまでの旅は、道も整っており、また、その大半は牛車と馬車が利用できたので、あまり困難はなかった。

ビールガンジの関所で、巡査が、わが輩らをロシアの国事探偵ではないかと疑い、しばらく足止めをされたが、すぐに疑いも晴れて、先に進むことができた。

それにしても、わが輩、その時まだ、チベット国ほどではないにしろ、強硬な鎖国政策を取っておるネパール国が、わが輩のような無銭旅行者を、たいした審査もなく、どうして入国させてくれたのか、実にふしぎでならなかった。

しかも、おどろいたことに、カトマンズに到着すると、ほんの三十分ぐらいのことであったが、国王がわが輩らを宮殿に招き、謁見《えつけん》が許された。

これには、ナンド氏もおどろいたが、それには理由があった。わが輩らは、この時まで、日本人でネパール国に入るのは、自分たちが最初であると思っておった。ところが話を聞いてみると、なんと、つい数か月前まで、チベット国に経文を取りにいった河口慧海《かわぐちえかい》という、大変、徳の高い日本の僧侶が滞在しており、ネパール国王が、この人を大いに尊敬しておった。

そこへナンド氏が、わが輩らを、チベット国境の寺院の仏像を拝みに、わざわざ日本からやってきた旅行者と紹介して、通行証の手配をしておったものだから、国王は、ますます日本人贔屓《びいき》になり、わが輩らを優遇してくれたというわけだったのだ。

そんなわけで、わが輩らはカトマンズでは、考えてもいなかった歓待を受けた。国王は、何日でも滞在して、ゆっくりしていけといってくれたが、そう図々しく贅沢《ぜいたく》をしているわけにはいかん。そこで二日間だけカトマンズを見学して、シシャパンマに向かうことになった。

予想に反して、国王をはじめネパール国の人たちは、経を読む仏像のことを知らなかった。それで、これは、ひょっとすると、根のない話なのかとも思ったが、ナンド氏は絶対に、自分の手に入れた情報は正しいと主張する。

わが輩、先に進むか取りやめるか、ちょっと迷ったものの、どうせ、カトマンズまできたのだから、とにかく、いくだけいってみようと出発した。

それからの旅の道の険しさは、現地を踏破したものでなければ、わかってもらえんと思う。国王は、わが輩らの話に興味を持って、五人の従者を提供してくれたから、荷物を持たんだけでも大いに助かったが、それでも雪のヒマラヤを越えていくのは、並たいていの苦労ではなかった。

しかし、あまり苦労話をするのは、探検家らしからず、わが輩の本意ではないから、話を先に進めよう。

カトマンズを出立して、ちょうど一週間後に、わが輩らはチベット国領内に入った。チベット国はネパール国よりもさらに鎖国政策の厳重な国で、外国人の入国を認めない。ただ、ネパール国とは親しくしておるので、わが輩らはネパール国王からチベット法王にあてた紹介状をもらっていた。万一、やっかいな事態が発生したら、それを見せればいいのだ。

目指す寺院は、国境から、わずか五里ほどの、まさにシシャパンマ山の麓にあった。その寺はキミイ寺、日本語でいうなら福泉寺という小さなラマ寺院で、わが輩ら一行が案内を請うと、寺では非常にわが輩らを珍しがり、歓迎してくれた。

ところが、これからが、拍子抜けというか、大笑いなのだ。

「われわれは、この寺に経を読む、大変にありがたい仏像があると聞いてまいったのですが」

ナンド氏が、かたことのチベット語で、応対に出てきたゲフクイと呼ばれる高級僧侶に質問した。すると、ゲフクイは、にっこり笑ってうなずいた。

「中村さん、やはり、ほんとうでしたよ」

ナンド氏は、もう鬼の首でも取ったような喜びようだ。

「さっそく、拝見したいものだね」

わが輩がいう。

「ほんとうに」

志保も、期待に満ちた表情でうなずいた。

「その仏さまを見せていただけますか?」

ナンド氏がいうと、ゲフクイは、もちろんと答えて本堂に案内してくれた。小さな山寺にもかかわらず、その本堂は立派で、わが輩、案内されるや思わず感嘆の声をあげた。日本の寺とちがって、仏像の並べかたが、いかにも乱暴ではあるが、その美しさはひと通りではない。

天井は五色の金襴《きんらん》、綾錦《あやにしき》で覆われ、その下の諸仏五十あまりが、みな金色に輝いている。その金も非常に精選したものらしく、柱も金襴に巻き立てて、中央に釈迦如来《しやかにょらい》の三尺もあろうかという、金色の木塗りの像があった。

その前には、七つの水皿、灯明台《とうみょうだい》、供物台などが並んでいるが、これも金製だ。あまりの豪華さに目を奪われていると、ゲフクイが音を立てぬようにと手で、わが輩らに合図した。どうやら、その釈迦の像が、問題の経を読む仏像らしい。わが輩らは耳をすまして、像を見つめた。すると、そう大きな声ではないが、たしかに仏像のほうから、ウワン、ウワンと声のようなものが聞こえてくるではないか。むろん、木の像が口を開くわけではないのだが、しかし実際、顔のあたりから聞こえるのだ。

はっきりと経ともいえないが、なにしろ、やや、こもったような声が連続して聞こえてくる。信心の厚いナンド氏やネパール人の従者たちは、その声を聞くや床に平伏してしまった。それを見て、わが輩と志保も手を合わせた。ゲフクイは、にこにこ笑っておる。

仏像の後ろに、だれか隠れて、経を読んでいるのではあるまいかと、ちょっと、疑いもしたが、まさか、そんな単純ないかさまではあるまい。わが輩、大いにふしぎでならなかった。なるほど、これなら苦労して見にきたかいがある。無銭旅行のいい思い出になると、わが輩は非常に満足して、表に出た。そしてゲフクイに案内されて、本堂をぐるりと回りはじめた。と、その時、志保が、そっと、わが輩の袖を引き、本堂の床のほうを見ろと、目で合図した。

「うん？」

わが輩が、志保の示すほうに目をやると、なに蜂というのか知らんが、黄色い背中をした大きな蜂が、何匹も床下に出入りしておる。蜂など何が珍しいのだろうと、志保の顔を見ると、志保がゲフクイの目をはばかるように、小声でいった。

「あの蜂の羽音、さっきの……」

そこまでいわれて、わが輩も気がついた。あの仏像のワンワンという声は、まさに、その蜂の羽音そっくりなのだ。

「そうか？」

わが輩、うなずき合点した。仏像は経を読んでおったわけでもなんでもない。おそらく、蜂が本堂の床下のすきまから、釈迦の仏像の底にでも開いた穴に入り、内側の頭の部分に巣を作って、そのまわりを羽音を立てて、飛びまわっておるのだ。それを表から聞くと、経文を唱えるように聞こえるにちがいない。

わが輩、ふしぎの理由が判明して、笑い出したい心持ちであったが、ゲフクイやナンド氏の手前、そこでは笑うわけにもいかぬ。ぐっとがまんしておったが、後で、三人きりになった時、ナンド氏に真実を説明してやった。けれど、ナンド氏は、そんなはずはないといって、どうしても聞き入れようとしなかった。

まあ、信心というのは、その人の考えだから、わが輩、それ以上は強く主張せんかった。ただ、もしや寺の僧侶たちは、そのことを知っておるのではないかと、後にそれとなくかまをかけてみたが、どうも僧侶たちも、真実、仏像が経文を唱えていると思いこんでいるようなので、よけいなことはいわなかった。

それにしても、カルカッタから、はるばるヒマラヤ越えの苦しい旅をしてきて、蜂のしわざを見せられるとは、わが輩も大いに苦笑したしだいであった。が、もし志保が蜂に気がつかなければ、わが輩も、おそらく、そのまま信じていたはずで、あらためて志保という女性の注意力の深さに感じいったものであった。

3

福泉寺に一夜の宿を借りたわが輩らは、笑い話のような結果ではあったものの、その目的を果たしたので、すぐに、その足でカトマンズに引き返すつもりでおった。

ところが、わが輩らの素性を聞いたゲフクイは、せっかくネパール国王の紹介状を持ってチベットに入国したのなら、ぜひ首府のラサまでいってみろと勧める。そう勧められると、わが輩、生来の探検心が首をもたげ、いってみたくなった。この際、見聞できることはなんでもしておきたかったのだ。もちろん、志保も賛成だ。

そこでゲフクイに、女連れでも、だいじょうぶだろうかと尋ねると、テンリーまでは少し道が険しいが、そこまでいってしまえば、ヤクという牛に似た動物や馬の背に乗っていけるから心配ないとの答えだ。

「よし、いこう。ラマの高僧は、空中を飛び、人の心を読む神通力を持つとも聞く。ぜひ、この目でたしかめてみたい」

わが輩、経文を唱える仏像の真実に、いささかがっかりしておったので、さらにチベット内地に歩を進める決意をした。ところが、ここに困ったことが起こった。ナンド氏が、仕事上の都合から、これ以上は、どうしても一緒にいかれないというのだ。

そうなるとことばが困る。ナンド氏もチベット語は、いくつかの単語ぐらいしか知らないのだが、ネパール語は、手振り身振りを加えれば、どうにか通じる程度に話すことができる。チベット人も、すべてではないが、中には、かなりネパール語をしゃべる者もおるので、なんとかここまでは、かたことのネパール語どうしで、話がわかっていたのだ。

はじめての見知らぬ土地で、ことばが通じないというのは、いかにも心細い。とはいうものの、せっかくの機会を逃すのも残念だ。どうしたものかと、志保に相談した。すると、志保のことばがふるっておった。

「いまこそ、真の蛮勇をふるう時ですわ」

このひとことで、迷いの消えたわが輩は、ここでナンド氏とネパール国王につけてもらった従者たちに別れを告げ、志保とともにラサに向かって歩きはじめた。

ゲフクイのことばどおり、道は決して平坦ではなかったが、カトマンズからシシャパンマまでの道に比べると、ずっと楽だった。このあたりには、季節は夏と冬しかないそうだが、その時は、ちょうど冬から夏への変わり目で、景色も美しかった。

背後の山々は、みな白雪をいただいており、そこに夕日がかかると、峰々が、まるで珊瑚《さんご》のように輝いて、見る者の心を幽玄の境地に引き込んでしまう。わが輩、風流のかけらもない人間だが、それでも、この景色には思わずため息をつかずにはおられんかった。

思わぬできごとにぶつかったのは、福泉寺を出て三日目のことだ。山道を下っていくと、前方にバナクと呼ばれるヤクの毛で全体を覆った、遊牧民の天幕が見えた。

　このバナクは、それ以前にも、いくつか見ておったが、たいていは五つか六つで集団を形成しておる。ところが、そこに見たのは、たったひとつだ。なにやら気をひかれるものもあり、また、道筋に誤りがないか確認するつもりから、わが輩らは、そのバナクのほうに歩いていった。

　外から声をかけると、出てきたのは六十過ぎと思われる老婆《ろうば》だ。身振り手振りで、テンリーにいくのは、この道でいいのかと尋ねた。すると老婆は、道はそれでいいが、まあ、中にお入りなさいという。

「やあ、それはありがたい。あたたかい、茶を一杯飲みたかったのだ」

　わが輩らは老婆に頭を下げて、バナクの中に入っていった。立派なバナクではなかったが、中のいろりには火が燃えており、その上にかかったヤカンのようなものに、湯が沸騰《ふっとう》しておるのを見ると、わが輩、なんとはなしに、ほっとした。

　老婆は、さっそく、この地方独特のバタ茶と麦焦がしを出して、歓迎してくれる。ことばは、まったく通じないが、そのもてなしには、心がこもっておった。

　そうこうするうちに、表に出ていた、このバナクの主、すなわち老婆の亭主が、志保と同じ歳《とし》ごろと思われる若い娘を連れて帰ってきた。娘は泣きじゃくっており、腰の曲がった老人も、目にいっぱい涙を溜めながら娘を慰めておる。それを見ると、いままで、わが輩らを歓待してくれていた老婆も泣きだした。どう見ても、これはただごとではない。

「どうしたのですか？」

志保が老婆に質問した。実際は、手振り身振りの質問だが、めんどうな説明は省こう。

「はい。実は、あの孫娘は、これから嫁にいくのです」

老婆が説明する。

「すると、別れが辛くて、泣いているのですね」

「いや、それがそうではないのです。孫娘は恐ろしさのあまり泣いているのです。というのも、これは、ちゃんとした結婚ではありません。ここから西に三里ほどいったところにある鬼の顔のような形をした岩山の上に、金剛寺というラマ寺院がありますが、この寺から半年に一回、近隣の村にお触れがきて、若い娘を連れてくるようにというのです。今回は、そのお触れが、わたしどもの村にきて、籤《くじ》びきの結果、わたしどもの孫娘が当たったのです。ですから結婚とは名目上のことで、略奪と同じことです。もう、これまでに十人以上の娘たちが、連れていかれているのです」

老婆は、すすり泣きながら説明を続ける。

「その寺に連れていかれた娘さんは、どうなるのだね？」

わが輩がたずねた。

「寺の使いは、独身の若い僧侶と結婚させるのだと説明しています。でも、ほんとうのところはわかりません。なにしろ、いままで、あの寺に連れていかれた娘の、その後を見たものもなければ、手紙を受け取った家族や知人もひとりもいないのです。家族の者が会いたいといっても、決して会わせてくれません」

「どうも、怪《あや》しい話だな。だが娘を連れていくのは、いやだということはできんのかね？」

「以前に、ある村で娘を差し出すことを断りました。ところが、村はその三日後の夜に、何者かに襲われて火をかけられ、全滅してしまいました」

「その寺の坊主たちがやったのか？」

「証拠はないものの、まちがいありません。政府の役人がきて調べても、なにもわかりませんでした。この金剛寺は大きな力を持っていて、政府の役人たちは中をしっかりと調べることができず、娘たちを連れ去ることも知っていながら、見ぬふりをしているのです」

「そいつは、けしからん話だな」

「それに寺では、役人に訴えたりしたら、娘たちを皆殺しにすると威《おど》かしますから、泣き寝入りするしかないのです。でも実際は、もう娘たちは生きていないかもしれません」

「なぜ？」

「いたぶられた後で、なにやらの実験に使われ、殺されるといううわさもあるのです」

「うーむ。仏に仕える者のやることとは思えん。それで寺からは、いつ娘さんを連れにくるのだね？」

「今夜です。わたしたちは去って、このバナクに、孫娘をひとりだけ残しておけというのです。もう別れの時が迫っております。それで主人が孫娘を連れて、近くの川に身を清めにいっていたのです。その川の水でからだを清めると、病気や怪我《けが》をしないといわれておりますから……。この娘は、早く両親に死に別れ、わたしどもが育てたのですが、こんなことになろうとは……」

老婆は、そこまでいって床の上に泣き伏した。

「ふむ。聞けばなんとも、気の毒な身の上だな」

わが輩、その老婆の話を聞いて、怒りにからだが震えた。

「なんとか、孫娘を助けてやる方法はないものでしょうか？」

今度は老人が老婆にかわって、わが輩にいう。

「ネパールの人は、勇猛果敢と聞いております。助けてくださらんか？」

老人は、わが輩らをネパール人だと思っておるらしい。

「いや、わが輩らはネパール人ではなく、日本人だ。日本人は勇猛果敢なことでは、だれにもひけはとらん。しかし、わが輩ひとりではな……。なにか、方法はないものだろうか……」

わが輩、どうしたものかと、腕組みをした。すると、なにやら、じっと考えこんでいた志保が、はっきりとした口調でいった。

「中村さん、わたしが、このかたの身代わりになって、その寺にいってみます。歳かっこうが似ていますから、なんとかごまかせるでしょう」

「なんだって!!　しかし、寺にいってどうするのだ？」

わが輩、志保の大胆なことばに、いささか驚いてしまった。

「まず、これまでに連れ去られた娘さんたちを助け出します。そして、お寺の悪事を暴いて、役人に訴えてはどうでしょう」

「もちろん、それができればいいにちがいないが、いくらなんでも志保さんひとりでは、むりなことだ」

わが輩、首を横に振った。そして、老人にいった。

「なんとか、わが輩が、その寺に忍び込む手段はないものだろうか？」

「思いつきません」

老人が、悲しそうに首を振る。

「いや、志保さんの身代わりひとりでは、危険すぎて話にならんが、わが輩も一緒に中に入れればな」

わが輩が、志保にいった。

「それでは、こうしたらいかがでしょうか。中村さんは、わたしとは、別行動で寺にいくのです。中村さんはネパール国王の紹介状を持っているのですから、それを示し、仏教の視察と称して寺に入れてもらうのです。寺としても、これを拒めば国際上の問題が起こって、役人などもくることになるといけないというので、とにかく中に入れてくれるのではないでしょうか。それで、寺の中で、わたしと落ち合えば、よろしいではありませんか」

志保がいう。

「うむ。それは、うまい考えだが、そううまく、寺の中で会えるだろうか。もし、どうしても、中に入れんといったら、志保さんはどうするのだ」

「その時はその時です。失敗のことばかり考えていたら、この作戦は実行できません」

「それはそうだが、志保さんが、ひとりで連れていかれたら、わが輩がいく前に、どんな辱《はずかし》めを受けるか知れんじゃないか」

「だいじょうぶです。お忘れですか、中村さん。わたしは、廓《くるわ》にいた女です。いまさら何をされようと、痛くもかゆくもありません」

「志保さん、そんな……」

いいかけたわが輩のことばを志保が、さえぎった。

「とにかく、作戦を実行してみましょう。案ずるより、生むがやすいかもしれません」

志保の決意は堅い。こういわれては、わが輩も、うんとうなずかざるを得なかった。

志保が、その娘の身代わりになることを告げると、老夫婦は歓喜の涙で、わが輩らを拝んだ。そして、日本人は神よりも偉いと口々に称《たた》える。へたをすれば、わが輩も志保も命はないのだから、まあ、そのくらいのことはいわれても当然だが、なにしろ時刻が迫っておるから、のんびりしてはおられない。

わが輩は、じっくりと志保と打ち合わせをしておきたかったが、それもままならず午後三時、その老夫婦に道を教えられ、金剛寺に向かって出発した。

その時、志保は、老夫婦の孫娘と衣装の交換をし、髪もチベットふうに結い直しておったが、もともとが別嬪《べっぴん》なので、ほんもののチベット娘より美人に見えた。ただ肌の色が、チベット娘にしては、いかにも白すぎるので、いろりの灰を使って顔や手足に化粧をせねばならんかった。

それほど険阻ではないが、小石のごろごろした道を三里あまり歩いていくと、平原の中央に、なるほど見かたによっては鬼の顔に見える高さ三丁ほどの大きな雛段《ひなだん》型の岩山が、鋭く空中に聳《そび》えておった。その上に一丁余の高塀に囲まれて、全体が石造りの立派な寺があった。これが、悪坊主たちの巣窟の金剛寺だ。

その本堂は高さが五間、東西が二十間、南北が二十五間、石はすべて赤く塗られて、いかにも毒々しく、塀は弓形に立ち上がり、その上に檜皮《ひわだ》を重ねたように、紫色の建物があった。その、ずっと上の屋根になっている部分には最勝幢幡《さいしようどうばん》と露台が金色に輝いている。なにも知らずに、その寺を見たら、思わず拝みたくもなるのかも知れんが、わが輩、この中に若い娘を誘拐同様に連れ去る悪坊主どもが巣食っているのかと思うと、反吐《へど》がでそうな気持ちになった。

大きな岩の正面には、長い石段があるので、わが輩、大きく深呼吸をして、その石段を昇ろうとすると、石塀の陰から、いかにも屈強そうな赤い僧帽を被ったラマ坊主が出てきた。

「わが輩は日本の探検家で、ネパール国王の紹介によって、この寺を見学にきたのである」

わが輩は、この場合、めんどうなことはいやだから、最初から例の紹介状を示した。すると、門番の坊主は少し考えていたが、いいだろうといって、わが輩の先に立ち石段を昇りはじめた。

やがて間口八間、奥行き四間ほどの玄関につくと、そこで案内の僧が交替した。これも、屈強そうな男だ。ふたりの坊主は、なにやら、わが輩のほうを見て、こそこそと話していたが、ともかくその玄関をくぐれという。

日本の寺の仁王像に似た像や、わが輩にはよくわからん、華やかな飾りをつけた仏像のある部屋をすぎて、案内されたのが本堂だった。もちろん、わが輩、本堂に向かう途中、案内の坊主にそれとさとられんように注意しながらも、そこここの様子をうかがっておった。

特に、連れ去られた娘たちの姿が、どこかにないかと見回したが、娘も老婆も、婦人の姿は、ひとりも見ることができなかった。それればかりか、男の坊主たちの姿も数えるほどしか見えない。その数は、寺の大きさに比してあまりにも少ないので、わが輩は、なんだかふしぎな気がしてならなかった。

本堂の中は、あの福泉寺と同じような造りになっていたが、その装飾は、よりきらびやかに見えた。その中でもことに豪華なのは、古派ラマ教の開祖といわれるペッマ・チュンネの像だった。

なにしろ、それは像も台も、すべて宝石でできておるのだ。そしてまた、ぐるりの壁も天井も宝石が敷いてある。その豪華さは、実に人目を驚かすばかりであった。

わが輩、チベットの寺は福泉寺と、この金剛寺しか見たことがないが、わが輩の見るところでは、坊主の数が少ないのを別にすれば、格別、怪しいことをしている寺のようにも思えんかったが、現に娘を連れ去っておるのだから、どこかに秘密があるにちがいない。

それで、なにか、その手がかりになるものはないかと目を凝らしたものの、残念ながら、なにも見つけだすことはできなかった。

わが輩が、ひと通り見学を終えると、案内の坊主は、それでは、もう用事はすんだのだから帰れという。が、わが輩のほうは、そうはいかん。これから、志保が到着するのを待って、ひと騒動起こそうというのだ。

「いや、ざっと見せてもらっただけでは、詳しいことがわからない。すまないが、しばらく、ここに逗留《とうりゅう》して、研究をしたい」

わが輩は、また、ポケットからネパール国王の紹介状を取り出して見せながら申し出た。

「それは、だめだ」

案内の僧が、きっぱりと首を横に振った。

「いや、ぜひ、そうしてもらいたい」

「だめだ」

「ぜひ、頼む」

押し問答が続いたが、わが輩、どんなことがあっても、ここで寺を出るわけにはいかんから、なんとしても後に引かなかった。すると、そこに通りかかったのが、あきらかに案内の坊主より格が上とわかる老僧で、わが輩の話を聞くと、それでは一晩だけという条件で、宿泊を許可してくれた。

果たして、一晩で予定の計画が実行できるかどうか、不安はあったものの、これで、まず安心。わが輩、いまごろ志保は寺に向かっておるころかと、頭に思い浮かべながら、宿坊のほうへ案内されていった。

4

宿坊は、かなり広く、十部屋以上あるようだったが、その晩の泊まり客は、わが輩だけだった。わが輩、無銭旅行者であることを説明しておいたから、飯などは出てこんと思っておったが、しばらくすると、なかなかのごちそうが出てきた。肉や魚が、おかずについておる。さらにおどろくには、酒までくれたことだ。

わが輩、それを見て、いかにも怪しいと思った。たとえ、ネパール国王の紹介状を持っておるとはいえ、一介の無銭旅行者を、酒までつけて歓待するものだろうか？　眠り薬、いや毒でも入っているのではないかと思ったので、出された飯や酒は、食ったり飲んだりしたふりをして、捨ててしまった。

が、後で知ったところによると、ラマ教寺院の中でもある派に属するものは、妻帯も肉食も飲酒も、なんでもかまわんという教えなのだそうだ。それで、わが輩にも、ごちそうが出されたらしい。

もっとも、それを知っておっても、毒が入っていたかも知れんから、食うわけにはいかなかったことは同じだ。しかし、無銭旅行で腹ぺこには慣れているものの、この夜ばかりは大事が控えておるから、充分、腹を満たす必要がある。腹が減っては戦《いくさ》ができんというやつだ。

そこで、バナクの老婆にもらった麦焦がしをバタと水でこね、これに唐辛子の粉と塩をつけて食ったが、これが結構な味で、いよいよ元気が湧いてきた。

食器を下げにきた坊主は、八時には消燈して、それ以後は部屋を出ないようにと注意をしていった。この時、その坊主は、わが輩が元気にしておることに、疑問を持っておらんようだったから、毒入り飯というのは、警戒しすぎだったようだ。

八時になると、寺中に鐘の音が響きわたった。わが輩も、蠟燭《ろうそく》の火を消す。しかし、寝る気など、もちろんない。仕事は、これからなのだ。まず、やらねばならんことは、志保と落ち合うことだがたしかに、志保が、チベット娘の変装を暴かれずに、この寺の内部に連れてこられておるのかどうかがわからん。

この時になって、わが輩も志保も、ずいぶん大胆なことをしてしまったと思ったが、いまさら後には引きようもない。ともかく作戦を実行するのみと、わが輩、寝台を人が寝ているように見せかけると、大事なものを洋服のポケットに押し込んで、宿坊を抜け出した。

寺の中は、廊下の所々に薄暗い蠟燭の火が灯《とも》っておるばかりで、人影はない。これ幸いと、わが輩は志保の姿を求めて、あちらこちらを歩きまわった。

だが、寺は広いうえに、内情がよくわからないから、もうすでに志保が寺に到着していたとしても、どこにいるのか皆目見当がつかない。結局、その晩は、明けがた近くまで内部を探偵したが、志保も娘たちも探し出すことができなかった。

さあ、そうなると、志保のことが心配だ。まさか、連れてきたその日のうちに殺すようなことはないにしても、もし、化けの皮がはげていようでもしたら、どんな目に合わされておるかわからん。

翌日になると、例の坊主がやってきて、約束だから寺を立ち去れという。もちろん、わが輩は立ち去れん。そこで、腹が痛いと仮病を使って、部屋からは出ないから、もう一日だけ滞在させてくれと頼んだ。

坊主は、あからさまにいやな顔をしたが、病人とあってはしかたないと思ったか、どうやら滞在延長を認めてくれた。が、約束だから部屋を出ることはできんし、また出たとしても、昼間は、あちこち歩きまわることはできんから、いらいらしながらも夜のくるのを待っておった。

そして、前の晩と同じく、八時の消燈が過ぎると、寝台に細工をして、部屋を抜け出した。もう、どうしても志保を見つけださなければならない。けれど、さほど大きな寺ではないのに、志保の居所の見当がつかない。実際、志保は寺に到着しておるのだろうか。はて、どうしたものかと思案しながら、外から見た時、黒い建物と思えたあたりを忍び足で歩いておった。

と、にわかに、右手のほうが騒がしくなり、十人もの坊主が現れ、手に蠟燭をゆらめかせて、やってきた。わが輩、物陰に隠れて、様子をうかがっておると、わが輩が、なんの変哲もない壁と思っておったところを、ぐいと押した。すると、そこにぽっかりと人がひとり入れるくらいの穴が開き、坊主たちは、ぞろぞろとその中へ入っていく。どうも、中は地下に続く階段になっておるようだ。そして全員の姿が消えると、隠し扉は閉まり元の壁に戻った。

これは、いかにも怪しい。なんにしても、なにかの手がかりになるにちがいないと、わが輩、物陰から飛び出し隠し扉を開けた。やはり石段が地下に続いておって、中は身震いしそうになるほど、ひんやりと冷たい。中をのぞきこんだが、もう坊主たちの姿は見えなかったので、わが輩、用意の探見電灯の明かりをつけると、石段を降りはじめた。

三十段ぐらいの石段を降りると、そこから先は、平らな一本の通路だった。まわりは石壁がむきだしになっている。その通路を十間も歩いてくると、道が左右ふたつに分れた。どちらに進んだらいいのかわからんが、考えておる余裕もないので、右の道を進んだ。それを五間いくと、道は右に直角に折れておった。そして正面に、錠のおりた鉄の扉の部屋があった。外から錠がおりているのだから、この中に坊主たちがいるとは思えない。

その時とっさに、わが輩は、この部屋の中に連れ去られた娘たちが、閉じ込められているのではないかと思った。

「おい、誰かおるのか？」

わが輩、扉のすきまに口をつけて、声を押し殺していった。と、そのわが輩の呼びかけに答えて、中から女の声がした。なんといったのかは、チベット語なのでわからんが、いかにも弱々しい悲しそうな声だ。

「よし」

わが輩、うなずくと、服の隠しから一本の太い針金を取り出した。泥棒まがいのしわざだから、あまり自慢にはならんことだが、わが輩、無銭旅行に出る前に、こんなこともあろうかと、ある錠前師から錠の開けかたを習っておったのだ。

錠は、かんたんに開いた。わが輩、あたりに気を配りながら、扉の把手《とって》を引っ張った。ギギーッといやな音がして、扉が開いた。中は、まっ暗だった。

「どこにおるのだ？」

わが輩、声をかけて、探見電灯を室内に照らした。そして、思わず、立ちすくんだ。その電灯の明かりの中に浮かんだ光景は、ちょっとやそっとでは、いい表せない。

そこにいたのは、女たちではなかった。身の毛もよだつ、怪物たちだったのだ。岩がくり抜かれた冷たい部屋は十畳ぐらいの広さがあったが、そのあちらこちらに、怪物たちがうずくまっていた。全部で十匹というのか、十人というのか知らんが、それくらいいた。

それらの怪物は、全部が同じ姿をしてはいなかった。わが輩の一番近くにいた怪物は、ぬめぬめとした山椒魚《さんしょううお》の顔を持った女だった。いや、顔だけでなく、手も足も山椒魚のようで、黒い指の間に、水かきがついていた。

それが、女とわかったのは、その怪物が、何ひとつ身につけぬ裸体で、首から下の部分は人間によく似ており、乳房があったからだ。そして、すぐにわかったのだが、そこにいるのは、すべてが女だった。

その後ろにおるのは、ひき蛙《がえる》と人間を一緒にしたような、目が左右に飛び出した、大きな口の怪物だった。これは山椒魚の怪物より、より人間らしさがなかった。

その他、わが輩、生物についての知識がないので、なんといっていいのかわからんが、とかげや魚を思わせる怪物もいた。それが、なんなのかは、わが輩にはわからんかった。地獄には牛頭《ごず》、馬頭《めず》という怪物があるそうだが、そこにおるのは、そういう凶悪な怪物には見えんかった。

見えんかっただけではない。実際、その怪物たちは、姿こそ、いかにも気持ち悪かったが、わが輩に危害を加える様子は少しもなかったのだ。ひどく、衰弱しておるようにも見える。

「おまえたちは……」

わが輩、しばらく茫然《ぼうぜん》として、怪物たちを見つめておったが、見ておるうちに、なにやら親しみのようなものさえおぼえ、激しかった胸の動悸《どうき》もおさまったので、静かに声をかけた。と、山椒魚に似た怪物が、立ちあがる気力もないらしく、少し、からだをずらして、わが輩を見上げ口を開いた。人間の女の声だった。

けれど、わが輩には、ことばがわからん。怪物は、しきりに、なにかを訴えんとしているように見える。わが輩、悔しくてしかたないが、どうしようもない。

「おまえたちは、なんなのだ？」

それだけを繰り返しておった。すると、その山椒魚の怪物が、どこからか碧玉《へきぎょく》のついた耳飾りを取り出し、わが輩に見せ、しきりにからだを指で差し示し、それが自分のものだというしぐさをした。その耳飾りは、チベットの婦人がするものだ。

「では、おまえは人間なのか？」

わが輩、そう叫んでから、バナクの老婆が、連れ去った娘たちを、寺ではなにかの実験につかっておるらしいといっていたのを思いだした。

「おまえたちは、悪坊主どもに、こんな姿にさせられたのか！」

ことばが通じんことに、いらいらしながら、わが輩、日本語で怒鳴《どな》った。すると、それがわかったのかどうか、山椒魚の怪物が悲しそうな声を出して、うなずいた。

いったい、なんのためなのかはわからんが、悪坊主どもは、たしかに連れ去った娘たちを、こんな怪物の姿に変えているらしい。わが輩、からだ中の血が、ふつふつと煮えたぎった。

さて、どうしたものか。わが輩、ない頭をひねって考えた。志保と立てた作戦は、連れ去られた娘たちを助け出し、悪坊主どもの悪事を暴くことであったが、助け出すはずの娘たちが、このありさまでは、作戦を変更しないわけにはいかない。

娘たちが、もとの姿に戻るのか戻らんのかわからんが、もし、戻るのなら、その方法を試みなければならん。助け出すのは、その後のことだ。それには、悪坊主どもが、なんの目的で娘たちをこんな姿にしておるのか調べる必要がある。

わが輩、まことに怪物にされた娘たちには気の毒であったが、その場はどうしようもないから、錠ははずしたまま静かに扉を閉め、通路が分れていたところから、今度は左に入っていった。

おそらく、こちらの道の奥には、わが輩より前に入っていった悪坊主どもがいるはずだから、大いに注意をしなければならん。わが輩、それまでにもまして、注意深く先に進んだ。するとこちらも、さほどいかないところで直角に道が左に折れておった。

そして、明るい光が認められた。そっと、角から折れている道をのぞき込むと、正面に部屋があり、その扉の両側に松明《たいまつ》が燃えていた。こちらの扉は鉄製ではなく、派手な色に塗られており、上のほうに小さな窓があった。

わが輩、そろりそろりと、その扉に近寄り中をのぞいた。中は、扉の前以上に明るかった。部屋のいたるところに、蠟燭が灯されて昼間のように明るい。その正面に、思わず、目をそむけたくなるような卑猥《ひわい》な姿をした、男女交合の像があった。男女の像とも、悦楽の表情で抱き合うておる。

さらに目を凝らせば、その他にも、マンダラや仏画が、壁のいたるところに貼《は》ってあるのだが、いずれも、男女の仏が合体しておるものばかりだ。まさに、これはチベットの立川《たちかわ》流《りゅう》といったところだろう。

それらの淫猥《いんわい》な仏像、仏画に囲まれた部屋の中央に、大きな机というか台のようなものが置いてあり、その上に皿だの壺《つぼ》だの、いくつかの陶磁器類が並べてあった。竹製のへらばさみのようなものもある。それは、たしかに、なにかの実験をする場所にちがいなかった。

だが、ふしぎなことに、部屋の中には人影がひとつもない。いったい、あの悪坊主どもはどこへ消えたのだろうと、首をかしげておると、いきなり、例の合体仏像の裏手から、ひとりの坊主が現れた。どうやら、わが輩の見るところからは陰になっておるのだが、そこに、さらに、奥の部屋に続く通路があるらしい。

出てきた悪坊主は、慣れた手つきで、台の上の皿や壺を部屋の隅に片づけ、奥に向かってなにやら声をかけた。その声に奥から、別の声が答えると、同時に、ぞろぞろ悪坊主たちが出てきたが、そのまん中に、婦人の姿があった。チベット人の若い娘のようだ。

しかも、その若い娘はまったくの裸体で、ふたりの悪坊主に両手をしっかりとつかまれておる。娘は、もう泣く力もないようで、青ざめた顔で、がたがたと震えておる。

その哀れな娘を悪坊主たちは、否応なしに台の上に仰向《あおむ》けに寝かした。そして、ひとりの坊主が、いくつかの壺の中の、どろりとした水飴《みずあめ》のような透明な液体を、小さな茶碗《ちゃわん》に取り、匙《さじ》のようなもので掻《か》きまぜると、娘の上半身を台の上に起きあがらせて、むりやり口の中に流し込んだ。そして、ふたたび台に寝かす。

わが輩、娘が液体を飲まされる前に、部屋に飛び込むべきだった。が、つい、その娘がなされることに見とれてしまった。すると、娘は、しばらく、なにごともないように、台の上に寝ていたが、五分ほどたつと、いきなり顔に苦悶《くもん》の表情を浮かべ、苦しみ出した。と、同時に、それまで、じっと娘の様子を見ていた悪坊主たちが、ざわざわと騒ぎはじめた。口々になにかいい合っておる。もちろん、わが輩には、なにをいっておるのかわからんが、なにか、ひどく落胆しておるようだ。そして、怒っておるようでもある。

中でも年長の坊主が、液体を調合した坊主を叱《しか》りつけているようだった。さらに五分が経過すると、娘の苦悶の表情は消えたが、それに変わって、顔の皮膚に変化が生じはじめた。見る見る顔が、濃い灰色に変わり、表面がぬめぬめしはじめた。

鉄の扉の部屋で見たのほど、ひどくはないが、徐々に娘の顔が蛙か山椒魚のように変わっていくのだ。それを見ると年長の坊主の怒りが爆発し、そばの坊主に怒鳴りちらした。なにか、命令しているようだ。ふたりの坊主が、あわてて、その怪物に変身しつつある娘を抱きかかえて奥の部屋に消えた。

そして、またひとり、裸体の娘を引き連れてきた。その娘を見たわが輩は、もう少しで、大声をあげるところだった。なんとなれば、それは志保だったからだ。

おどろきのあまり、探見電灯を取り落としそうになったわが輩に比して、志保は落ち着いていた。さすがに自分で進んで、悪の巣窟に潜入しただけのことはある。汚《けが》らわしい坊主どもの前に、裸体をさらしているにもかかわらず、少しも脅《おび》えたり、恐れたりしている様子がない。

悪坊主たちは部屋の真中にくると、前の娘と同じように、志保を台の上に昇らせようとした。わが輩、もうこれ以上は、がまんできん。扉を蹴破って中に飛び込もうとした。が、それより早く、志保が、近くにいた悪坊主の股間を力まかせに蹴りあげ、髪の中に手を突っ込むと、ぱっと、なにやら赤い粉を坊主ども目がけて撒《ま》きちらした。唐辛子かなにかの目潰《めつぶ》しのようだ。

あっと叫んで、坊主どもが顔を押さえる。その瞬間、わが輩も部屋に飛び込んだ。

「中村さん！」

志保が、わが輩を認めて叫んだ。

「だいじょうぶか、志保さん！」

「はい」

志保が返事をしながら、はっとしたように、胸を隠した。

「この、助平坊主どもめが！」

わが輩、ひとりの坊主の胸ぐらをつかむと、力いっぱい鉄拳をみぞおちにぶち込んだ。

「ぐへっ！」

情けない声を出して、その坊主が倒れる。ようやく、その時になって二、三人の坊主が、わが輩に殴りかかってきた。いずれも、わが輩より大きな男ばかりだ。だが、わが輩、腕力ではだれにもひけはとらん。二発ずつの鉄拳で、その坊主を打ち倒した。

四人目につかみかからんとした時、後ろの部屋から、僧帽を脱いだ坊主が飛び込んできて、志保に向かってなにやら投げ出した。

「なにをする……」

わが輩が怒鳴るより先に、その坊主がいった。

「こんなところで、お会いするとは思いませんでしたね」

それは、聞き覚えのある声だった。石峰省吾《しょうご》の声だった。

「石峰君か。どうして、ここへ？」

わが輩が質問した。

「話は後です。それより、この連中を」

そういいながら、石峰君は、奇声をあげて組みついてくる坊主を、あざやかな一本背負いで投げ飛ばした。投げ飛ばされた坊主が、例の卑猥な仏像にぶつかって、仏像が横倒しになる。ちらりと志保のほうを見ると、志保がチベット服を急いで身につけていた。石峰君から受け取ったのは、バザクの娘の服だったらしい。

さほど広くない部屋で、九人の悪坊主とわが輩、それに石峰君が大乱闘を演じるのだから、もうめちゃくちゃだ。敵の屍《しかばね》乗り越えてということばがあるが、実際、倒れておる坊主の頭を踏みつけたり、蹴飛ばしたりしながら、わが輩、大格闘をする。

わが輩と石峰君は正義の鉄拳をふるって、打ちかかってくる悪坊主どもを殴りつけ、投げ飛ばすが、なにしろ相手は数が多い。ひとり倒すと、前に倒れておったやつが起きあがり、殴りかかってくる。

わが輩としても、どうせ悪坊主たちは生かしておいてもしょうがない屑どもだと思うものの、殴り殺してしまうわけにはいかないから手かげんをする。と、性懲《しょうこ》りもなく、また向かってくるのだ。

「ええい、腹が立つ！　どうだ石峰君、めんどうだから、まとめて叩き殺してしまうか」

わが輩、ひとりの悪坊主の胸ぐらをつかみながらいった。

「いいですね。こんな連中、生かしておいても、世のためになりません」

石峰君が、わが輩のことばに同意した。背後で轟音《ごうおん》が響いたのは、その時だった。

「あっ、中村さん‼」

チベット服を身につけ終わった志保が、ついたての陰から叫んだ。わが輩、あわてて入口のほうを見る。と、そこに、痩《や》せてからだは小さいが、いかにもずるがしこそうな顔をした初老の坊主が、右手に短銃を構えて立っていた。銃口から、白い煙がゆらめいておる。

「石峰君、だいじょうぶか？」

わが輩がいった。

「はい」

石峰君が、押さえ込んでいた悪坊主のからだを突き放すようにしていった。幸い、弾は石峰君にも志保にも当たらなかったようだ。しかし、その短銃の出現は、乱闘の様相を一変させた。

悔しいが、短銃で狙いをつけられては、わが輩も動くわけにはいかん。石峰君の動きも止まった。それに対して、すっかり元気づいたのが悪坊主たちだ。短銃を持った坊主の出現を見るや、嬉々《きき》として勝誇《かちほこ》ったような表情になった。

「おまえたち、何者か知らんが生きては帰れんぞ」

短銃を持った小男の坊主が、口許《くちもと》に薄笑いを浮かべて、かたことの英語でいった。

「何者かわからんければ、教えてやろう。わが輩らは日本帝国の無銭旅行家だ。貴様たちの悪業を聞いて、征伐してくれんものとやってきたのだ」

わが輩がいった。

「なに、日本帝国？　それは、はるばる遠くからきたものだ。しかし、気の毒に、ここがおまえたちの死にどころだ」

坊主がうそぶく。

「なにをいうか！」

わが輩、その坊主のほうへ一歩近寄ろうとした。

「動くな！」

坊主が短銃の照準を、わが輩の胸にぴたりと合わせた。そして、目のまわりに痣《あざ》を作った り、鼻血を出しながら立ちあがって、わが輩と石峰君をにらみつけている若い坊主たちに命令した。これは、チベット語だったので、なんといったのかはわからん。

「ぼくたちの、睾丸《こうがん》を抜いて手足を切り、瓶《びん》の中に放り込めといっているらしい」

石峰君が通訳した。

わが輩のそばにいた坊主が、わが輩の腕を後ろ手に押さえつけた。別の坊主たちが、石峰君と志保を同じようにする。

「くそっ!!」

わが輩、思わず呟《つぶや》いた。中村春吉、死など恐れるものではないが、くだらん死にかたはしたくない。

「中村さん、どうしましょう?」

石峰君がいった。

「どうしてくれようか。わが輩らはともかく、志保さんだけは、どんなことがあっても助けねば」

わが輩、志保のほうを見ていった。

「中村さん。わたしのことなど、気にしないでください。いま、わたし、ここで手を振り切って騒ぎたてます。わたしは、どうなってもかまいませんから、そのすきに、あの短銃を……」

志保が、ささやくようにいった。

「それはいけない。志保さんは、ぼくたちがいいというまで、動いてはいけないよ。中村さん、ぼくを楯《たて》にして短銃を叩き落としてください」

石峰君が決然という。

「いや、待て!!　そう死に急ぐこともない。なにか、必ず方法があるはずだ」

わが輩がいった。と、その声が終わるか終わらないうちに、短銃を構えていた坊主が、いきなり足をすくわれて、声を出すまもなく人形でも倒れるように、顔から直角に床に倒れ込んだ。短銃が暴発して、弾が、わが輩の手をねじりあげている坊主の太股に当たった。

「うわあっ!!」

股を撃ち抜かれた坊主が、悲鳴をあげてうずくまった。わが輩、とっさのことに、なにが起こったのかわからなかった。短銃を持った坊主の足元を見た。なにやら、黒い影が見える。それは、あの山椒魚のような顔の女だった。坊主に気がつかれんように、はいずって部屋に入ってきた女が、背後から足をすくったのだ。

「おお、おまえは！」

わが輩、倒れている坊主の手から短銃をもぎとると、脇腹に猛烈なる足蹴りを見舞わせながら女にいった。女が、ゆっくりと立ちあがって、うれしそうな表情をした。

そして、なにやら、ひゅーという口笛のような声を出すと、扉の陰から、さらに七、八人の蛙やとかげに似た顔にされてしまった裸の女たちが、鈍い動きながら、なだれ込むように部屋に入ってきた。

「あなたたちは！」

志保が、怪物にされた女たちに声をかけるのと、女たちが奇声をあげて坊主たちにむしゃぶりついていくのが同時だった。

「よし！」

わが輩も、ひとこと怒鳴って近くにいた坊主を、手にしていた短銃で殴り倒した。石峰君と志保も、それぞれに坊主の手を振りきった。

「石峰君、もう遠慮はいらん。こやつら、起きあがれんほどに叩きのめしてやれ!!」

「心得ました！」

石峰君が答えて、近くの悪坊主に躍りかかった。志保も、手ごろな蠟燭立てをにぎって、坊主たちを殴る。逃げようとする者には、怪物にされた女たちが、わーっといっせいに群がる。

決着は、五分でついた。

しかしながら、それは、その部屋にいた悪坊主どもを倒したというだけのことで、寺の中には、まだ何人いるかわからん。そやつらが、いっぺんに押し寄せてきたら、いくらわが輩らでも、とてもかなうものではない。とにもかくにも、一刻も早く、この寺を逃げ出さなければならなかった。

「よし。石峰君、かたはついた。逃げよう！」

わが輩がいった。

「とはいうものの、逃げられるかな？」

「だいじょうぶです。この時のために、ちゃんと逃げ道を見つけてあります」

石峰君が、まかせておけという表情をする。

「そうか。それはありがたい。ところで、この娘たちだが……」

わが輩は、いっしょに悪坊主と闘った女たちを見ていった。女たちは、部屋の隅にかたまり、荒い息を吐きながら、わが輩らのほうを見つめている。

「この姿では、外に連れて出るわけにもいかんだろう。しかし、このままでは……」

「それについては、ぼくが、ちょっとおもしろいことをしておきました。だいじょうぶ、そのうち、きっと、元の姿に戻って、ここを出られます」

石峰君がいった。

「ほんとうですか？」

志保が、顔を輝かせた。

「うん。きっと、元気になって出られる」

石峰君がうなずいた。

「だが、このまま残していって、殺されたりはせんだろうね？」

わが輩がいった。

「だいじょうぶでしょう。彼女らは、だいじな実験材料ですから、殺しはしないと思います。それより、ぐずぐずしてはいられません。いきましょう」

「わかった」

わが輩はうなずき、女たちにいった。

「詳しいことはわからんが、いずれ、元のからだに戻れるということだ。早まったことをせんようにな」

日本語では通じないのはわかっておったが、とにかく、そういってやった。と、例の山椒魚に似た顔の娘が、にっこりと微笑《ほほえ》んだように見えた。

5

石峰君は、よほど寺の内部を詳しく知っておるらしく、その石窟を出ると、人目にまったくつかないように、小さな物置のような場所に、わが輩を案内した。

「こんなところに、隠れるのかね？」

わが輩、一刻も早く、寺の外に出たほうがいいと思ったので首をかしげた。

「いいえ、隠れるのではありません。この中に、寺の外に出る通路があるのです」

そういいながら、無造作に積みあげられているがらくたをどかし、石峰君は床板をあげた。すると中が、かなり急勾配の石段になっておるではないか。

「この秘密の通路は、ばくがあれこれ探索中に偶然発見したものですが、寺の者も知らないんですよ。前にいた僧侶たちが作ったらしいんですがね。半里も離れた荒野の中を流れる川の土手の洞窟に抜けるのです」

石峰君が、説明する。

「じゃ、ぼくが先頭に立ち、志保さんが真中《まんなか》。中村さんは最後の順でいきましょう。まず追ってこないと思いますが、できるだけ遠くに逃げるにこしたことはありません」

「よし、いこう」

わが輩、石峰君の後に続いて、石段を降りていった。

探見電灯二つの明かりだけで、その秘密の通路を抜けるのは、あまり気分のいいものではなかった。いうにいわれぬ圧迫感があって、いつ、そのまま、閉じ込められてしまいやしないかという恐れが、心の中に広がる。

しかし、閉じ込められる心配はなかった。三十分間も歩くと、なるほど石峰君のことばどおり、小さな川岸の洞窟から外に出た。その夜は、月こそ出ていなかったが、星明かりが降るように地上にそそいでおった。振り向いても、もう金剛寺は見えない。

「ここから、北に二里のところに小さな村があります。とりあえず、そこまでいきましょう」

石峰君がいう。

「追手《おって》がやってこんだろうか？」

わが輩がいった。

「心配ないと思いますが、もし追ってきたとしても、村に入ってしまったほうが安全でしょう。あの連中とて、たくさんの村人を前にしては、そう乱暴な行動はできないはずです」

「なるほど」

「その村には、ぼくが懇意にしている者もおりますから、安心してかくまってもらえます」

「そうか、それはありがたい。では、もうひと歩きしよう。志保さんも、だいじょうぶだね」

　わが輩がいった。

「はい。わたしは、だいじょうぶです。中村さんより、ずっと若いですから」

志保が、茶目ぶりを発揮していった。

「なに、わが輩より、ずっと若い？　うむ。それは実際だが、わが輩だって、まだ若いつもりだ。日本に帰ったら、十五、六の娘と結婚しようと思っておる」

「あら、それは楽しみですわ。祝言の席には、ぜひ、わたしも呼んでくださいませ」

志保が笑った。わが輩と石峰君も笑う。それは、久しぶりの笑い声だった。

村には、夜中の二時ごろに到着した。すぐに石峰君が、懇意にしているという村人を尋ね、かくまってくれるよう交渉した。もちろん、それだけでも、快く応対してくれたであろうが、運のいいことに、その村人は例のバナクの一家から、わが輩らの話を聞いておったので、夜中に叩き起こしたというのに、それは気持ちよく、迎え入れてくれた。

　上等の部屋を与えられたわが輩らは、ここで、ようやく、ほっとひと息つくことができた。そこで、それまで張りつめていた気をゆるめると、からだのあちこちが痛みだした。特に、わが輩、それまでは気がつかんかったのだが、右足の小指の先が、ずきずきと痛む。

　そこで、急いで靴を脱いでみると、例の立ち回りの時にでもぶつけたのだろう。爪が剝《は》がれて血が出ておるではないか。すると、それを見た石峰君が、懐から小さな壺に入った塗り薬を取り出し、それを塗って治療してくれた。

「やあ、ありがとう」

わが輩、礼をいって、寝台に入ろうとした。石峰君や志保と話したいことは山ほどあったが、とにかく、からだが疲れておるからひと眠りしたほうがいいと思ったのだ。しかしからだは疲れておるものの、気持ちが高ぶっており、とても眠れそうにない。石峰君も志保も同様だ。そこで、しばらく寝るのをやめ、はじめて石峰君との再会を祝い、話に興じることにしたのだった。

「しかし、石峰君。ミンドンミン王の宝を探しにいった君が、なぜ、あんなところにおったのだ？」

わが輩が質問した。

「それが、いろいろ事情がありましてね。ミンドンミン王の宝よりも、あの寺の僧たちが研究している不老不死の薬の秘法を手に入れたほうがいいと思って、シッキムから中国人に化けて潜入したのです」

石峰君が説明した。

「なに、すると、きゃつらが実験しておるというのは、不老不死の薬だったのか！」

わが輩、はじめて、その秘密を知り目を丸くしていった。

「そうです。あのチベット娘に飲ませていたのが、その不老不死の薬です。中村さんは、あの薬の秘法を手に入れようと、寺にやってきたのではないのですか？」

「ちがう、ちがう。わが輩は、連れ去られた娘たちを助けだそうとしただけだ。しかし、不老不死の薬というが、あれを飲まされた娘たちは、怪物に変身しておるではないか。あれのどこが、不老不死の薬なのだ？」

わが輩、むろん、実際の不老不死の薬など見たことはないが、少なくとも不老不死の薬を飲むと怪物になるなどというのは、なっとくできんので質問した。

「あれは、失敗なのです。というより、未完成というべきでしょうか。ぼくも、詳しいことはわかりませんが、あの連中の製造している薬というのは、人間の細胞を一度、爬虫類《はちゅうるい》や両生類の段階に戻すことによって、不死の力を得ようというものなのです」

「どういうことだ、それは？」

わが輩、石峰君のいうことが、よく理解できず質問した。

「原理は、わかりません。ですが、たしかにとかげには尻尾《しっぽ》を切られても、また生えてくるという能力がありますし、山椒魚などは、そのからだを半分に割かれても、今度は二匹になって生き返る力があります。亀などは何百年も生きるというでしょう。そういう、爬虫類や両生類の力を人間に応用して、不老不死のからだを得ようというわけなのです」

「でも、それが、うまくいかないで、薬を飲んだ人は怪物になってしまうのですね」

志保が、眉根にしわを寄せていった。

「そうなんだ、やつらが研究しているのは、人間の姿のまま、不老不死の力を得ることなんだが、いまの研究では、どうしても、姿形までが、爬虫類や両生類のようになってしまう」

「なんのために、寺の坊主が不老不死の薬など作ろうとしているのだ」

「ぼくの調べたところでは、あの寺は、もともとは由緒正しいラマ寺院だったのですが、十数年前に、男女の快楽を至上のものとする秘密教一派の破戒僧たちがやってきて、もともといた僧侶たちを追い出し、乗っ取ってしまったのです。それで、快楽を永遠に享受《きょうじゅ》するために、不老不死の薬を作ろうと考えたわけです」

「淫猥坊主どもめ！」

わが輩、吐き捨てるようにいった。

「それで、各地から若い女性をさらってきては、まず慰みものにし、それに飽きると、実験に使っていたわけです」

「わたしは、なぜ、慰みものにならなかったのでしょう？」

志保がいった。

「それは、ここにきて薬の完成を急いでいたからだ。というのも、親玉の坊主が死にかかっていてね。なんとか、その坊主に薬を飲ませて、不老不死の命を与えたいと焦っているんだよ」

石峰君が説明した。

「肉欲のために若い娘を犠牲にして、不老不死の薬を作ろうとするなど、もってのほかだな。だいたい、そんなに死にたくないものかね」

「それは、永遠の命を持ちたいというのは、人間ならだれでも持っている願望でしょう」

　わが輩の問いに、石峰君が答えた。

「そうかなあ。わが輩など、そういつまでも生きていたくないぞ。決められた人生を、できるだけ有意義に、力いっぱい生きて、時がきたら死ぬ。それが人間というものだ」

「世の中には、中村さんのような豪快で、潔い生きかたをしようとしている人ばかりではありませんよ」

　石峰君が笑った。

「わたしも、永遠の命などは欲しいとは思いませんけど、たしかに、もう少し寿命があれば、できるということもあるでしょうね。ですから、不老不死の薬を求める気持ちはわかりますが、そのために、なんの罪もない娘さんたちを実験に使うなんて、とても許せません」

　志保が強い口調でいった。

「それにしても、結局、わたしたちは、お寺に乗り込んだものの、なにもできずに、ただ、石峰さんに助けられて逃げてきただけだったのですね」

「せめて、火でもかけて、寺を燃やしてしまえばよかったなあ。いや、それでは、あの娘たちまで死んでしまうが……。なんにしても、あの糞《くそ》坊主どもを、あのまま生かしておくのは、がまんがならん。どうだ。石峰君。もう一度、乗り込むか？」

「いえ、それは危険です。今度、中に入ったら、命はありませんよ。ですが、中村さん、志保さん。ぼくだって、ぬかりはありませんよ」

石峰君がいった。

「ぬかりはない？」

わが輩がたずねる。

「そうです。さっきいいましたように、なんとか悪坊主たちをやっつけてやろうと思いましてね。やつらが毎日飲む水と、バタの中に、薬を混ぜこんでやったのです」

「不老不死の薬か？」

「いいえ、ちがいます。なんという名前なのか知りませんが、連中が不老不死の薬と反対の作用をさせるために作った薬です。つまり、それを飲むと急激に肉体が進化する薬です」

「肉体が進化する薬ですか？」

志保が質問した。

「そうなんだよ。最初、やつらは不老不死のからだを作るために、細胞に作用して、人間が進化する薬を作ったのだ。進化した人間は、きっと長生きだろうと考えたんだね。ところが、その薬を飲んでみると、ひどくひ弱なからだになって、病気に対しても抵抗力がなくなり、すぐ死んでしまうことがわかったのだ。ぼくは見ていないが、その薬を飲んだ人間は、姿形も頭ばかりが大きく、手足が針金のように細く、まるで病人のようだったそうだよ。結局、進化するということは、老化することでもあるらしいんだ」

石峰君が説明した。

「そいつを、水やバタに放り込んだわけか？」

わが輩がいった。

「そうです。あの薬は、匂いもなければ色も味もないから、やつらは、知らず知らずに飲んだり食べたりすることになるんです」

石峰君が、得意そうな顔をする。

「すると、自分では気がつかないうちに、からだが弱って死んでしまうと」

「そういうことです。さらに、量をたくさん飲むと、骨なし人間のようなぐにゃぐにゃなからだになるそうですよ」

「そいつはいい！」

「変だと気がついても、水の中に入っているとは思わないでしょう。なにしろ、やつらが飲用にしている井戸の中に、放り込んだのですから、わかるわけがありませんよ」

「うむ。さすがは、石峰君だ」

「では、石峰さん。その薬を、あの女の人たちに飲ませてあげれば、元のからだに戻るんじゃないのですか？」

志保が質問した。

「そのとおりだよ。あの女性たちにとっては、この薬は解毒剤になるんだ」

「あの娘たちに、それを渡してやったのかね？」

「いいえ。それでは、悪坊主たちに見つかるかもしれないので、渡しませんでした。でも、水やバタは悪坊主たちも、女性たちも同じものを使うわけですから、女性たちには、徐々に効目《ききめ》が出てきて、やがて、元の姿に戻るはずです」

「でも、また不老不死の薬を飲まされたら、同じことではないか」

「安心してください。残っていた薬は、全部、捨ててきましたよ。あの薬は、調合が大変なのです。はじめから作りだしたら、一年はかかるでしょう」

「でも、そのころには、あのお坊さんたちは、からだの弱い人間に……」

志保がいった。

「そうだよ。だから、元の姿に戻った女性たちは、楽々逃げられるはずだ」

石峰君が、にっこり笑っていった。

「うむ。それは、実にうまい方法だ。娘たちは助かる、悪坊主たちは滅びるか。はっははは」

わが輩、愉快でならなかった。

「まったく、でかしたね、石峰君。あの悪坊主たちも、自分の作った薬で滅びるのなら満足にちがいないよ。いや、これで万《ばん》、万歳《ばんざい》だな！」

「不老不死の薬とか、細胞を進化させる薬とか、神の摂理にそむくようなことをするものじゃありませんですわね」

志保が、考え込むようにいった。

「うん。これから、時代が進んだらどうかしれないが、まだ人間はそんなことをするのはまちがっているよ」

石峰君もうなずいた。

「なにごとも、天命にさからってはいかんということだ」

わが輩もいった。

そんな話をしておるうちに、しだいに心の昂《たかぶ》りもおさまってきたので、三時間ほど睡眠を取ったわが輩らは、翌朝早く、旅に必要なものを村人から調達し、その村を出発した。

そしてニャアナムを経由して、ネパール国に入り、カトマンズにもどったのだった。ネパール国王は、ふたたび、わが輩らに謁見してくれ、またもや護衛をつけてインド側に送ってくれた。

わが輩がカルカッタのナンド氏の家にもどったのは、ちょうど一か月後のことであった。到着した時、ナンド氏は留守だったが、かってに家にあがりこんで、くつろいでおるところにナンド氏が、外出先からもどってきた。

ナンド氏は、わが輩らがなかなかもどってこないので、大いに心配しておったようだが、わが輩らの顔を見ると、飛びつかんばかりに喜んだ。

「中村さん。ぶじでしたか!?」

「うむ。このとおり、ぴんぴんしておるよ。君も、元気そうでなによりだ」

「ええ、おかげさまで、仕事が忙しいのです。新しい仕事をはじめましてね」

ナンド氏がいった。

「ほう。なにをはじめたのかね？」

わが輩が質問すると、ナンド氏は手に持っていた大きな袋を指差していった。中身は見えない。

「これです」

「これとは」

「蜂です」

「蜂？　なんにするんだね」

「ええ、お寺に売るんですよ。仏教を盛んにするために、経文を読む仏像を作りたがる、お寺がたくさんあるんです」

ナンド氏が、そういって片目をつぶって見せた。

「まあ」

志保が、ナンド氏のことばを聞いて、くすくすと笑った。

こうして、出かける時には、想像もしておらんかったふしぎの旅は終わった。

いまになってみると、あの怪物にされた娘たちや、不老不死の薬というのも、夢でなかったかというような気がしてならん。だが、夢でない証拠はある。

爪の剝がれた、わが輩の右足の小指だ。石峰君が塗ってくれた油薬は、実に良く効き、翌日には、もうすっかり痛みも取れて、その後、新しい爪が生えてきた。が、この爪が、なにやら、やや奇妙な形をしておるのだ。先が鋭く尖《とが》って、とかげの爪のようにも見える。

わが輩、再三、石峰君に、君の塗ってくれた薬、あれはなんだったのだと尋ねるのだが、石峰君は笑って答えようとはしない。わが輩、どうやら、石峰君に不老不死の実験をされたらしかった。

流《りゅう》砂《さ》鬼《き》

1

　わが輩らを乗せてカラチを出帆したイギリス汽船〔ペルシャ号〕が、平穏なる三昼夜の航海を終え、ぶじペルシャのブッシール港に入ったのは、明治三十六年十月十六日の昼前のことだった。

　船を使ってペルシャに入るのは、わが輩、本意ではなかったがしようがない。それしか、方法がなかったのだ。

　思わぬ活劇を演じるはめになったチベット探検の旅から戻った、わが輩・中村春吉《なかむらはるきち》、石峰省吾《いしみねしょうご》、雨宮志保《あまみやしほ》の三人は、旅の疲れをいやす間《ま》もなく、インド国内を自転車を駆使して、商業視察してまわった。この間、約三か月。

　予定していた視察も終わったので、わが輩らは、次にはアフガニスタンを通過してペルシャに向かいたいと思った。アジア探検をした日本人は少なくないが、陸路ペルシャを旅した人は、ほとんどいなかったからだ。

　そこでクエターのイギリス総督ブース氏を訪ねて、そのイギリス支配下のヌスキー街道を通行させてくれるよう申しこんだ。

　総督は非常に親切な人で、わが輩らを歓待してくれた。しかしヌスキー街道は、軍事上の秘密を持つ道路なので、どうしても、通行は許可できないという。むりに通行するということになると、道路守備兵に命じて、わが輩らを捕縛せねばならんというのだ。

由来、わが輩は易を捨て、難を選ぶ主義のもとに無銭旅行をしきたったのであるから、忠告を無視して、ヌスキー街道を強硬突破するのもおもしろかろうと思ったが、石峰君や志保と一緒では、そういうわけにもいかない。そこでしかたなく涙を飲んで、カラチからペルシャいきの汽船に乗ることにしたのだ。

それにしても、なぜイギリスが、わが輩らにヌスキー街道の通行を許可しなかったかといえば、これが、国事探偵を心配した結果であるから、まったく馬鹿馬鹿しい災難といわなければならない。ロシア人ならともかく、なんのために、日本人のわが輩らが、ベルチスタン地方をうかがわなければならんのだ。

ヌスキー街道を自転車で風を切って走りたいとの希望の破れたわが輩らは、クエターから、もちろん汽車には乗らず、自転車でカラチに向かった。

クエター総督のことばによれば、この道は極めて険阻で、猛獣も多いところだから、自転車では危険だということだった。しかし、そんなことで自転車旅行をやめるような、わが輩らではない。第一、自転車を持ちながら自転車に乗らんのでは、どこが自転車旅行かわからんではないか。わが輩、この無銭旅行は、自転車で踏破することに意義を感じておるのだ。

「なあに、日東帝国《にっとうていこく》に生まれた人間は、男も女も、猛獣ごときに驚くものではありません」

わが輩らは、にっこり笑って、総督の元を立ち去ると、ただちにカラチに向かって走り出した。この間は、多少の困難もあったにはあったが、猛獣に襲われることもなく、五日後、予定のカラチに到着した。

カラチからペルシャのブッシールに向かうイギリス船〔ペルシャ号〕の船長は、わが輩らが無銭旅行をしていると説明すると、いかにも親切に、ただで乗船を許可してくれた。クエター総督が、船長あてに手紙を書いてくれたのも役だったようだが、手紙なしでも、この船長は親切な人がらのようだった。

さて、ブッシール港に着いたわが輩らは、そこから、どこに向かうか議論した。ほんとうは、まずホテルにでも泊まって一服したいところだが、ホテルに泊まるだけの金《かね》がない。そこで、すぐに、次の目的地に向かって出発することにしたのだが、わが輩はアバダーン方面からテヘランに向かうことを主張したのに対して、石峰君はシラズ、イスハハン経由で、テヘランいきを主張した。ペルシャの旧都ペルセポリスの遺跡が見たいというのだった。

そういわれれば、わが輩は、どちらでもかまわんかった。志保もどちらでもいいというので、三人は、まずシラズに向かった。ところが、ここに問題が起きた。通る道の問題だ。

ブッシールからシラズまでは、そのほとんどが、砂漠地帯なのだ。自転車は走れない。それで、ふつう旅人は、チャペルかキャラバンを利用する。チャペルというのは、ペルシャの郵便輸送法で、駅者《ぎょしゃ》を兼ねた局員が、騾馬《らば》の背中に郵便物を乗せて、次のチャペル局、すなわち郵便局に送っていく。そして、これに旅人が同行するのだ。

キャラバンとはちがって、数日間昼夜兼行で先を急ぐ旅だから、かなりきつい。しかし、ブッシールからテヘランまで、キャラバンなら二か月かかるところを、チャペルは三週間でいってしまうというから、時間的には非常に効率がいい。

一般の旅人は、その時の状況によって、キャラバンでもチャペルでも、都合のよいほうを選ぶのだが、わが輩らは困った。一般道路では便利な自転車も、砂漠ではじゃまになる。騾馬の背中に乗せていくにしても、三頭が必要だ。

チャペル局にいって、騾馬の借り賃を聞くと、シラズまでで一頭二十五円だという。このほかに、自分たちが乗る騾馬も必要で、そうなると百五十円もかかる。とても、わが輩らに、そんな金はない。ならば、キャラバンと思ったが、これも金額的には同じようなものだった。

そこで、頭を抱えていると、チャペルの局員が、あなたたちが、その気なら、もうひとつ道がある。砂漠を迂回《うかい》する形にはなるが、なんとか自転車が走れる荒野があるというのだ。ただし、その道には猛獣が出現し、ペルシャ人は決して通らないから、危険きわまりないとのことだ。

「なに、猛獣など怖くはない。現にインドの山中では狼《おおかみ》とも対決したし、名も知らぬ怪獣とも遭遇した。ぜひ、その道をいきたいから、地図を書いてくれ」

わが輩がいった。

「それは書いてもいいが、ほんとうに命の保証はできないが、いいんですかね」

局員が、自分でいいだしておきながら、心配そうな顔をする。

「だいじょうぶだ。いけるところまでいって、もし、にっちもさっちもいかんようになったら、帰ってくるよ」

わが輩、笑って地図を書いてもらった。ところが、これが大失敗だったのだ。

ブッシールを出発したわが輩らが、いわゆる砂の深い砂漠と、やはり砂地ではあるが、一応は自転車が通行できる荒野の分れ目にやってきたのは、翌日のことだった。

荒野に入ったわが輩らは、チャペル局員にもらった地図を頼りに、シラズを目指して、奥へと分け入っていった。前方に眼をやれば見渡すかぎり、人家のないのはいうまでもなく、立木もなく山もない灰色の大地が続いている。

けれど、チャペル局員のことばどおり、砂地は、たいして深くなく、自転車を走らすには困難はなかった。

さて、その砂地に入って二日目の夕方のことであった。いささか疲労を感じていたわが輩らは、緑の木立の生い茂る、砂漠中ならばオアシスともいうべき場所に到着した。水こそないが、五、六本の木立がこんもりと繁り、いかにもいごこちがよさそうだ。

この先、どこまでいっても、人家に出会うこともなさそうだから、ここで一夜を明かそうと決定した。

　そこで、野宿にはつきものの、蒸し飯を作ろうということになったのだが、水がない。三人の羊《ひつじ》の皮袋の水筒の中身を合わせても、とても飯が作れるだけの量はない。幸い、地図を見ると、近くに水場がありそうだ。

　その場所では泥棒の心配もないので、わが輩らは、生米の袋を出し、鞄《かばん》の口も開いたまま、数町へだたった水流のほとりに向かった。まだ、日が落ちるまでには時間もあったので、水でからだを清めるなどして、おもむろに水袋に水を一杯に満たし、すたすたと元の場所に帰ってきた。そして、思わず目を見張った。

　わが輩らの旅行道具の置いてある場所は、灰色の砂地であったはずなのだが、見ると、どうしたわけか、そこら一面が真っ黒になっているのだ。

　一瞬、場所をまちがえたかと思ったが、たしかに木立が五、六本あり、同じ場所にちがいない。なんにしても、わが輩は自転車が心配だから、その黒い場所めがけて走りだした。すると、そのとたんに、なんだかわからないが、さながら黒山が崩れるように、一団の真っ黒なものが、大空をさして舞い上がった。

　その場所に走りついてみると、自転車は異常ないが、出しておいた生米は影も形もなく、布袋すら残っていない。口の開いた鞄はひっくり返され、食物という食物は、なにもない。非常時のためのうどん粉も塩も砂糖も梅干しもない。わずかに、鰹《かつお》ぶしが半分残っているばかりではないか。

空から、アホーアホーと声が聞こえる。烏《からす》だ。しかも、その数は、たしかに数千羽だ。これでは、少しの生米など、ひとたまりもない。塩や梅干しは、食ったとも思えないが、おそらく空からばらまいてしまったのだろう。

さて、困った。どうしたものかと考えこんだが、もう日は暮れて、そこを動くこともできない。とにかく、食えるものといったら、半分の鰹ぶししかない。しかたがないから、それを三つに割り、三人で齧《かじ》りながら水を飲んでは、なんとか飢えを満たすことにした。

しかし、三人とも天幕を張る元気もない。しょんぼりしながら、下にむしろを敷き、毛布を頭からかぶって、露に濡れつつ、その晩はそこで寝ることになった。

はなはだしく疲れていたにもかかわらず、烏どもに食物を盗まれた悔しさと、翌日からどうしたものか心配で、わが輩、悪夢に安眠もできず、翌朝は暗いうちから目がさめた。

見れば、石峰君と志保は、まだぐっすりと眠っている。そこでわが輩は、食べ物を探してくるから、自分が戻るまでは、その場所を動かぬようにと紙に走り書きをして、自転車に飛び乗った。食料調達のあては、ぜんぜんなかったのだが、とにかく、じっとしておれんかったのだ。

しかし、ただ、やみくもに走っても疲労するばかりだから、わが輩、砂漠の方向に進路を取った。砂漠にはチャペルもキャラバンも通る。なにはともあれ、二、三日ぶんの食料を分けてもらい、ブッシールに戻ろうと考えたのだ。

そうして、力いっぱいペダルをこいでいくと、横手のほうに数里離れて、大砂漠が無限の大洋のように現れてきた。その彼方《かなた》を見ると、白銀に燃ゆるに似た大砂漠の上を、三十人ばかりの駱駝《らくだ》商人が、駱駝の背にまたがり、北を目指して歩いていくのが見える。

あの駱駝商人のところまでいけば、なんとか食料にありつけるにちがいない。わが輩、自転車を放り出すと、砂漠に飛び込んだ。しかし砂漠の砂は深く、思うように進めない。大声をあげたが、駱駝商人たちは気がつかない。いや、気がついておったのかもしれんが、立ち止まってはくれなかった。

あとでわかったのだが、砂漠の人影は、まわりに距離を比較するものがないから、実際よりも近くに見えるらしい。あるいは、蜃気楼《しんきろう》だったのかもしれん。

ともかく、次第に両者の差がついていき、ついにはわが輩の目から駱駝商人の姿が消えてしまった。さあ、そうなると、疲れが、どっと押し寄せてきた。前の夜は、ほとんど眠っていないし、炎天下の砂漠を歩いて、足は棒のよう、喉もからからだ。

これは、とんでもないことになったと思いながらも、ほかのキャラバンが通るかもしれんと、わが輩、砂地のほうに戻らず、どんどん砂漠の奥に進んでいった。だが、キャラバンなど、いっこうに見えない。

暑さに、頭がくらくらしてきた時、砂丘の陰から、駱駝に乗ったふたりの髭面《ひげづら》が現れた。わが輩、ここで、この連中に逃げられてはかなわんと、ありったけの声をあげた。

幸いにして、男たちはわが輩に気がついて、ゆっくりと近寄ってきた。どうやら、キャラバンの保護巡査たちのようだった。

その制服を見たわが輩は、いやな気持ちになった。このキャラバン保護巡査というのは、名前のとおりキャラバンを保護するのが、本来の仕事だが、外国人とみると、理由もなく酒《さか》手《て》を強要する山賊のような存在でもあるからだ。

わが輩の風体《ふうてい》を見れば、まさか酒手をよこせとはいわないと思ったが、なにか、もめごとが起きそうな気がしたのだ。

「おまえは、中国人か？」

駱駝から降りた巡査のひとりが、わが輩をねめまわすようにしながらいった。

「ちがう、わが輩は日本人だ」

「その日本人が、こんなところで、なにをしているのだ？」

「食料を無くしたので、キャラバンに頼みにきたのだが、追いつかなかった。貴公ら、もし食料を持っているなら、少し、ゆずってもらえんだろうか。あと、ふたりの仲間が、向こうの木立で待っているので」

「いくら出す？」

「金は、ほとんどない。五円で、買えるだけ買いたい」

「馬鹿をいうな。五円では塩ぐらいしか買えんよ」

「そこをなんとか、ゆずってもらいたい」

「だめだ」

巡査は首を振り、駱駝に乗ろうとする。わが輩、ここで逃げられるわけにはいかんと、巡査の足にしがみついた。

「そんなことをいわずに……」

いい終わらないうちに、首の後ろに衝撃を受けた。いつのまにか、後ろにまわっていた、もうひとりの巡査に、殴られたにちがいなかった。わが輩、前のめりに砂の中に倒れた。

「この乞食《こじき》野郎！」

頭の上から、巡査の罵声を聞きながら、不覚にも、わが輩は失神した。

2

わが輩、三、四時間も気絶しておったらしい。額に冷たさを感じて目を明けると、土色の天上が見えた。どこかの建物の中に寝ておった。おでこに、水を湿した手拭《てぬぐい》のようなものが乗せられている。

「気がつきましたね」

わが輩の寝ている右側のほうから、流暢《りゅうちょう》な英語が聞こえた。わが輩、その方向に目をやった。レンガ色の高級なペルシャ服をきた中年の男が、にこやかな顔で、わが輩を見下ろしていた。卑怯《ひきょう》にも、わが輩を背後から殴った巡査でないことは、すぐわかった。

「貴君は？　ここは？」

わが輩も、英語でたずねた。わが輩、うまくはないが、かつて馬関《バカン》で英語学校を経営しておったこともあるから、まあ、なんとか英語がしゃべれる。

「わたしは、ミルザ・マファッドというものです。ここは、キャラバンサリですよ」

男が説明した。

「では、貴君は、わが輩を助けてくれたのですな？」

わが輩がいった。

「驟馬で、砂漠を通りかかったところ、なにか黒い物が見えるので、近寄ってみると、あなたが倒れていたのです。それで驟馬に乗せて、一番近くのキャラバンサリにきたというわけです」

マファッド氏がいった。キャラバンサリというのは、砂漠の途中、途中に作られた、粘土や石作りのキャラバンのための無料宿だ。一切の設備はなく、ただ建物だけが建っていて、近くで夜を迎えたり、病人が出たりしたキャラバンが、自由に使用できるようになっている。

「そうでしたか。いや、助かりました。貴君が通りかかってくれなかったら、わが輩は、いまごろ死んでいたでしょう。わが輩、日本帝国の世界無銭旅行者・中村春吉というものです」

わが輩、寝かされていたござの上に、上半身を起こすと、深く頭を下げた。

「なに、礼をいわれることではありません。なにごとも、アラーの神のおぼしめしです」

マファッド氏が、笑っていった。

「いま、お茶をいれましょう。お腹が空いているのなら、パンがありますが」

「ああ、ぜひ、いただきたい。実は、昨日、烏に食料を取られて、ほとんどなにも食べておらんのです」

「旅行食ですから、うまいパンではありませんがね」

マファッド氏は、そういって部屋の隅に置いた包みの中から、黒いパンを取り出して、わが輩に手渡してくれた。わが輩、そのパンに飢饉《ききん》年の子供のようにかぶりついた。その間に、マファッド氏は小さな銅のやかんでお茶を沸かしてくれた。

そのパンは、ふだんなら、決して、うまいとはいえないしろものだった。しかし、ほぼ一日、わずかな鰹ぶししか口にしていないわが輩には、牛肉よりもうまかった。

だが、わが輩、そのパンをむさぼり食いはしたものの、三分の一のところでやめにした。残りは、木立で待っている志保と石峰君に持っていってやるつもりでおったのだ。すると、それを見ていたマファッド氏が、ふしぎそうな顔で質問した。

「なぜ、全部、食べないのです？」

そこで、わが輩は、昨日からのいきさつを説明した。

「なるほど。しかし、それなら心配はない。パンは、まだたくさんあるし、なくなれば材料があるから作ればいい。このキャラバンサリから、その木立は遠くはない。これから、すぐに一緒にいきましょう」

わが輩の話を聞いてマファッド氏は、親切にいってくれた。見知らぬ異国で、他人に親切にされるのは、ほんとうにうれしいものだ。わが輩、マファッド氏の、このことばを聞くと心から頭を下げた。

実際のところ、キャラバン保護巡査のしうちに、ペルシャ人を憎んでおったのだが、このマファッド氏のことばで、そんなものは、どこかに吹き飛んでしまった。

「歩けますか？」

マファッド氏がたずねた。

「だいじょうぶ。これしき、どうということはない」

わが輩、そういって、立ち上がった。ちょっと、ふらついたが、この程度のことでへこたれるような中村春吉ではない。

「では、出発しましょう。少し歩きにくいですが、砂漠を通れば一時間でつきますよ」

マファッド氏がいった。

「一刻も早く、連れのところにいきたいが、砂地に自転車が放り出してあるのです」

わが輩はいった。

「ふむ。しかし、このあたりで砂地を歩くものはいないから、盗まれることもないでしょう。あとで取りにくればいいのではないですか？」

「そうですか。では、そうしましょう」

わが輩はうなずいた。そして、続けて質問した。

「しかし、この地方の人は、なぜ砂地よりも砂漠を好んで歩くのです？」

「それは、砂地は危険だからです。砂地には毒蛇、蠍《さそり》をはじめとして、砂原虎、黒豹《くろひょう》、狼《おおかみ》などがいます」

マファッド氏が説明してくれた。

「なるほど。そうしてみると、砂地は危ないことばかりですなあ」

「そうですよ。ですから、ここの人間は、よほどのことがないかぎり、砂地は歩かないのです。あなたがたは、これまで、危険な目には遇《あ》いませんでしたか？」

「うむ。いままでのところはね」

「ならいいですが、わたしが心配しているのは蠍です。あなたの連れのかたたちが待っているあたりは、蠍が多いのです。このあたりの蠍は猛毒で、時には人間を殺すことさえありますよ」

「それは、ほんとうですか？」

「異国の人は、蠍よけを知らないから、非常に心配です。まわりに水を撒《ま》いておくだけでいいのですがね」

マファッド氏がいった。

「刺されてなければいいが」

わが輩、にわかに心配になってきた。しかし、じたばたしてもはじまらない。とにかく、砂漠を通って、石峰君たちのところにいくことになった。時刻は午後二時を少し回ったところ。灼熱《しゃくねつ》の太陽は、容赦なく照りつけていたが、かまわずにわが輩らは出発した。

「中村さん、志保さんが蠍にやられました！」

わが輩らの心配していたことが、事実になってしまったことを知ったのは、それから、ちょうど一時間後のことだった。マファッド氏のことばどおり、わが輩らは、かっきり一時間で、例の木立の見えるところまでやってきた。すると、わが輩らの姿を確認した石峰君が、自転車でこぎつけてきて、志保の事故を報告したのだ。

「なに、やはり、やられたか！　で、志保さんは、どうしている？」

「左の腕を刺されたのですが、痛みが激しいらしく苦しんでいます」

「よし、いこう」

わが輩、木立に向かって駆け出した。マファッド氏も、心配そうに走り出す。

志保は、木立の下の日陰になったところで、ござの上に横になり、額から脂汗を流して苦しんでいた。

「だいじょうぶか、志保さん!?」

志保の元に駆け寄ったわが輩がいった。

「あっ、中村さん。ごぶじでしたのね」

志保が、寝たまま、うれしそうな顔をした。

「うん。ここにいるマファッド氏に助けられた。食べ物も持ってきたが」

「よかった。石峰さんに、食べさせてあげてください。石峰さんは、わたしのために動きづめで、お腹が減っています」

志保が、苦しそうな表情でいう。

「ぼくのことなど、どうでもいい。まだ、痛むかい」

石峰君がいった。

「はい」

志保がうなずいた。シャツのまくりあげられた腕は、紫色に腫《は》れあがっている。

「どんな、蠍に刺されたのです？」

マファッド氏がいった。

「あれです」

かたことの英語のわかる石峰君が、一間ほど離れたところで潰《つぶ》されて死んでいる、一寸ほどの大きさの蠍を指で示した。

「あれですか。よかった。あれなら、少し痛むが、命に別状ない」

マファッド氏が、死んだ蠍をのぞきこむようにしていった。

「ほんとうですか!?」

石峰君の顔が、輝いた。

「だいじょうぶです。それに、わたしは薬を持っています。それをつければ、二、三時間で痛みは取れるでしょう」

マファッド氏は、そういいながら、騾馬の背中の荷物から、小さな壜《びん》に入った黄色い塗り薬を取り出し、熱を持って、腫れあがっている志保の腕に塗りつけた。

「ありがとうございます」

志保が、うれしそうに頭を下げた。

「なに、困った時は、おたがいさまです。さあ、ふたりともお腹が空いているでしょう。パンをお食べなさい」

志保に薬を塗り終えたマファッド氏は、今度はパンの包みを出して、わが輩らの前に広げた。石峰君が、待ち切れぬようにパンに手を出した。志保はいまは食べたくないと首を横に振った。

石峰君は、猛然とパンにかじりつく。わが輩、それを見ていたら、さっき、ひとつ食ったのに、もうひとつ食いたくなった。

「わが輩も、もうひとつ、よろしいですかな？」

「ああ、どうぞ、どうぞ。わたしも、一緒にいただきます」

マファッド氏が、にっこり笑った。

「いや、恐縮です。貴君のことは、わが輩、一生忘れるものではありません」

わが輩、パンにかじりつきながら、礼をいった。

パンをかじりながら、マファッド氏は、わが輩に旅の目的を質問し、これから先、どうするのかといった。

「なに、きちんとした予定を立てた旅ではないので、いったんブッシールに戻り、食料や必需品を手に入れ、今度は砂漠を歩いて、まずシラズにいき、それからテヘランに向かうつもりでおります」

わが輩が説明した。

「なるほど。そうですか」

マファッド氏がうなずいた。

「ところで、あなたは、これから、どちらに？」

今度は、わが輩が質問した。

「ペルセポリスとラフサジャーンの間にある砂漠地帯、このあたりの人間が、悪魔の砂漠と呼んでいる地帯に向かいます」

「悪魔の砂漠？」

「ええ。ここに迷いこんで、生きて帰った人間はいないといわれている死の砂漠地帯です」

「なんで、そんなところにいくのです？」

わが輩、不思議でならず質問した。

「人を探しに」

「だれか、知り合いのかたでも、その砂漠に？」

「はい。息子です」

「息子さんが、悪魔の砂漠に？　なんで、また」

「ペルシャ帝国の創始者サイラス王の秘宝を探しに出かけたのです」

「サイラス王の秘宝ですか？」

マファッド氏のことばに、宝探しに目のない石峰君が、パンをかじるのをやめて、からだを乗り出した。

「そうです。息子はもう二十五歳にもなるのに、結婚もせず、秘宝探しに夢中になっておりまして、困ったものです」

マファッド氏が、いかにも悲しそうな表情をした。

「あはははは。似たような人間は、ここにもおりますよ」

わが輩、石峰君のほうを見ながら笑った。

「息子は、秘宝探しに明け暮れています。情けない話です。ですが、今度ばかりは、情けないではすみません。わたしには、別の場所にいくといって出かけたのですが、まちがいなく、悪魔の砂漠に入っていったようです。さっきもいいましたように、あの砂漠に入って、生きて帰れたものはありません」

「それで、助けにいこうというのですね」

石峰君がいった。そして、続けた。

「しかし、そうまでして、ご子息が探している秘宝とは、なんなのですか？」

「わたしは、よくは知りませんが、サイラス王が自分のぶんと、ほんとうに信用していた側近十四人のために作らせた、黄金の楯《たて》だそうです」

「黄金の楯」

「息子のいうには、その楯は、財宝というだけでなく、歴史学的にも、価値があるのだそうですがね。ほんとうなのかどうか」

「では、息子さんは、宝探しといっても、お金が目当てではなく、学術的な研究をしておるのですな」

わが輩がいった。

「さて、そのあたりは、どうなのかわたしにはわかりませんが」

マファッド氏が、ため息をついた。氏は英語も話せ、相当の教養もあるようだが、子息の行動には理解を示していないようだった。

「ご子息は、いつ出発されたのです？」

石峰君が質問した。

「もう、一週間前のことになります。いまごろは、悪魔の砂漠に入っていることでしょう。急がねばなりません」

マファッド氏が、顔を曇らせた。

「たった、ひとりの息子なのです」

「そんな急いでいる時に、貴君は、わが輩らを……」

「それとこれとは、別問題です」

「しかし、その悪魔の砂漠に、あなたひとりで探しにいくというのは、無謀ではありませんか」

石峰君がいった。

「それはわかっております。ですが、他にわたしについてきてくれる人間はありません。だれでも、命は惜しいですからね」

マファッド氏が、眉をすくめた。

「悪魔の砂漠の恐ろしさは、なんなのですか？」

石峰君が質問した。

「ひとつは、砂嵐です。この砂漠地帯の砂嵐は、気象の関係から、尋常ではないといわれています。それから流砂です。この砂漠では、どういう作用からかわかりませんが、砂が流れることがあり、これに巻き込まれたら、命はありません。そして、これは伝説にすぎないと思うのですが、悪魔の砂漠には、入ってきたものを取って食う、悪鬼が住んでいるといわれています。現に、わたしが知っているだけでも、この悪魔の砂漠に二十人以上の男たちが入っていきましたが、ひとりも帰ってはきませんでした。恐ろしい砂漠です。こんなところに、一緒にいってくれる人間はありません」

マファッド氏が、説明した。

「中村さん……」

石峰君が、わが輩の顔を見た。

「うむ」

わが輩もうなずいた。

「受けた恩義は、返さねばならんな。だが、志保さんは、蠍の毒にもやられておるのだし、今度ばかりは留守番をしてもらいたい」

「いやです。一緒にまいります！」

志保が決然といい放った。

「志保とて、日本帝国の女です。恩人の苦境を見過ごすわけにはまいりません。それに、殿方三人では、なにかと不便です。だめだといってもついてまいります」

「わかったよ。これまでの旅で、志保さんの心持ちは、よくわかっておる。留守番をしろというわが輩のほうが、まちがいだった。一緒にいこう。だが、今度も厳しい旅になりそうだ。気をつけてもらいたい」

「はい」

志保が、力強く答えた。

「マファッドさん、もし、差し支えなければ、わが輩らも、貴君と一緒に息子さんを探したいと思うが」

わが輩が、マファッド氏にいった。

「ほんとうですか？　わたしとしては、ねがってもないことですが、異国の人であるあなたがたに……」

マファッド氏が、ことばをとぎらせた。

「わが輩らは、貴君に窮地を救われた。今度は、わが輩らが手を貸す番ですよ」

「ありがとう。恩にきます。では、シラズであなたがたの食料や、必要なものを買いましょう。わたしは、ほんとうにいい人たちに巡り会えた。これもアラーの神のおぼしめしです」

マファッド氏が、満面に微笑をたたえて、わが輩ら三人の手を取った。

その晩、四人は砂漠に入り、通りかかったキャラバンに頼んで、自転車を、ブッシールのマファッド氏の家に届けてくれるよう手配すると、キャラバンサリで一泊した。

さらに、このキャラバンから騾馬を四頭買い、翌朝はチャペルに同行して、シラズに向かった。翌日には、マファッド氏の薬が、よほど効いたのか、志保もほとんど痛みを訴えなくなった。

一日半の旅でシラズについたわが輩らは、食料や衣類の調達に走った。といっても、わが輩らは文《もん》なしだから、金は、すべてマファッド氏が用意してくれた。

そして、いよいよ、悪魔の砂漠に向かうことになったが、マファッド氏は、真実、もう生きては帰れないかもしれないからといって、その夜は、わが輩らを分不相応のホテルに宿泊させ、最大級のごちそうでもてなしてくれた。

わが輩らとしては、それまで悪魔の砂漠の恐ろしさを、いまひとつ理解しておらなかったのだが、このマファッド氏のもてなしによって、これからの旅が、いかに厳しいものであるかを実感したのだった。

わが輩らが、悪魔の砂漠の入口に到着したのは、それから三日後のことだった。

3

わが輩ら一行が、うわさの大砂嵐に見舞われたのは、悪魔の砂漠に入って二日目、ペルセポリスの遺跡からラフサジャーンの方向に、約八里ぐらい進んだ時だった。

その日は、まったく風がなかった。そして、いつもにも増して、蒸し暑い日だった。わが輩らは、黙々と砂漠の中央に向かっていた。

マファッド氏の息子、サファル・マファッドが、その広さも、よくわからないといわれる悪魔の砂漠のどこにいるのかは、はっきりしなかった。ただ、マファッド氏はペルセポリスとラフサジャーンをつなぐ線上、ラフサジャーンに近いところへ三分の二ほどの地点と信じていた。

旅に出る前、息子の部屋で、その地点に×印のついた地図を見つけていたからだ。

夕刻、その日の行程を予定どおり進んだわが輩らは、野営のための準備をしていた。その時、遠くのほうで、ぱちぱちと、竹を焼くような音が聞こえた。

「……ん。なんの音だ？」

わが輩は、天幕を張る手を休めて、音のした北の方向に目をやった。そして、目を見張った。北の空に、煙のような黒い塊が、地上から屏風《びょうぶ》のごとく、空に向かって立っていた。そして、その屛風を背景にして、幾筋もの青白い稲妻が見えた。ぱちぱちという音は、稲妻の音だったのだ。

「あれは、雲ですか、煙ですか？　雨でも降るんですかね？」

石峰君がいった。

「わからんね。マファッドさん、黒い煙のようなものが見えるが……」

わが輩がいった。と、天幕の内側で仕事をしていたマファッド氏が、飛び出してきた。

「のんびりしている場合ではありません。砂嵐です！」

「砂嵐!?」

「そうです。しかも、前にもいいましたように、この悪魔の砂漠の砂嵐は、気流の関係か、特別恐ろしいといわれています。遠くに見えますが、すぐにこっちへきます」

マファッド氏が、北の空を見ていった。

「どうすればいいのですか？」

石峰君が質問する。

「天幕の張り直しです。砂を深く掘って、大きな窪みを作り、その上に天幕を張って、荷物は騾馬ごと中に入れます」

マファッド氏が指示をするうちにも、雷鳴はぱちぱちからばりばりという音に変わってきた。さらに、風が怒濤《どとう》のような、腹の底に響く音を立てているのが聞こえ出した。

「急いで!!」

マファッド氏の声に、わが輩らは必死で天幕を組み立てた。だが、まだ充分に組み立て終わらないうちに、砂嵐が迫ってきた。実際、その時、外の様子が、どうなっていたのかはわからない。ごうごうと吹きまくる強風の音とばりばりと轟《とどろ》く雷の音を聞きながら、わが輩らは、きっちりと天幕の入口を閉め、それぞれに四隅を押さえて、砂嵐をやりすごそうとした。

耳が聞こえなくなるのではないかと思うような風の音があたりに渦巻き、天幕があおられはじめた。どうやら、外は天も地も、まっ暗になったようだ。

ふだんはおとなしい騾馬たちも、この砂嵐は、よほどおそろしいとみえて、哀《かな》しげに鼻を鳴らす。狭い天幕の中は、騾馬と人間が、おり重なるようになっていた。そして、苦しかったのは、砂嵐が近づいてくるにしたがって、まるで蒸し風呂の中にでも入ったかのように暑くなってきたことだ。

からだ中から、滝のような汗が流れ出し、額からは、ぽたぽたと汗の滴《しずく》が落ちてくる。

「暑い！」

わが輩が、呻《うめ》いた。

「もう少しのしんぼうです。砂嵐が通りすぎてしまえば、元に戻ります。いや、しばらくは、元より涼しくなるでしょう」

説明してくれるマファッド氏の声も、聞こえにくくなっていく。風の渦巻く音と、強烈な雷鳴と、砂粒が天幕にぶつかる音が、周囲の音を打ち消した。

「早く、通り過ぎてくれ！」

わが輩が、つぶやくようにいった時、天幕の一端がめくれあがった。とたんに、砂と風の壁がぶつかってきた。それは、まるで巨大な岩が転がってでもきたかのような圧迫感だった。

「早く、天幕を押さえて!!」

マファッド氏が怒鳴る。

「よし！」

石峰君が答えて、場所を移動した。ところが、石峰君が、それまで押さえていた場所を離れたために、めくれあがったのと反対側の下にすきまができた。一気に、風が吹き抜けた。一番はじにいた騾馬が、ずるずると風に押されて、天幕の外に出てしまった。

「あっ、いかん！」

わが輩が、怒鳴った時には、もう、騾馬のからだは、灰色の砂の壁に包まれていた。

「あれには、食料が！」

マファッド氏が、あわてて、騾馬を追おうとした。その瞬間だった。ものすごい突風が、天幕をいきなり巻きあげた。そして、天幕ごとマファッド氏のからだを、空中に巻き上げた。あたりは灰色というより、黒い砂の渦だった。天幕は、たちまち見えなくなった。

「中村さん!!」

志保が叫んで、からだを飛ばされまいと、わが輩の手にしがみついた。石峰君も、わが輩と志保の両方のからだにしがみつく。

「マファッドさん！」

石峰君が、マファッド氏の巻き上げられていった方向に向かって呼びかけた。だが、返事はない。わが輩も、叩きつけてくる砂の壁と戦いながら、マファッド氏を探した。が、姿は見えない。その時には、騾馬三頭も姿が消えていた。

「マファッドさん、マファッドさん!!」

志保もマファッド氏を呼ぶ。しかし、もう、マファッド氏の姿は、砂の中に消えていた。

「助けましょう」

石峰君が、容赦なく顔に叩きつけてくる砂を払いながらいった。

「だめだ。いま動いたら危ない。顔を地面に伏せて。立っていたら砂で窒息するぞ!!」

わが輩ら三人は、それ以上はなすすべもなく、できるだけからだを平らにして、砂の窪みにつっぷした。その間も、轟音と雷鳴は、途切れることなく頭上から響いてくる。正直、この時、わが輩は、もう助からんと思った。

だが、天は、まだわが輩らを見捨てはしなかった。それから、わずか五分——といっても、その五分間は一時間にも思えたが——で、砂嵐は突如、終わった。

いや、正確には終わったのではなく、わが輩らのところを通り過ぎたのだ。しかし、通り過ぎると、いままでの砂の荒れ狂いようが、嘘だったのではないかと思うほどだった。

砂の壁は、南のほうに移動していき、あいかわらず、天を灰色にしていた。雷鳴も響いていた。が、通り過ぎてしまった側は、もう風は、まったくないといっていい状態で、蒸し暑さも、すっかり消え、むしろ、すがすがしくさえあった。

「助かったな」

わが輩が、志保を抱き起こしながらいった。

「ほんとうに、もう、わたし、だめかと思いました」

志保が、砂まみれの顔でいった。

「ぼくもだ」

石峰君も、立ち上がった。残った三頭の騾馬も、ほっとしたようすで、からだの砂を払っている。

「マファッド氏はいないか？」

わが輩は、マファッド氏が突風に吹かれた方向を見ていった。砂嵐の暗さは、もう、そのあたりでは消えていたが、宵闇《よいやみ》が迫ってきていて、周囲は薄暗い。そして、周りの景色は、砂嵐の前とは、すっかり姿を変えていた。

「マファッドさん!!」

「マファッドさん！」

わが輩らは、どこかにマファッド氏が倒れてはいないかと、そのへんの砂を掘り返してみた。が、むだなことだった。あたり一面、海のような砂漠なのだ。一個所や二個所、砂を掘ったからといって、マファッド氏が見つかるわけはなかった。

「砂に埋もれてしまったのでしょうか？」

志保が、顔を曇らせていった。

「だろうね。なんにしても、あの砂嵐じゃ、もう生きてはいないだろう」

石峰君が、ふうっと息を吐いた。

「お気の毒に……」

志保がつぶやいた。

「中村さん、これから、どうします？」

石峰君がいった。

「どうしたものだろうね。かんじんのマファッド氏がいなくなってしまってはな」

わが輩が、腕を組んだ。

「たとえ、マファッドさんが死んでしまっても、息子さんを助けにいくべきではないでしょうか」

志保がいった。

「ぼくもそう思う」

例によって、石峰君が志保のことばを支持した。

「わが輩も、マファッド氏には恩があるから、探しにいくのはかまわんが、マファッド氏がいなくては、どこにいったらいいのか、まったく、見当がつかんよ。それに、食いものはどうするね。大半の食料を積んだほうの騾馬がいなくなってしまったのだ」

わが輩がいった。

「でも、非常食を集めれば、五日分ぐらいは……」

石峰君がいった。

「しかし、ペルセポリスに戻るだけでも三日ぐらいはかかるんじゃないか。石峰君、君は、例のサイラス王の秘宝が忘れられんのだろう。だが、死んでしまっては、秘宝もくそもあったものではない。わが輩も、これまで、ずいぶん無謀な探検をしてきたが、死んでしまっては、どうにもならんよ」

「それはそうですね」

石峰君が、うなずいた。

「なんにしても、今日は、もう動くことはできんだろう。とにかく、腹が減った。これからのことは、飯を食ってからにしようではないか」

わが輩がいった。

おおかたの食料が騾馬とともに消えてしまったし、先がどうなるかわからないから、食事はきわめて粗末なものになった。シラズで買い込んだ、乾パンとビスケットのあいのこのようなものを、ひとり五枚ずつ食い、わずかな羊の干し肉をかじった。

水は、羊の皮袋がひとつ残っていたので、節約すれば一週間ぐらいは持ちそうだった。この時、この乾パンと干し肉を三等分し、それぞれのポケットに突っ込んだ。騾馬の背に積んでおいたのでは、いつまた、失うことになるかわからないからだった。

そして、水もそれぞれの水筒に移し替えた。それまでは、個人に分けると、つい飲み過ぎてしまう危険があるというので、大きな羊の袋に入れておいたのだが、万一、三人が離ればなれになることもあろうかと、三分割したのだ。

飯を食うと、どっと疲れが押し寄せてきた。マファッド氏を失った落胆もあった。

「寝るには早すぎるから、一時間だけ、からだを休め、今後の予定を立てることにしよう」

わが輩らは、シラズで用意した石油をしみこませた布を入れた罐《かん》に火をつけ、四方に置き、毛布を敷いて横になった。そして、泥のように眠った。

なにか、腹に響く振動を感じて、わが輩が目を覚ましたのは、夜中の一時だった。寝たのが午後七時だったから、一時間どころではない、六時間も寝てしまったのだ。そのかわり、頭はすっきりして、いかにも気分がいい。

目を開けると、空に星が銀砂子《ぎんすなご》のように、燦然《さんぜん》と輝いておった。月も出ている。美しい夜空だ。

石峰君も志保も、やはり、わが輩と同じように、いままで眠っておったようで、からだを毛布の上に起こしておった。

「地震でしょうか?」

志保がいった。

「また、砂嵐じゃないでしょうね?」

石峰君が、耳を澄ました。

「なんだろう?」

わが輩にも、見当がつかなかった。が、わずかに地面が揺れているところをみると、地震なのかもしれない。騾馬たちは、不安そうに身を寄せあっている。わが輩も立ち上がり、ぐるりと周囲を見回した。

その瞬間、すぐそばにあった砂丘が、いきなり、波をうって、わが輩らのほうへ押し寄せてきた。同時に、わが輩らの足下が、くねくねと上下にうねった。

「なんだ!?」

三人が、おたがいにからだを支えあった時、砂の波が騾馬たちにかぶさった。びっくりした騾馬たちが、いないた。が、すぐに、それは、かぶさった砂にかき消された。

なにが起こったのかわからなかった。ただ、それが災難であろうことは、頭の悪いわが輩でも、容易に判断がついた。やっと砂嵐から抜け出たというのに、わが輩らの身に新たな危険が迫ったのだ。

「流砂だ、流砂ですよ、中村さん!!」

足下の揺れを見ながら、石峰君がいった。

「そうか、これが……」

わが輩のことばは、最後まで続かなかった。ことばが終わらないうちに、わが輩らの足下にすっぽりと、直径二《に》間《けん》ほどの穴が開いた。

「あっ!!」

志保が悲鳴をあげ、わが輩らは、そのまま穴の中に吸い込まれた。そして、子供がすべり台を滑るように、穴の中を滑りだした。もちろん、穴の中は真っ暗でなにも見えない。

「志保さん、石峰君!!」

わが輩、尻もちをついた形で穴の中を滑りながら、ふたりの名を呼んだ。

「はいっ」

「中村さん!」

わが輩の後ろから、返事が返ってきた。どうやら、わが輩が先頭を滑っており、その後ろをふたりが滑っているようだった。なにしろ、暗闇の中だったので、方向もなにもわからんかったが、地底へ地底へ滑り落ちていることだけは確かだった。

砂漠の下に、そんな空洞があるのは、考えてみれば不思議なことだった。だが、その時は、そんなことを不思議がっている余裕はなかった。

「どこまで、すべり落ちるのでしょうか？」

石峰君がいった。

「わからん。このまま、地獄にいくのかもしれんぞ」

わが輩がいった。実際、冗談などいう状況ではなかったのだが、なぜか、そんなことばが口をついて出た。

「まったく、悪魔の砂漠とは、よくいったものだ」

石峰君も、吐き捨てるようにいう。しかし、滑っている傾斜が比較的緩《ゆる》やかで、速度がそれほどでもないせいか、声には落ち着きがあった。砂嵐の時より、余裕がある。

「あっ、あれ！」

今度は、志保が声をあげた。わが輩も、目を見張った。まちがいではない。暗闇の中で、目を見張ったのだ。なぜなら、滑り落ちていく前方に明るい光が見えたからだ。

そこが、外界でないことは明らかだった。だが、明るい。太陽の光に照らされた地上の明かりとはちがっていた。どちらかといえば、青白い冷たい感じのする明かりだった。残念ながら、わが輩には、それが、どういう明かりなのか、皆目見当がつかなかった。

振り向くと、わが輩より一間《いっけん》ほど後ろを志保、それよりさらに一間後ろを石峰君が滑っているのが、その明かりでぼんやりと見えた。斜面の角度も、さらに緩やかになり、滑る速度も落ちていた。やがて、傾斜がなくなり、わが輩らの滑落は止まった。

そこは、広さが百坪、高さは百尺もあると思われる地底の洞窟だった。壁といわず天井といわず床といわず、青白く光っていた。わが輩、その光を、以前、中国の奥地で見た光り苔《ごけ》かと思った。だが、むきだしになった岩の壁には、苔らしいものは、まったく見当たらなかった。人工の明かりとも自然のものとも判断がつかんかった。

「どうやら、命だけは助かったようですね」

石峰君が、洞窟の内部を見回しながらいった。

「いったい、どのくらいの深さなのでしょう？」

志保が質問した。

「わが輩には、見当がつかんよ。百五十尺も、地面の下なのだろうか」

わが輩が、首を振った。

「さて、ここから、どうやって地上に出るかですね。まったく、悪魔の砂漠とは、よくいったものだ」

石峰君が、また同じことばを吐いた。

「ここは、とても登れそうもありません」

志保が、いま滑り落ちてきた斜面に足をかけて試してみながらいった。その部分は、ちょうど蟻地獄《ありじごく》の巣と同じで、いくら登ろうとしても、足が砂の中にもぐるだけだった。もちろん、上のほうをのぞきこんでも、もう、滑り落ちてきた通路も見えない。

「とすると、どこかに、道を探さねばならんが……。とりあえず、水を一杯……」

そういって、肩からかけた水筒に手をやろうとしたわが輩は、茫然《ぼうぜん》とした。いつのまにか、水筒が消えていた。肩からかかっているのは、皮の紐《ひも》だけだった。

「あっ、ぼくの水筒もない！」

石峰君が叫んだ。

「わたしのは、ぶじでした」

志保が、首から水筒をはずして、わが輩に渡そうとしながらいった。

「ひとつでも残っていて、よかった。それは志保さん、持っていてくれ」

わが輩が、首を横に振った。そして、石峰君にいった。

「さて、どうするかね？」

「中村さんは、英国のハッガードという人の冒険小説を読んだことがありますか？」

石峰君が、わが輩の質問の答えとは別のことをいった。

「いや、読んでおらん。しかし、それが、どうしたのかね？」

「その小説の主人公の亜蘭《アラン》という男はですね。中村さんより、ずっとやさ男ですが、どんな危難からも、必ず脱出するのです」

「なるほど、そのやさ男にできることが、わが輩らにできんことはないというわけだな」

「そういうことです」

石峰君が、にっこり笑った。

「でも……」

志保がいった。

「でも、なんだね？」

わが輩がいった。

「小説と現実はちがいましてよ。あれ……」

志保が、十間ほど離れた、右手の壁のほうに目を据《す》えたままでいった。

4

わが輩も、壁のほうに目をやった。なにか、うずたかく積まれている。

「あれは!?」

わが輩がいった。

「骨ですよ!」

石峰君が答えた。

それが、人間の骨だと確認するのに、たいした時間はかからなかった。

「まちがいなく人間の骨だ。五、六人ぶんはありますね。そして問題なのは、この骨が自然のままではなくて、あきらかに、だれかに積みあげられたものであることだ」

石峰君が、つかつかと骨のほうに歩み寄りながらいった。志保が身をすくめる。骨は、どれも、そう新しいものではないようだった。

「だれが積みあげたのだろう。ここに人間がおるのだろうか?」

わが輩がいった。

「人間ならいいのですが……」

石峰君が、ぼそりという。

「人間ではないと？」

「冒険小説では、こういう時、怪物が現れるんです」

石峰君が、冗談とも本気ともつかない口調をした。

しかし、一時間たっても、怪物は現れなかった。その代わり、その部屋を脱出する方法も見つからなかった。

「まいったね。これでは、どうにもならん」

さすがのわが輩も、なすすべもなく、岩の壁にもたれかかって座りこんだ。

「まだ、死にたくはないなあ」

石峰君がいう。

「もしかしたら……」

わが輩の隣りに座りこんでいた志保が、突然、立ち上がった。

「どうしたね？」

わが輩がいった。

「あの骸骨《がいこつ》のところに、なにか……」

志保が、つかつかと骸骨のそばに歩み寄った。けれど、やはり気味が悪いのだろう。手は出さなかった。

「よし、ぼくが調べよう」

石峰君が、志保を追っていって、足で積みあげられている骸骨をかき分けた。が、その下にはなにもなかった。

「抜け穴でもあるかと思ったのですが……」

志保が、残念そうに、首を横にふった。

「くそっ!!」

石峰君は、急に腹が立ってきたらしく、散らばった骸骨の頭を、足で思いっきり壁に向かって蹴りつけた。

「石峰君! そういうことをしてはいかんよ。死者に対する……」

わが輩がいいかけた時だった。頭蓋骨の当たった壁の部分が、ぼーっと明るくなりだした。もともと洞窟全体が、正体不明のぼーっとした青白い明かりに包まれているのだが、骸骨の当たった岩壁が、より強い光を発しだしたのだ。

「なんでしょう!」

志保が両手を頰に当てて、壁を見つめながらいった。わが輩らも、凝視する。

壁の発光は、十五秒ほど続いた。そして、すっと光が消えた。

「あっ!!」

光が消えると、わが輩ら三人は、同時に声をあげた。なぜなら、その岩壁に直径三尺ほどの丸い穴が、ぽっかりと開いていたからだ。そして、その奥には、やはり奇妙な明かりに包まれた通路が見えた。

「道がある！」

石峰君が、叫ぶようにいう。

「どうなっているんだ？　いまのはなんだったのだ？」

わが輩、どういう仕掛けで、岩壁に穴が開いたのかわからず、また、その奥にある通路がなんなのか見当もつかず、ふたりの顔を見た。

「とにかく、入ってみましょう。このまま、ここにいるよりはいいでしょう」

石峰君がいった。

「……のようだね。しかし、ここはどういう場所なのだ。わけがわからん」

わが輩は、まだ、なっとくがいかず首をひねった。

「入りますよ」

石峰君が先頭に立って、穴をくぐった。続いて志保、最後がわが輩だった。

通路は、やはり岩をくり抜いたもののようだった。ここも、奇妙な明かりに輝いている。幅は五尺、高さは十尺ほどもある広い通路だった。

通路は、まっすぐで、わが輩らは、苦もなく歩いていった。この通路を歩いているうちに、わが輩、困ったことが起こった。小便がしたくて、たまらなくなってきたのだ。

こんな、生きるか死ぬかもわからん時に、小便など催さんでもいいと思ったが、この生理現象だけは、どうにもならん。しかし、志保もおるし、その通路の中でするわけにもいかん。

しかたがないので、がまんをしながら、二十分ほど進むと、突然、いき止まりになった。

「なんだ、ここまできて、いき止まりか。なんとかしてくれ。実は、小便がしたくてならんのだ」

わが輩がいった。志保がくすっと笑う。

「うーむ。さっき、壁を蹴ったら穴が開いたのだから、もう一度やってみますか」

石峰君は、そういって、足で壁を蹴りあげた。と、なんと。その岩壁に、さっきと同じ現象が起こったのだ。つまり、壁の一部が、より強く光りはじめた。

わが輩、これには苦笑した。よほど調子のいい冒険小説でも、こうはいかんものだ。

「あはは。やってみるものですね」

これには、石峰君も驚いたらしく、肩をすくめた。

最前と同じように開いた穴の奥は、また部屋になっていた。だが、前の部屋とは、およそ様子がちがっていた。部屋は四角ではなく、完全な円形をしておった。広さは二十畳ほどの狭いもので、明らかに人工的に作られていた。

天井も、円天井になっておる。窓はないが、天文台の中のような形だ。そして、奇妙なことに、壁、天井のどこにも、継目《つぎめ》のようなものが見当たらなかった。

天井だけが、青白く輝き、壁と床は、わが輩の見たこともない金属で覆われていた。光のかげんで七色の虹のように輝く、それは美しい金属だ。

わが輩らが、入ってきたところも、どうなっておるのか、扉があるでなし、ただ、ぼうっとした輪郭で穴が開いておるばかりだ。なんにしても、こんな部屋は、それまで見たこともなかった。

部屋の中に足を踏み入れたわが輩らが、最初に目をやったのは、左手にある奇っ怪な像だった。その像は、高さが七尺ほどで、砂を固めて作ってあるらしく仁王様か鬼を思わせる顔をしていた。

両手を拳《こぶし》に握りしめ、やや足を開いて踏ん張った格好をしている。その目は、まっすぐ前を向いていた。おもしろいのは、その像が全身部屋の内側にあるのではなく、ちょうどからだの前半分が部屋側で、後ろ側は金属の壁にめりこむような形になっていたことだ。

なんにしても、その砂の像は、七色に輝く金属の部屋には似つかわしくないように見えた。わが輩、芸術、美術ということは、まったくわからない無骨漢だが、それでも、いかにも、ちぐはぐな気がした。

「この、見たこともない金属の部屋も妙だが、この像も奇妙ですね」

石峰君も、ふしぎそうに像を見上げている。

「マファッドさんがいっていた、砂漠の鬼って、この像のことでしょうか？」

志保も、しげしげと像を見た。

「だとすると、こいつは、人をとって食うわけだ。さっきの人骨は、こいつに食われた残骸というわけかね。しかし、砂の像は人は食わんだろう」

わが輩がいった。そして、注意深く部屋を見回した。その部屋の中には、もうひとつ、目をひくものがあった。それは、部屋の正面の壁に、ぴったりとくっつくように作られた、祭壇のように見えるものだった。それが、実際、祭壇だったのかどうかは、わが輩にはわからない。だが、そんなふうに見えた。

壁や床と同じ金属で作られた高さ十尺ほどの階段があり、祭壇のてっぺんに、金色に輝く、縦六、七寸、横一尺ばかりの、部屋を作っている金属とは別の小さな金属板がはめこまれていた。

「中村さん、あれ、サイラス王の秘宝じゃないですか!?」

その金属の板を見上げて、石峰君が目を輝かせた。

「なに、あれが?」

わが輩がいった。

「そうですよ、きっと、そうです」

石峰君が、声を弾《はず》ませる。

「しかし、あれは楯ではなさそうだし、十五個もないぞ。なんだろうな?」

わが輩は、その金属板が、どんなものであるか確かめようと、階段を登った。石峰君も、後をついてくる。

　その小さな金属板には、不可思議な紋様というより図案のような線だけの絵が彫りつけられておった。向かって右側に、帆かけ船を横にしたようなものがあり、その前に、右手をあげた裸の男と、足を少し開いて立つ、これも裸の女がいた。

　そして、左側には花火と眼鏡《めがね》のような模様、下のほうには、大小十個の丸が描かれておった。右側の丸だけが、特別大きい。四つ目の丸から矢印が出ており、ここにも、小さな帆かけ船が描かれていた。

　それは、わが輩のはじめて見る紋様だった。わが輩、ペルシャの文化には詳しくない。が、それは、わが輩が見ても、古代王朝と関係がある紋様とは思えなかった。なにか、もっと、ずっとハイカラな感じがする紋様だった。

「妙な紋様だね？　これがサイラス王と関係あるのかい？」

　わが輩が、石峰君にいった。

「うーん。確かに、変な紋様ですね……」

　石峰君も、首をかしげる。

「それに、この色は本物の金の色じゃありませんね。メッキかな？」

　石峰君が、金属板の表面を、指で触れながらいった。宝探しの大好きな石峰君は、こういうことには詳しいのだ。

「とすると、たいした価値のあるものとも思えんが、なぜ、こんなものが、ここにはめこまれておるのだろう？」

「どういうことでしょうね。だいたい、この場所は、古代王朝の遺跡という感じではないですね」

「わが輩は、さっき、英国軍の秘密の要塞《ようさい》かとも思ったのだが、どうも、それともちがうようだね」

「ここは、いったい、なにをするんでしょう。なんで、砂漠の地下に、こんな場所があるのです？」

「それは、わが輩が聞きたいんだよ」

わが輩が、肩をすくめた。実際、わが輩には、そこがどういう場所なのか、皆目見当がつかなかった。

「しかし、中村さん。これは、地上に持って帰ったら、考古学とか歴史学上の貴重な資料になるのではないでしょうかね」

石峰君がいった。

「うむ。はがしてみるか。が、これは、どうやったら、はがれるのだろう」

金属板は、七色に輝く金属に埋めこまれるように、ぴったりと貼《は》りついていて、とても、手でははがれそうになかった。かといって、その時のわが輩らには、道具らしいものは、なにもなかった。

「これで、どうでしょう」

石峰君は、ポケットから銅貨を一枚取り出すと、金属と金属板の間にはさみこもうとした。

その時だった。

「中村さん、あ、あれ!!」

階段の下にいた志保が叫んだ。

「どうした!?」

わが輩と石峰君が、志保のほうを見た。その顔は、例の右側の壁の鬼の像を凝視していた。そして、志保は、目を像に向けたまま、すり足で一歩二歩と後じさった。

それもそのはずだった。もともと凶悪な像の顔が、より凶悪な顔に変化し、からだが小刻みに震えていた。わが輩と石峰君は、金属板をはがす作業を中止して、階段を駆け降りた。

「動いているぞ!」

わが輩がいった。それと、ほとんど同時に、像が壁から抜け出し、その巨大な足を、わが輩らのほうに、一歩踏み出した。たしかに砂の像のように見えるのだが、目がらんらんと、燃えるような赤に輝いていた。

怪魔像が、わが輩らに敵意を抱いているのはたしかだった。

「怖い……」

めったなことでは弱音を吐かない志保が、わが輩の背中にかじりついて、つぶやいた。

「逃げましょう！」

石峰君がいった。

「うむ」

わが輩が、うなずいた。といっても、逃げる場所は一箇所しかない。はたして、あの出口のない洞窟に戻るのが逃げることになるのかどうかわからんかったが、それしか考えつかなかった。わが輩は、入ってきた穴のほうに目をやった。ところが、いつのまにか、穴は消えていた。

「しまった。閉じ込められた！」

わが輩が叫んだ。その間に怪魔像は、もうすっかり壁から抜け出し、伸びをするように、太い拳の両手を頭の上に突き上げた。拳のまま、ばんざいをしたような形だった。

それから、ううっと低い唸《うな》り声をあげた。そして、その燃えるような赤い目で、わが輩らのほうをじろりとにらみつけた。

「志保さん、向こうへ逃げて!!」

わが輩は、志保に祭壇のあるほうへいくようにいった。狭い部屋だから、逃げるにも逃げようがないのだが、階段の脇は、少しは陰になる。

「どうします、中村さん！」

じりじりと後じさりしながら、石峰君がわが輩にささやく。

「さて、どうすればいいのかね。君のいっておった亜蘭とかいう冒険小説の主人公は、こんな場面にはでっ食わさなかったのかい」

「冗談を！」

石峰君が、いかにも困ったという声でいった。

「いや、わが輩は本気でいっているんだよ。もし、うまい逃げかたがあれば、それをまねすればいい」

「ぼくの覚えているかぎり、こんな場面はありませんでしたよ」

「では、自分で考えなければならんな。わが輩も押川春浪《おしかわしゅんろう》でも、もっと読んでおくのだった」

しかし、考えている余裕はなかった。怪魔像は、上にあげていた手を下におろし、ずしりずしりとわが輩らのほうに迫ってきた。いかにも重量がありそうだ。

「石峰君、気をつけたまえ!!」

「はい！」

石峰君が、さらに後ろにさがりながら、身がまえていった。怪魔像が動くたびに、砂がざらざらと落ちた。やはり、それは砂の怪物らしかった。また、怪魔像が、ぐっと足を踏み出した。

その瞬間、石峰君がからだをかわして、左に逃げた。わが輩、それを見て、右に逃げようとした。が、それより早く、怪魔像の左手が、わが輩に向かって、ぐいと伸ばされた。拳が、もろに顎の先端にぶつかった。わが輩のからだは、ゆうに一間も空中を飛んで、背中から壁に叩きつけられた。

「中村さん!!」

志保が、悲鳴に近い声をあげた。

わが輩、それまでにも、ずいぶん強敵と喧嘩《けんか》した。上海からシンガポールに渡る船の中では、二メートルもあるロシア人ともめごとを起こし、派手な殴り合いをやった。その時食らった拳骨《げんこつ》の痛さは、何か月も忘れられないほどだった。

だが、この怪魔像の力は、そのロシア人の十倍も強かった。わが輩、一瞬、頭の中が真っ白になり、続いて激痛に襲われた。顎の骨が折れたのではないかと思った。口の端が切れて血の味がした。

立ち上がろうとしたが、足がふらついて立ちあがれない。そのわが輩を、怪魔像が見下して、口を歪《ゆが》めた。それは、どうやら笑っているようだった。赤く燃えるような目が、一段と赤くなった。

その時、左側にからだをかわした石峰君が、わーっと叫び声をあげながら、怪魔像の右脇腹に組みついた。わが輩を見つめていた赤い目が、石峰君のほうに向いた。

わが輩、やっとの思いで起きあがると、満身の力を込めて、怪魔像のみぞおちのあたりに鉄拳をぶち込んだ。いや、ぶち込んだはずだった。が、実際には、わが輩のいささか自信のある鉄拳は、怪魔像の腹にはもぐりこまなかった。

なんといったらいいのだろうか。それは、まるで海綿の塊を殴りつけたような感じで、ほとんど抵抗なく、はね返されてしまったのだ。おかしなことだった。怪魔像の拳骨は、死ぬほど固いのに、こちらが怪魔像を殴りつけると、はね返ってしまうのだ。どうも怪魔像のからだは、砂に似てはいるが、別の物質でできているようだった。

わが輩、あっけにとられて、しみじみと自分の拳を見つめた。それが、油断だった。今度は怪魔像の右の拳が、わが輩の左の頬を襲った。あやうく、飛びのいたので、完全には頬に当たらなかった。が、それでも、わが輩のからだは大きくのけぞり、ふたたび、地面に叩きつけられた。

朦朧《もうろう》としながら見上げると、怪魔像は、脇腹にしがみついている石峰君を、からだを揺すって振り払うところだった。ものすごい力だった。石峰君のからだが、弧を描いて吹っ飛び、二間先の固い金属の床に背中から落ちた。

それを見て、怪魔像がくるりと方向を変え、ずずっと倒れている石峰君のほうに近寄った。石峰君は、目を閉じたまま、ぴくりとも動かない。怪魔像は、石峰君のそばに寄ると、右足を持ち上げた。踏み潰そうとしているのにちがいなかった。

また、志保が絶叫した。その声を聞いて、怪魔像の動きが途中で止まり、目を今度は志保に向けた。怪魔像の力は強力だったが、動きが、それほど早くないのが救いだった。

怪魔像が志保に目をやった間に、わが輩は石峰君のところに走ると持ち上げた足の下から、からだを引っ張ってずらした。そして、そのまま、怪魔像の右足にしがみついた。その足は、まるで象の足くらいの太さがあった。

しかし、これは失敗だった。怪魔像は、わが輩を床に叩きつけるのに、苦労をしなかった。わが輩のしがみついた足を、たった一度、ぶるんと振るだけで、わが輩ははね飛ばされ、志保のすぐ脇に転がった。

「しっかりしてください、中村さん！」

志保が、心配そうに、わが輩の顔をのぞきこんだ。

「うむ。なんのこれしき！」

わが輩、必死で立ちあがる。石峰君は、まだ、倒れたままだ。

「志保さん、石峰君を！」

「はい」

志保がうなずいて、倒れている石峰君のほうに、にじり寄った。怪魔像は、また志保の行動を追った。そして、大きく両手を広げると、志保のからだを押さえにかかった。

そうはさせじと、わが輩が、その前に立ちふさがる。それを怪魔像が左手で、払った。一瞬の差で、わが輩が首を縮めた。怪魔像の手が空を切った。志保が、首からかけていた水筒をはずし、皮の紐を持って、ぐるぐると回した。

いい作戦だった。水筒の中には、一杯に水が詰まっており、かなり重い。反動をつけて殴りかかれば、怪魔像も打撃を受けるかもしれなかった。

しかし、その役を志保にやらせるわけにはいかなかった。

「志保さん。それを！」

わが輩が怒鳴った。だが、志保は動きを止めず、そのまま怪魔像に向かっていき、水筒を、その胸のあたりに叩きつけた。

だめだった。わが輩が、みぞおちを殴った時と同じで、水筒は軽くはね返された。あまりに抵抗がないので、びっくりした志保が、ちょっと、その場に立ちつくした。それが失敗だった。怪魔像の両腕が、がっしりと志保のからだをつかみ、そのまま宙に持ちあげた。

「志保さん!!」

わが輩が叫んだ。

「中村さん、助けて!!」

足をばたばたさせながら志保が、助けを求めた。

5

どうしたものだろう。わが輩、一瞬、躊躇《ちゅうちょ》した。なにしろ、怪魔像は怪力だ。わが輩が、へたに動いて、志保が押しつぶされでもしたら、取り返しがつかん。わが輩、倒れておる石峰君のほうを見た。どうやら、意識の戻ったらしい石峰君は、頭を振りながら起きあがろうとしていた。

「石峰君、志保さんが！」

わが輩が怒鳴った。

「えっ！」

石峰君が怪魔像に目をやる。怪魔像は両手で、がっしりと志保を抱き抱えていた。そして、勝誇《かちほこ》ったような表情で、わが輩と石峰君を交互にながめた。志保は必死でもがくが、その大きな手からは、逃れられそうにない。

「この野郎！」

石峰君がわめいて、前後の見さかいなく怪魔像に突進した。無謀な突進だった。ふたりで示し合わせて、うまい攻撃をしようと考えておったわが輩は、あわてた。

怪魔像が、突進していく石峰君に、ぐいと左足を曲げて膝を突き出した。その膝が速度のついた石峰君の腹にのめりこんだ。石峰君が、もんどり打ってひっくり返り、その場にうずくまった。まったく、大人と子供の喧嘩でも、こんなに差はありそうもない。

わが輩が、石峰君のそばに走り寄り、手を引っ張って助け起こす。

「なにか、弱点がありそうなものだが……」

わが輩、自分にいい聞かすようにつぶやいた。その瞬間だった。

「ぐおおおう！」

怪魔像が咆哮《ほうこう》した。わが輩、なにごとかと怪魔像を見上げた。志保が、手にしていた水筒のふたを開け、中の水を怪魔像の顔めがけてぶちまけたところだった。

怪魔像の手の力が緩んだ。志保のからだが怪魔像の手から離れ、ずるずると床に滑り落ちた。志保は、そのまま起きあがらずに、わが輩らのほうに、はいずりながら逃げてくる。

怪魔像の顔が、水をかけられ、ほんの少しだが、崩れかかっていた。赤く燃えた両眼から、白い煙が出ている。怪魔像は、その目をしきりに、手でこすった。そのたびに、砂がぽろぽろと落ちてくる。

「そうか、あの怪物は、水に弱いのか!!」

石峰君が、光明《こうみよう》を見たという声でいった。そして、志保の手から水筒を、もぎ取るように、自分のほうに引き寄せると、中をたしかめて、怪魔像の顔めがけて、水をかけた。

志保の時より多い量が、もののみごとに、怪魔像の顔に命中した。

「うおおーっ‼」

怪魔像が、ふたたび吼《ほ》え、両手で顔を押さえる。押さえた下から、また白い煙があがる。目が完全に潰れたようだ。怪魔像は、明らかに苦しんでいた。だが、それは、致命的な打撃を与えることにはならなかった。

それどころか、その水で手負いになった怪魔像は、その暴れかたがひどくなった。像でありながら痛みがあるのだろうか。その場で地団太踏《じだんだ》むように足をばたつかせ、むちゃくちゃに両手をふりまわした。振り回された手が、びゅんびゅんと音を立てて空を切る。

「糞《くそ》っ、もう水がない‼」

石峰君が、空《から》になった水筒を、床に叩きつけた。水筒が、わが輩の足元にころがった。その音を耳にした怪魔像が、わが輩のほうに手を突き出した。しかし目をやられ、どうやら、わが輩らの姿は見えないらしく、拳はだれにも当たらなかった。

「がうっ！」

それが悔しかったのか、怪魔像は、もう、ただめちゃくちゃに手を振り回し、足を振りまわした。目が見えていた時は、それなりに、その動きには秩序があったが、目をやられると、もう秩序もなにもなかった。

その腕の振りが、ひとつ顔に当たったら、もう命はなさそうだった。それくらい、怪魔像の手足の動きには、力が入っていた。

とりあえず、この凶暴な怪魔像から逃れられる場所は、一個所しかなかった。祭壇の上だ。わが輩、もの音を立てないように息をひそめ、志保の手を取ると、階段を登りはじめた。わが輩の意図を理解した石峰君も、後に続く。

　振り回しても、手が届かない祭壇の上に逃げたことに気がつかない怪魔像は、奇声をあげながら、部屋の中を歩くというより、走りまわっている。あと、もう少し水が欲しかった。その部屋から逃げ出せるという保証はなかったが、水があれば、とにかく怪魔像だけは倒せそうだった。

「そうだ!!」

その時、わが輩の頭の中に、大名案が浮かびあがってきた。それで、思わず声を出した。

「なんです？」

石峰君が、小声で質問した。

「水があるぞ」

「どこに？」

「ここだ！」

そういって、わが輩、探検ズボンの前を指差した。

「えっ！」

石峰君が、びっくりした顔をする。

「そんなに、おどろくことはない。石峰君、小便だ。小便を、あれにかけよう。志保さん、ちょっと後ろを向いていてくれ。格好は悪いが、これしか方法はない！」

わが輩、そういって探検ズボンのボタンをはずした。

「そうか！　やりましょう!!」

石峰君も、ズボンのボタンに手をやった。そして、ふたり同時に小便を放出した。

この光景を、わが輩ら以外の人間が見ておったら、どれほど滑稽《こっけい》に思ったかわからん。なにしろ、大の男がふたり並んで、祭壇の上から、顔を押さえて暴れまくる怪魔像目がけて、じゃあじゃあと小便をかけはじめたのだ。

だが、わが輩らは真剣だ。命をかけて小便をしておるのだ。そして、光景は滑稽でも、効果はてきめんだった。少年時代、小便飛ばしでは負けたことのないわが輩のことだ。しかも、怪魔像の登場で、すっかり忘れておったが、その時のわが輩の膀胱《ぼうこう》ははちきれんばかりになっておったから、その勢いといったらない。

わが輩の小便は、暴れる怪魔像の顔に狙いたがわず命中した。石峰君も、わが輩に合わせる。いやはや、汚いといえば汚い場面だが、命と引き替えなのだから、そんなことはいってておられん。

勝負は、思っていたより、ずっと、あっけなかった。頭上から小便をかぶった怪魔像の顔は、どろどろと溶け出し、急に動作が緩慢《かんまん》になった。顔に当てていた手の先も溶け出した。

顔の鼻から上が完全に溶け、崩れ落ちてしまうと、それまでの凶暴さは消え失せ、がっくりと床に両膝をついた。

　そうなると、なお小便はかけやすい。わが輩、これでもかと小便をかけ続けた。とにかく、がまんしておったから、量もよく出る。

「中村さん、動かなくなりましたよ」

　わが輩より、ひと足さきに、放出を終えた石峰君が怪魔像を見て、うれしそうにいった。

　怪魔像の顔は、もう首のところまで溶けており、手の先もなかった。その先のなくなった腕をだらりと下に下ろし、跪《ひざまず》いたまま動こうとしなかった。

「ほんとうですか？」

　後ろを向いておった志保の声も明るい。

「ほんとうだ。どうやら、死んだらしい。だが、まだ、こっちを見てはいけないよ。中村さんが、しまっていないから」

「おい、石峰君。そんなよけいなことをいうな」

「じゃ、志保さんが見てもいいですか」

　石峰君がふざけた。いくら、怪魔像が動かなくなったとはいえ、いましがた、死にそうになった男とは思えんことばだ。石峰君も、からだはきゃしゃであまり力はないが、なかなか、肝っ玉が座っておる。

「いや、それはいかん」

わが輩は、そう答えて、ズボンのボタンをとめた。そして、いった。

「もう、かまわんぞ」

わが輩の声と同時に、志保がふり向いた。そのとたんに、怪魔像がびくんと震えた。

「……ん!」

わが輩、緊張した。これで、怪魔像が死んでおらんければ、いよいよ、わが輩らに倒す手段はないのだ。が、心配はなかった。ぶるっとからだを震わせた怪魔像は、そのまま、崩れるように前のめりに、床につっぷした。

「よかった。勝ちましたのね」

志保がいった。

「最後は、どうも、汚い戦いになったがね。古今東西、怪物退治の話は少なくないが、小便でやっつけたという話は聞いたことがない」

わが輩、ふうっと息を吐きながら笑った。

「しかし、志保さんが、怪魔像が水を恐れることを見つけてくれなければ、いまごろは三人とも命がなかっただろう」

「子供のころ、浜辺に作った砂の人形が、海の水に壊されるのを思い出したものですから」

志保がいった。

「あの場面で、それを思い出すとはたいしたものだ」

わが輩がいった。石峰君も、いかにも感服したような表情をしておった。

「さて、とりあえず、命は助かった。次の問題は、どうやって、ここを脱出するかだね」

わが輩、倒れている怪魔像を見つめていった。その時だった。またしても、わが輩らが予期しておらんことが起こった。すき間もないように見える部屋の天井から、しゅうしゅうと音を立てて、緑色の煙が出てきたのだ。煙はかなりの速度で部屋の中に広がり、充満してくる。

「なんだ、この煙は！」

「わかりません！」

わが輩のことばに、石峰君が答えた。

「この煙……」

漂ってくる緑色の煙の匂いをかいだ志保が、顔をしかめた。わが輩の鼻も、つーんとする匂いをかぎとった。その瞬間、すっーと気が遠くなった。声を出す余裕さえなかった。

それはそれは、気分よく、わが輩は気を失った。

――そしてわが輩が、正気を取り戻したのは、それから三日後のことだった。場所はシラズの、小さな宿屋の中だ。

わが輩が、目を覚ました時、そばには、志保と石峰君と、そして砂嵐に飲まれたはずのマファッド氏がいた。

「わが輩は助かったのかね」

わが輩がいった。そして、石峰君の顔を見た。

「そうです。三人とも、砂漠に倒れているところを、マファッドさんに助けられたのです」

石峰君が、小さく、うなずきながら説明した。

「砂漠に倒れていた。じゃ、あの地底の部屋から、どうやって？」

「わかりません。ぼくたちも、半日ほど前に目を覚ましたのですが……。マファッドさんは、地底の部屋など、まったく、知らないといっています」

「だが、われわれ三人とも、あの緑色の煙で、気を失ってしまったわけだろう。まさか、あの怪魔像は、夢……？」

わが輩、土で固められた寝台の上に、身を起こしながらいった。

「いいえ。あれは、ぜったいに夢なんかじゃありません」

石峰君が、強い口調でいった。

「そうすると、だれが、上まで……。マファッドさんの息子さんではないのかな？」

「いいえ。それもちがいます。マファッドさんの息子さんは、ぶじでした。というより、まだ悪魔の砂漠に入っていなかったのです」

「どういうことだね？」

「息子さんは、シラズから少しはなれた小さな村までできた時、からだのぐあいを悪くし、体調がもどるまで、待機していたのだそうです。それが判明したのは、昨日のことだそうですが」

「そうだったのか。それは、よかった。ところで、マファッドさんは、どうして、ぶじだったのですか？」

わが輩が、にこにことわれわれの会話を聞いているマファッド氏にたずねた。

「はい。それが、あの砂嵐に巻き上げられた時は、もう、だめだと思ったのです。実際、わたしは、あっというまに、砂に鼻と口をふさがれ、気絶してしまいました。その上に砂が覆いかぶさってきたのですが、倒れた騾馬がうまいぐあいにすきまを作ってくれて、窒息せずにすんだのです。夜中に目の覚めたわたしは、すぐ、みなさんを探しましたが、残念ながら姿を見つけることはできませんでした」

マファッド氏がいった。

「ということは、その時には、われわれは、もう流砂に流されて地底にいたということかな」

わが輩がいった。

「そうですね。ただ、マファッドさんは、流砂には気がつかなかったといっています。もっとも、話を聞いてみると、マファッドさんは、かなり、ぼくたちのいる場所とは、離れた所で倒れていたようです」

「なるほど、そうでしたか。しかし、貴君もぶじでよかった。いや、貴君がぶじだったからこそ、われわれが助けてもらえたわけですな。わが輩は、これで二度、助けてもらったことになる」

「アラーの神のおぼしめしです」

マファッド氏がうなずいた。

「それにしても、わからないのは、あの地底の不可思議な部屋と怪魔像だ。あれはいったい、なんだったのだろう。実際、わけがわからん」

わが輩、また、同じことをいった。

「わたしたちも、あれがなんであったのか、いろいろと考えてみたのですが、どうしても、わかりません」

志保も、首を振る。

「それに、なぜ、あすこから出られたのかも……」

石峰君が、腕組みをした。

「やっぱり、あれがサイラス王の秘宝だったのだろうか？」

「いや、サイラス王とは関係ないでしょう。たしかに、あの金属板は奇妙なものではあったけれど、財宝として価値のあるものとは思えませんでしたよ。マファッドさんにも、あの紋様を説明しましたが、やはり、古代ペルシャ王朝のものとはちがうのではないかといっていますし」

「でも、あの怪魔像は、あの金属板を守っていたわけでしょう？」

志保が、石峰君の顔を見ていった。

「どうなのだろう。そういうことなのかなあ。だとすれば、金属板は、それだけの価値のあるものということになるわけだが」

石峰君が、首をひねった。

「あの怪魔像も、ぜんたい、わけのわからん怪物だった。なぜ砂の像が、動くのだ。黙っておれば、われわれは、あの怪魔像に殺されておったのだろうね？」

「そう思います。実際、不可思議なことばかりです。あの青白い光もわからなければ、七色に光る金属もわかりません。洞窟にあった人骨も……」

「あの部屋を作ったのは、だれなのでしょう？」

志保がいった。

「あんな、生きるか死ぬかの目に遇っておりながら、なにひとつ事情がわからんとは、腹立たしいね。といっても、もう一度、調べにいく気はせんが」

わが輩がいった。

「中村さん、おねがいがあります」

マファッド氏が口をはさんだ。

「なんですか？」

「どうか、その不可思議な地下の部屋のことや怪魔像の話は、決して息子にしないでください。その話を聞いたら、きっと、また探検に出るというにちがいありません」

マファッド氏が、真剣な表情でいった。

「わかりました。お約束しましょう。一番、話を信じてもらえそうな人に話せないのは残念だが、わが輩も息子さんは、あすこには近づかんほうがいいと思う。われわれは、たまたま助かったが、今度いったら、命の保証はないですよ」

「あの場所を、見つけることができるかどうかも、わかりませんしね。それにしても、あの金属板を、持ってくることができていたらなあ」

石峰君が、いかにも、残念そうな表情でいった。

「わたし、あの金属の板に彫られた裸の男の人と女の人が、なにかを話しかけてくるような気がしました」

志保がいった。

「うむ。それは、わが輩も、そんな気がしたね。裸の絵でも、少しも卑猥《ひわい》な感じはしなかった」

「これは、ほんとうに、そんな気持ちがするだけなのですが」

志保が続けた。

「あの絵は、なんだか、未来の人が呼びかけているように思えました」

「未来の人が呼びかけている？　ぼくたちにかい？」

石峰君がいった。

「いいえ、もっと、なにか、ちがった感じです。たとえば」

志保は、そこで、ちょっと、ことばをとぎらせ、また続けた。

「宇宙空間に向かって、なにかを呼びかけているような……」

「なるほど。だが、未来の人間が宇宙空間に向かって、なにかを呼びかけている金属板が、なぜ、悪魔の砂漠の地下にあるのだろう？」

石峰君がいった。

「あるいは、未来世界の人が、遠い宇宙空間に向けて飛ばした金属板が、なにかのかげんで過去の世界にはさまって……」

志保がいった。

「遠い昔に、この砂漠に……」

石峰君がいった。

「科学小説なら、あるかもしれない話だね。としても、あの部屋や怪魔像がわからんなあ」

「そういえば、この地方の古い民話に、まだ、この世界に人間が住んでおらず、一面、砂漠だったころ、天の一角から、天と地と過去と未来を支配している神の使いの大男が、青く輝く光に包まれた舟に乗って、神の手紙を持ってきたが、まだ地上に人間はおらず、そのまま、砂漠に埋もれてしまったという話がありますよ。子供のころ、お婆さんから聞いた話で、すっかり忘れていましたが、中村さんたちの話を聞いて、思い出しました」

マファッド氏がいった。

「それは、なんだか、ぼくたちの体験に説明がつけられそうな話だが……」

石峰君がいった。

「あの怪魔像が、神の使いというわけかね。あの部屋が舟か……」

わが輩は、石峰君の顔を見た。

「ということですが、そうなると、神というのは、なにを指すのか？」

石峰君が、首をひねった。

「未来だの、神だのと、どうも、話がむずかしくなってきたね。そういう話は、わが輩にはさっぱりわからんよ。まあ、時間は、これから、たっぷりあるのだから、ゆっくり考えてみようじゃないか。それに、謎を謎のままに残しておくのも、おもしろいことではないか」

わが輩、悔しいが石峰君と志保の話についていかれず、苦笑をしながらいった。

「ところで、わが輩は、さっきから小便がしたいのだ。だが、もし万一、また、あの怪魔像が現れるようなら、しばらく、がまんをしておいたほうがいいと思うのだが、どうしたものだろうね」
志保が、ぷっと吹き出した。

麗<ruby>れい</ruby>
悲<ruby>ひ</ruby>
妖<ruby>よう</ruby>

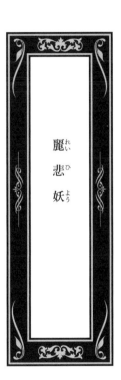

1

わが輩が、ロシアのバークーで石峰省吾《いしみねしょうご》、雨宮志保《あまみやしほ》のふたりに別れを告げたのは、明治三十六年十一月十日のことだった。

悪魔の砂漠から帰還した後、ペルシャの首府テヘランへ入り、さらに北上してロシア領に分け進んだわが輩らは、石油地帯のバークー地方を視察した後、ここで行動を別にすることになった。

というのも、石峰君が例の砂の怪物に叩きのめされてから、どうもからだのぐあいが思わしくないので、急ぎ、しっかりした医者のいる場所に出ることになったのだ。そこで黒海沿岸のバートンから船に乗り、エーゲ海を航海して、ひと足先に英国に向かうことにしたのだった。

そして、わが輩のほうは、またテヘランに戻り、そこからトルコ領に入っていくことにした。石峰君のことが、少し心配でもあったが、命に別状があるほどには悪そうでもなし、なにより、志保が看病するのだからよかろうと決断した。

わが輩のトルコ視察の旅は、困難に困難を極めた。長い自転車旅行で尻をもまれ、もともと、よくなかった痔《じ》が、ここで爆発してしまったからだ。しかたがないから、自転車を引いて歩いておったところが、ついておらん時というのはしようがないもので、マラトヤまでくるとロシアの国事探偵にまちがえられ逮捕される始末だ。危うく死刑になりかかったところは、どうにか持ちまえの蛮骨精神で切りぬけたが、約三週間後バートン港についた時は、もう、へとへとだった。

そこで、しばらくからだを休めようと、安ホテルに部屋を取ったが、入るなりポンチ絵的失敗を演じた。それは風呂だ。なにしろ、わが輩、ホテルに泊まるまで、一週間も風呂に入っておらなかったから、すぐさま風呂桶《ふろおけ》に湯を汲《く》んで飛び込んだのだ。風呂場の入口に、ロシア語でなにやら書いてあったが、気にもせず、首までどっぷりつかって、汗を流した。

久しぶりに、すっかり、いい気持ちになったわが輩、満足しきって風呂桶の栓を抜いた。ところが、これが大変なことになってしまった。どうしたわけか栓を抜くと、湯がびちゃびちゃと風呂場全体にしみだし、廊下のほうまで流れていく。あわてて栓をしようとしたが、どこに、すっ飛ばしてしまったものか、見当たらない。

しかたがないから大あわてで、足の踵《かかと》で風呂桶の栓をしたが、足を放せば、また湯が漏る。寒くはなるし、永久に、そうしていることもできず、にっちもさっちもいかなくなったわが輩、ええい、ままよ、どうにでもなれと大声で女中を呼んだ。すると、すぐに中年の女がやってきたが、両手で睾丸《きんたま》を押さえて、風呂桶の中に、すっ裸で突っ立ってわめいているわが輩を見ると、真っ赤な顔をして、悲鳴をあげて逃げていった。

しばらくして、ボーイがかけつけてきて、どうにか騒ぎはおさまったが、聞いてみると、わが輩の部屋の風呂は壊れておるので使ってはいかんと張紙《はりがみ》がしてあったそうだ。そんなことをいわれても、わが輩にはわからない。幸い、ホテルを追い出されるようなことはなかったものの、あの日本人は頭が変だと、女中にホテル中にいいふらされてしまったのには、さすがのわが輩も、おおいにへこたれた。

そのあと客が混んできて、最下等客のわが輩は、相部屋をいい渡された。相部屋など気に入らんが、風呂の一件があるので、文句もいえん。と、のっそり部屋に入ってきたのは、モスコーの絹布商人のペトロフという親父《おやじ》だった。かたことの英語のできる気のいい、日本びいきの男だが、若いころ日本にいったことがあり、神戸で日本人のワンナイト・ワイフを買ったと、自慢げにいうには閉口した。

ペトロフ親父とは三日ばかり、一緒に生活した。ペルシャへ布地の買い出しにいった帰りとかで、どこだかのジプシーから、えらく時代ものの神鏡《しんきよう》と称する高価な鏡を買ったと、聞きもしないのに、鼻をぴくぴくさせてしゃべっておった。

その鏡は、ふしぎな神力を持っていて、使いかたひとつで、幸運をもたらすのだと、にこにこしておる。そのくせ、わが輩が話の種に、ちょっと見せてくれんかというと、手荷物室に預けたとかなんとかいって、見せ惜しむ。そのうち、わが輩も忘れてしまい、結局、見ずじまいに終わってしまった。

やがて、わが輩、体調も戻ったので、ホテルを引き上げ、〔ポスポル号〕という英国の石油運搬船の船長にわけを話して、イタリアのナプール港までの便乗を願いでると、船長は、同盟国のよしみだからと、笑顔で乗船を許可してくれた。

おまけに、無銭旅行は大変だろうと、古着だが清潔な背広を一着進呈してくれたのは、うれしかった。わが輩、乞食《こじき》ではないから、くれるといっても、なんでももらうものではないが、この船長は、わが輩の探検旅行に賛同してくれたのだから、大威張《おおいば》りでちょうだいした。

イタリアのナプールに上陸したのは十二月九日だった。きれいな港だが、文明国は、どうもつまらん。道が平坦だし冒険がない。そこで上陸とともに、ローマに向かって突進し、四日後に到着。直《ただ》ちに、公使館を訪問すると、公使以下、ことごとくわが輩を歓待してくれ、これからの旅は寒くなるだろうと、下着、靴下、毛皮の外套《がいとう》などを寄付してくれた。

実際、ナプールについた時から、寒さには参っておったのだが、下着や外套をもらったから、もう怖いものはないと、ハンドルも軽くフランスに向かった。アルプス越えは、ひと苦労ではあったが、ここでは、あえて語るまい。

思わぬ事故が出来《しゅったい》したのは、マルセーユに向かう途中だ。自転車のタイヤーが破れてしまったのだ。早速、修繕したいと思ったが、悲しいかなバートンのホテルで、残らず金《かね》を使ってしまい、一文なしだ。どうにか自転車を引きずって、マルセーユには到着したものの、わが輩、すっかり途方にくれてしまった。

日本領事館にでもいって、なんとかしてくれろと頼みこめば、助けてはくれるだろうが、こういう時になると痩《や》せがまんをしてしまうのが、わが輩の癖だ。そこで、考えぬいたあげく、〔ポスポル号〕の船長にもらった背広と、ローマの公使館でもらったシャツや股引きの類《たぐい》を古着屋に売り飛ばすことにした。くれた人には申しわけないが、それでも、わが輩の窮地が救われるのなら怒りはせんだろうと、自分に都合のいい解釈をして手放した。ただ、夏用の探検服に着替えたのでは、寒くてしようがないから、毛皮の外套だけは売らなかった。

これで多少の金ができたので、自転車の修繕をなした。こうなれば、勇気勃々《ぼつぼつ》。いよいよ、仏京・パリーに乗り込み、ここに滞在すること十日。このころには、わが輩の無銭旅行のことが新聞によってパリー中に知れわたっておったので、例によって宿泊場所は、郊外の公園の中の天幕だったが、千客万来、いろいろ歓迎も受けたのだった。

キリストの誕生祭は、この地で迎えることになったが、滑稽《こっけい》だったのは、この日に招かれた貴族の舞踏会だ。いかに無頓着《むとんちゃく》なわが輩でも、この冬のまっ最中に、汗臭い探検服で舞踏会に出席はできん。そうかといって、外套のまま出るわけにもいかない。そこで、親しくなったフランス人の新聞記者君に頼んで、燕尾《えんび》服を借りてきた。

ところが、ふだん、そんなものは着たことがないから、いよいよ出かける段になって、付属品を借りるのをすっかり忘れておったことに気がついた。白雪シャツもなければ、襟飾《ネクタイ》も絹帽《シルクハット》もない。

そこで、窮策を案じたわが輩は、財産のひとつである米の布袋を空《から》にし、その底に穴を開けて頭からすっぽりとかぶり、首だけ突き出して、垢《あか》じみたシャツを隠すとともに胸当てとなし、襟飾の代わりに白い風呂敷を首に巻きつけ、絹帽の代用にするものはないから、汚い旅行帽をかぶって、ぬっと舞踏会に臨んだ。

自分でも、珍妙な格好だと思ったが、わが輩にとっては、これでも最高のハイカラだ。貴婦人、紳士たちは、みな妙な顔をして、くすくす笑うが、わが輩、平気な顔をしておった。人間は中身で決まるのだから、服装を笑われることなど、少しも気にならない。だが、ついに最後までわが輩に、ひとりとして、踊りの相手を申しこんできた婦人がなかったのには、笑ってしまった。

英京・ロンドンには年の明けた明治三十七年一月三日に入った。石峰君と志保の居所を聞くために、公使館にいってみると、たしかにふたりの泊まっているホテルの場所はわかったが、石峰君はロシアに出発したようだという。

「はて？」

わが輩、その理由がわからず首をひねりながらも、志保がひとりで泊まっている木賃宿に向かったのだった。その木賃宿は、ホワイト・チャペルの貧民街にあった。しかし、わが輩が予想したほど、汚い場所ではなく、なかなか堂々とした宿だった。

「志保さん、中村だ！」

わが輩が、志保の部屋の外で怒鳴《どな》ると、すぐに扉が開いた。

「中村さん。早かったのですね。こちらにこられるのは、もっと後だと思っておりました」

いいものではなかったが、清潔な洋服を身につけた志保が、笑顔でわが輩を部屋に招きいれた。顔色もよく、元気そうだ。

「うむ。早く、志保さんに会いたくて、飛んできたのだよ」

わが輩が、笑いながらいった。

「あら、うそばっかりおっしゃって」

志保が、くすっと笑う。

「ずっと、ここに泊まっているのかね？」

「いいえ。はじめは日本人会の有志のみなさまのおかげで、立派なホテルに滞在させていただいていたのですが、石峰さんと相談して、いつまでも高いホテルに居候はよくないと、こちらに移ってきたのです」

「宿賃は、どうしておるのだね？」

「はい。お友達になった英国人の紹介で、夜、居酒屋で女給の仕事をしていますの」

「女給？」

「ええ。でも、日本のように、いかがわしい仕事ではありません。テーブルにお酒を運ぶだけですわ」

「なるほど。それなら、安心だ。いや、わが輩は、石峰君がそばにいてくれるから、だいじょうぶと思っておったのだが、いないと聞いて、いささか心配しておったのだよ。で、石峰君はロシアにいったと聞いたが」

「はい。十日前にペテルブルグに向かいました」

「では、石峰君のからだは、もういいわけだね」

「はい。こちらのお医者さまに見てもらい、滋養剤を注射していただいたところ、すっかり元気になって、わたしと一緒に、居酒屋で働いていたのです。ところが、半月ほど前、ペテルブルグのお友達というかたから手紙が届きまして、それで、出かけていきました」

「その友人は、よく石峰君が英国にいると知っていたね？」

「石峰さんは、英国につくと、すぐ、そのお友達に手紙を出しておりました。中学で同級だった人だそうです。近くにきたのだからということで」

「ふーむ。英国とロシアは、あまり近くはないがね。もっとも、ボルネオやチベットよりは近いか……。それにしても、志保さんを置いてきぼりにして、自分だけ旅立ってしまうとはいかんなあ」

わが輩、眉間《みけん》にしわを寄せていった。

「もしものことがあったら、どうするつもりなのだ」

「いいえ、石峰さんは、わたしも連れていくといってくださったのですが、もし、その間に中村さんがロンドンにこられたらいけないと思って」

「なんだ、わが輩のことを気にしておってくれたのか。そんなに気をつかわんでも、石峰君とロシアにいけばよかったのだよ」

わが輩、志保の優しさに、温かい気持ちにされながら答えた。

「それで、石峰君は、ペテルブルグに遊びにいったわけか？」

「それが……。まあ、遊びといえば遊びですけれど。その、お友達は半年ほど前、ロシア人の女のかたと、熱烈な恋愛の末、自由結婚をされたのです。それで、素晴らしい美人だから、見にこいとおっしゃって」

「おやおや、わざわざ、ロシアから英国まで、のろけの手紙を送ってきたのか。いやはや、日本の男も軟弱になったものだ。西洋の婦人を妻にして、美人だから見にこいもないものだ」

わが輩、苦笑していった。

「でも、新婚だというのに、日本のお友達に奥さまをお見せできないから、ぜひ、石峰さんに見ていただきたかったのでしょう。そのかた、中学時代には一番の親友だったそうですから」

志保が、弁護するようにいった。

「なるほどね。しかし石峰君もなにも、わざわざ、ロシアまでいかんでも、すぐそばに、すこぶるつきの美人がおるではないか」

「えっ？」

志保が、きょとんとした表情をした。

「志保さんのことをいっておるのだ。石峰君も、手の出せん人の妻を見にいくより、志保さんに手を出したらいいものを……。それとも、わが輩がおらんうちに、もう手は出したのかな？」

わが輩が、おどけていった。

「そんな、中村さん」

「あはははは。冗談、冗談。それで石峰君は、いつ、戻ってくる予定なのだね」

「はい。なるべく早く帰るけれども、とにかく、あちらに着いたら、手紙を書くといっていましたから、もう届くでしょう」

「まあ、いくら図々しい石峰君でも、まだ、熱い湯気の出ているような新婚家庭に、そう長くはおられまい。いかなければよかったとかなんとかいいながら帰ってくるのが落ちだろう」

わが輩、冗談半分にいった。

「そうかも、しれませんわ」

志保も笑う。

「だが、石峰君がペテルブルグにいってしまったのなら、わが輩らも後を追うかな。季節が季節だから、自転車ではむりだろうがね」

「中村さんが、いくといわれるのなら、わたしは、どこへでも」

志保がうなずいた。

しかし、それから三日間は、結局、わが輩はロンドンを一歩も動くことができなかった。あちらこちらの新聞社の取材や、日本人会などに招かれ、断るわけにもいかず、挨拶をしてまわることになったのだ。

そうこうしておるうちに、ロンドンに到着してから五日目、ペテルブルグの石峰君から、志保宛に手紙が届いた。その手紙の要旨《ようし》は、わが輩がロンドンに到着ししだい、ペテルブルグに急行してほしいというものだった。それ以外のことは、なにも書いてない。

「はて、急行せよとは、どういうことだろう。むろん、いくのはかまわんが、また、からだのぐあいでも悪くなったのだろうか？」

わが輩、首をひねった。

「石峰君も、もう少し、親切な手紙を書いてくれればいいものを。まあ、いい。こいというのだからいってみよう。幸い講演やなにかで、旅費と防寒服を買うぐらいの金はできた。まずは志保さん、服を買いにいこう」

なにしろ、わが輩らの旅は手軽ということにかけては、これ以上の手軽さはない。すぐ、その足で港に向かい、ペテルブルグには、五日後に到着した。

その日のペテルブルグは、零下十五度という寒さだったが、雪はちらほらで、街全体にも、積もっているというほど積もってはいなかった。聞いてみると、ペテルブルグという土地は、雪はそんなに降らないのだという。

石峰君の下宿家は、ペテルブルグの目抜き通りネヴスキー街の往来に面した二階だった。さっそく、駆けつけてみると、扉に日本語の書きつけが張ってある。用事のある人は、十三番館二十四番の松尾良治宅を訪ねてくれと書いてある。日本語で書いてあるということは、わが輩らに宛てたものにちがいない。その足で、十三番館に向かった。

「ごめん。松尾さんは、ご在宅ですかな？」

部屋を探しあて、ノックすると、扉が細く開いて、金髪の若い美人が顔を出した。

「わが輩は中村といいますが」

わが輩、ロシア人の婦人に、日本語が通じるかなと思いながら、一語一語、わかりやすく発音した。

「これは、中村さん。お待ちしていました。主人も石峰さんも留守ですが、すぐ戻りますので、どうぞ、お入りください」

たどたどしくはあったが、よくわかる日本語で婦人が答えた。松尾君の細君にちがいなかった。なるほど、亭主が自慢をしたくなるような、すらりとした別嬪《べっぴん》中の別嬪だ。

「わたし、雨宮志保と申します」

志保も頭を下げた。

「はい。あなたのことも聞いております。わたし、松尾の家内のエヴグーニヤといいます。どうぞ、よろしく。さあ、外は寒いですから中へ」

エヴグーニヤ夫人がいった。

「ありがとう。では、失礼させていただく」

わが輩、頭を下げると、部屋の中に入った。暖かく、きれいな部屋だった。日本ふうの装飾はほとんどなく、ロシアふうのものばかりだったが、赤々と燃える暖炉《だんろ》の火が、わが輩にはなんとはなしに懐かしく感じられた。

「石峰君は、病気にでもなったのではないですか？」

椅子をすすめられ腰を降ろすと、わが輩、もっとも気にしていた質問をした。

「いえ。とっても、お元気です」

エヴグーニヤ夫人が、紅茶を用意しながら答えた。

「それはよかった。いや、わが輩らに、至急こいと手紙がきたので、心配しておったのです」

わが輩は、ほっとしていった。

「ところで、石峰君は、いつから下宿家に？」

「はい。こちらにこられた翌日から」

夫人が、答えた。

「そうですか。それを聞いて安心しました」

「どうしてですの？」

「そりゃあそうです。独身男が、新婚家庭に居候などしては、野暮《やぼ》もいいところだ。もしかしたら、奥さんに、迷惑をかけておったのではないかと心配していたのです」

わが輩、笑いながらいった。

「あら、新婚といいましても、もう結婚して半年です。そんな心配はいりませんわ」

夫人が、ちょっと、照れたように笑った。その時、扉をノックする音が聞こえた。

「エヴグーニヤ、ぼくだよ。いま、帰った」

石峰君たちが、帰ってきたようだった。

2

石峰君と再会を喜び合い、松尾君と初対面の挨拶を交わしたわが輩らは、おおいに意気投合して、その晩はエヴグーニヤ夫人の手作りの食事をごちそうになった。特別豪華ではなかったが、心のこもった、うまい料理だった。

「ところで、石峰君。わが輩らに至急こいといったのは、どういう理由だね？」

食事をしながら、わが輩が質問した。

「はあ。それは、松尾に中村さんたちの話をしましたら、ぜひ呼んで歓迎したいといってくれたものですから」

石峰君が、松尾君の顔を見ていった。もっとも、それが真実でないことは、頭の悪いわが輩でも、すぐにわかった。理由はわからんものの、石峰君はエヴグーニヤ夫人を気にして、真実をいっておらんようだった。

「そうです。中村さんのような、大探検家に立ち寄ってもらえれば、こんなうれしいことはないと、石峰にむりをいったのです。ほんとうに、よくきてくださいました」

松尾君が、石峰君に口を合わせていった。

「わたしも、お目にかかれてうれしくてなりません」

夫人も、石峰君と松尾君が、口を合わせているのを知ってか知らずか、にこやかにいう。

松尾君は、石峰君と同じ甲府《こうふ》の出身で、大学を卒業すると、海外雄飛をせんものと大手の商社に入社し、志願してペテルブルグ出張所にやってきた。が、思うところあって一年前に商社をやめ、いまはロシア人経営の雑貨商の番頭をしておる。エヴグーニヤ夫人は、モスコーの人だが、このペテルブルグに働きにきており、その店の事務員をしておった。ふたりは、そこで知り合って結婚したのだということだ。

先に、ぞっこん惚《ほ》れこんだのは、松尾君のほうで、その大情熱がエヴグーニヤ夫人にも伝わり一緒になったのだが、ふたりの仲の良さは、石峰君の言によれば、ペテルブルグ中の人間が知っているほどだという。

松尾君も夫人も気さくな人がらで、終始にこにこしながら、わが輩らと歓談した。ただ、わが輩、非常に気になることがあった。それは、大恋愛の末、一緒になった半年ばかりの夫婦にしては、時折、松尾君のエヴグーニヤ夫人を見る目に、なんともいわれぬ光があったからだ。

そして、石峰君の視線もおかしかった。ふたりを見る目が尋常ではない。とくに夫人を見つめる顔になにか、いわくいいがたい秘密が感じられた。

「石峰君、君、まさか、あの夫人に横恋慕《よこれんぼ》しておるのではなかろうね」

松尾君宅を辞し、石峰君の下宿にもどると、わが輩、そのことが気になって質問した。

「あははは。中村さん、冗談じゃありませんよ」

石峰君が笑う。

「そうかね。それならいいが、君の、夫人を見る目はふつうではなかったよ。松尾君と夫人も、いかにも明るいが、なにか奇妙な雰囲気がある。あの夫婦には、問題が生じているのかね。わが輩らに、ペテルブルグに急行しろといったのは、実際は、そのことと関係あるのだろう？」

わが輩がたずねた。

「ぼくが、夫人に注目しているのがわかりましたか」

石峰君の表情が、真剣になった。

「むろんだ」

「そうですか。いえ、実は中村さんのいわれるとおり、ふたりにきてもらったのはほかでもありません。あの夫人、いや、松尾夫妻のことで相談に乗っていただきたかったのです」

「どういうことだね？」

わが輩が、身を乗り出して質問した。志保も、興味深げな顔をする。

「それが、松尾のいうには、夫人のようすが、このところ、どこか、おかしいそうなのです」

「おかしい？」

「はい。ふたりは、すでに、お話ししたように、熱烈なるラブの末、半年前に所帯を持ったわけですが、その時、夫人に変わったとこはまったく、ありませんでした。そして、人もうらやむような楽しい新婚生活を送っていたのです。ところが、ぼくがペテルブルグにくる少し前に、夫人はモスコーに里帰りしてきて、それから、どうも、なにかが変になったというのです。二週間ばかり前からのことになりますが。松尾は、それをおおいに気にしておって、どうにも落ち着かんのです」

「なにかが変とは、どんなふうにですの？」

志保がたずねた。

「それが、時々、ふっと考えこむようなしぐさで、暗い表情をする以外は、はっきりと、どこがどうと説明できないのだが、なんとなくだそうだ。どことなく、以前の夫人とはちがうところがあるというんだよ。それと、それまでの夫人は犬好きで、近所の犬もなついていたのだが、最近、犬が吠《ほ》えるようになったそうなんだ」

「暗い表情と犬ねえ。それだけかい？」

「はっきり、わかる部分では、それだけだそうです」

「その程度のこと、それほど、気にすることじゃないだろう。犬が吠えたからといって、生活に破綻《はたん》が生ずるわけでもなかろう。もう少し、実際的な生活に関係のある変化があるのかと思ったよ。たとえば、帰宅以後、よそよそしくなって、同衾《どうきん》するのを拒むようになったとか？　そうなると、問題は深刻だが、そのへんのことは、どうなのだ」

わが輩がいった。

「さあ、そこまでは、ぼくも聞けませんでしたよ」

石峰君が苦笑いし、続けた。

「ともかく、具体的に、どこが変だと説明しろといわれても、むずかしいというのです。松尾のことばを借りれば、第六感というやつで、なにか変だと感じるというのです」

石峰君がいった。

「第六感でねえ」

わが輩が、首をひねる。

「それで、松尾君は、その変だと感ずる原因が、モスコーへの里帰りにあるというわけだね」

「そのようです」

石峰君がうなずいた。

「とするとだ。こんな考えはどうだ。里帰りした夫人が、むかしの男とばったり出会い、焼けぼっくいに火がついて、つい浮気をしてしまったとか……。どうも、わが輩の考えることは下世話だがね」

「いや、松尾も最初は、そんなことも考えないではなかったようですよ。でも前後の状況から見て、やはり浮気は考えられないといっています。しかし浮気でないとしたら、なにがあったのかといわれても、それもまた、わからないのです」

石峰君がいった。

「どうも、雲をつかむような話だな」

「ですね」

「松尾さんは、奥さまには、なにもおたずねにならなかったのですか？」

志保が質問した。

「いや、聞いたらしい。そうしたら、里帰りで、ちょっと疲れただけだと答えたそうだ。だが、松尾にいわせれば、どうも、それだけじゃないと……。ぼくも、気にしすぎじゃないかといったんだが、なにしろ恋女房だから、放っておけないらしいんだよ。ぼくも、あのくらい惚れてみたいものだね。実際、ああ惚れられる松尾がうらやましい」

石峰君が、冗談口調でいった。

「たとえば、モスコーの実家で困ったことが起こっているということはないでしょうか。だれかが病気だとか、お金が必要だとか」

志保がいった。

「いや、もちろん松尾は、それらも聞いたそうだ。でも夫人は実家に、そういう心配ごとはないというのだ。それに、いままでのことから考えても、もし、なにか問題があれば、必ず相談をしてくれるはずだという」

「とはいってもね、松尾君との結婚そのもののことで、いやみのひとつもいわれたのかもしれんよ。時節が時節だ。なんで、お前は日本人などと所帯を持ったのだ。戦争がはじまったら、むりやり引き裂かれるぞとおどかされたのかもしれん」

「でも、なんの反対もなく、祝福されて一緒になったといっていましたよ」

石峰君がいった。

「そうかもしれんが、親戚の中には、ひとりやふたりは反対の者だっておっただろう。日本人同士の結婚だって、ああだこうだという連中がいるのだからね。日本人の嫌いなロシア人は、いくらでもおるよ。でも、それを夫人としては、日本人の松尾君にいうわけにはいかんだろう。そこで、自然、暗い顔にもなる。別にふしぎじゃないじゃないか。それも、ちがうというのなら、夫人のいうとおり、疲れただけじゃないのか？」

わが輩が、大きく息をついていった。

「だいたい、夫人は松尾君を嫌うようになったわけでもなんでもないのだ。なにも、そんなに一生懸命、どうしたのかと、追及することもないような気がするがね。所詮、結婚というのは、他人の結びつきだ。一緒に暮らしておれば、いろいろあるものだよ」

わが輩がいった。

「そうですよね。どんなに仲のいい夫婦でも、半年ぐらいたつと、おたがいに欠点も目について、一時、相手に幻滅することもあるといいますしね」

「そのとおりだ。けれどそれも、いつのまにか消えてしまうそうだよ。まして、ふたりは異国人同士だ。そんなこともあるだろう」

わが輩がいった。

「松尾にも、そういってやったんですよ」

石峰君がいった。

「それでも、納得せんのかね？」

「いえ、いったんは、そんなものかと納得しかかったのです。ところが、あれは一週間ばかり前でしたか。新たな問題が起こりましてね。また、話がややこしくなりました」

「今度は、どうしたんだ？」

「それが、おそろしく妙な話ではあるんです。それが事実なら、だれだって、じっとしてはいられないような話ではあるんですけどね」

石峰君が、もったいぶった口調をした。

「ふむ」

「その一週間ばかり前の夜中のことです。松尾が、ふと目を覚ますと、寝る時は、たしか隣にいた夫人の姿がなく、風呂場のほうで、なにか物音がする。いまごろ風呂に入るというのも、おかしな話だと、風呂場をのぞくと……」

「どうした？」

「風呂場には夫人の姿はなく、その代わり、とんでもないものを見たというのです」

「とんでもないもの？」

「はい。なんと、血で真っ赤になった風呂桶の中に、首、手足、胴がばらばらになった金髪女性の死体が浮いていたというのです」

「なんだって⁉　女のばらばら死体‼」

わが輩、まるで考えてもいなかった石峰君のことばに、耳を疑い聞き返した。

「そうです。死体です。その死体の首は、はっきりはしなかったものの、金髪の感じが、エヴグーニヤ夫人によく似ていました。それで、びっくりした松尾が、風呂桶のところに駆け寄ろうとしたところ、急に頭がくらくらとして、気を失ってしまったというのですよ」

石峰君がいった。

「なに、気を失った？　……ちょっと、待てよ。その話、まさか、それで次に気がついてみると、松尾君は、なにごともなくベッドの上に寝ており、隣では夫人が寝息をたてていたというのではあるまいね」

わが輩が、笑いながらいった。

「それが、そのとおりなのです」

石峰君が答えた。

「おいおい、こちらが真剣に聞いておるのに、それはないだろう」

わが輩、急に全身の緊張感がほぐれて、おでこにしわを寄せた。が、石峰君は、にこりともしなかった。そして、まじめな顔で話を続けた。

「まあ、聞いて下さい中村さん。それで、松尾は翌朝、夫人が起きるのを待って、その話をしたそうです。けれど、夫人は自分はベッドを離れてもいないし、むろん風呂にはいかない。松尾が悪夢を見たのだと笑って取り合わなかったそうです。が、松尾は、それが、どうしても夢だとは思わないというのです」

「また、さっきの第六感と同じで、どうしてもか……。そんなことをいったって、夫人は殺されては、おらんじゃないか。それでも、現実だというのは、どういうことなんだ」

「それが、夫人ではないにしても、たしかに、だれかが殺されていたにちがいないと」

「そんな、ばかな。殺人事件なんて、そう、めったに起こるもんじゃない。そんなもの、夢だよ。それとも、夢ではないという証拠があるのかね。たとえば、風呂場に死体が残っていたとか。いや、死体はないまでも、なにか殺人を示すものが残っておったとか」

「いいえ、なにもなかったそうです」

「あたりまえだよ。そりゃ、夢だからな」

わが輩が、うなずいた。

「ぼくも、そういいましたよ。でも松尾は、あくまでも現実だといいはります」

「いくら、現実だっていったって、証拠がないじゃないか。その後、どこか近所で、松尾君の見たものに似た死体が見つかったとでもいうのかね？」

わが輩、肩をすくめた。

「はあ。少なくとも、今日までのところは、どこからも、そんなものは見つかってはいませんよ」

「当然だ！」

わが輩、話のばかばかしさがしゃくにさわり、石峰君をにらみつけた。

「中村さん、ぼくを怒らないでくださいよ。そういってるのは、松尾なんですから」

石峰君が、頭をかく。

「いや、怒ってはおらんが、あまりにもばかばかしい話じゃないか」

「ええ、とうてい信じがたい話です。ところが松尾は、それこそが、夫人のようすが変化した理由だったというんですよ」

「それは、どういうことですの？」

志保が、びっくりした顔で質問した。そして続けた。

「それが現実だということは、もしや奥さまが、殺人を犯したとでも、思ってらっしゃるのですか？」

志保が、ぎょっとするような発言をした。

「うん。実は、そうなんだよ。最初は、とにかく夫人が殺されたのではないということがわかってほっとしたが、考えてみると、夫人のほうが殺人に関係しておるのではないかと思えるというのだ。直接、夫人が人を殺したのではないにしても、なにか殺人事件とかかわっているかもしれないという、疑念が湧きあがってきたとね。つまり、その殺人に関係していたので、夫人の態度がおかしかったというわけだ」

「そんな、ばかな！」

わが輩、思わず大声を出した。

「なにを根拠に、松尾君は、そんなわけのわからんことをいうのだ。夫人は、以前から、だれかを殺したいとでもいっておったのかい。まさか、そんなこともないのだろう。いや、かりに、そんなことをいっておったにしてもだよ、死体もないのに、夫人を殺人と結びつけるというのは、松尾君、どうかしておるとしかいいようがない」

「松尾さんは、そのお風呂場で、殺人事件が起こったといわれるのですか。それとも、どこかで殺された死体を、夫人がお風呂場でばらばらにしたとか」

「それは、なんとも、わからんといっている」

「わからんに決まっておるよ。そんなことは起こっておらんのだからな。いったい、松尾君は、どういうつもりなんだ。子供だってわかることじゃないか。夫人を心配するのはいいが、夢も現実も、ごちゃまぜにして、筋道もなにもない、めちゃくちゃな考えだよ、そいつは」

わが輩がいった。

「それは、ここまで話を聞いてみると、夫人がおかしいのではなく、松尾君のほうの神経にちがいない。恋女房かわいさがつのって、神経病になって、妄想をいだくようになってしまったのではないか。夫人が暗い顔をするのは、松尾君がおかしい態度を取るので心配しておるのだろう」

わが輩がいった。

「いや、実際、こうなってくると、ぼくにも、なにがどうなっているのかわからないんですよ。で、正直なところ、どうしたものか、困ってしまいましてね。そろそろ、ロンドンに帰りたくなってしまったのですが、松尾はどうしても、もうしばらく帰らないで夫人になにがあったのか、真相を探る手伝いをしてくれというのです。で、それとなく探ってはいたのですが、ぼくの見るかぎり、なにもありません。そもそも、ぼくは以前の夫人のことは知りませんし、そのほかの話は、松尾から聞くだけですから、わかりようもないのです。ただ松尾は心の底から、本気で夫人を心配していますから、放ってもおけません。それで迷惑を承知で、どうしたらいいか相談しようと、中村さんたちにきてもらったのです」

石峰君が、申しわけなさそうに説明した。

「そうだなあ。松尾君の親友の君としては、放っておくわけにもいかんものな。どうせ、ロシアにはくるつもりでおったから、迷惑ということはないがね。どうしたものかな」

　わが輩、石峰君に説明されると、そうむかっ腹をたてるわけにもいかずにいった。

「とにかく松尾君に、くれぐれも自分の細君が殺人者かもしれんなどと、つまらん心配をせんようにというしかあるまいね。時折、わが輩らが家に押しかけて、わいわいやれば、そのうち忘れてしまうかもしれんよ」

「そうですね。それが一番いいでしょうね」

　石峰君がうなずいた。

エヴグーニヤ夫人が殺人事件に関係しておるなどということは、絶対に考えられんが、このままでは、松尾夫妻の間に亀裂が生じんともかぎらんので、ともかく、もうしばらく、様子を見るということで、わが輩らの考えはまとまった。

とはいうものの、他人の家庭を四六時中、見張っておることもできんから、今日はひとつペテルブルグの町を見学しようじゃないかと、三人そろって、下宿家から飛び出したのは、翌日の昼過ぎだった。

3

首都だけあって、さすがにペテルブルグは、きれいな町だ。ロシアのベニスといわれるほどの水の都で、ネヴァ川をはじめ、市内のそこここに川や運河が走っておる。

また、寺院が多いことでも知られておるが、中でもイサク寺院の壮観なのにはおどろかされた。ここはロシア教の大本山で、ロシアの各地から、信者たちが集まってくる。外国はどこでもそうだが、宗教の盛んなのには感心する。

気持ちのよかったのは、蒸気風呂だ。市内の各所に立派な浴場があり、一等でも、わずか三ルーブル。焼けた石に水をかけて、その蒸気で暖まり、なぜかからだを白樺の枝で叩くのだが、汗をだらだらかいて、その後、入る水風呂の心地よさといったらなかった。

その他、美術館だの、要塞《ようさい》だのを見学し、漬物石《つけものいし》が敷き詰められたような道を、馬車にゆられてみたが、ロンドンやパリーとはちがう、素朴な都会という気がした。

ただ、どこにいっても、ロシア人の笑わんのは、気になった。しかも、おもしろいことがあって、わが輩らが大声で笑っておると、通りがかりの連中が、まるでふしぎなものでも見たような顔でいくのには、なにをかいわんやだ。

小さな食堂で晩飯をすませ、下宿にもどりかけた時、志保が、小物入れをテーブルの下に忘れたことを思い出した。

「わたし、取ってきます」

志保は、小走りに食堂にとって返した。ところが、相当な時間がたっても、もどってこない。心配になったわが輩と石峰君が、あわてて駆けつけてみると、食堂の前で志保が、ひとりのロシア人の男に、腕をつかまれておるではないか。志保は、いやがって、手を振りほどこうとするのに、男が放そうとしないのだ。

その光景を見るやいなや、わが輩、周囲に人がたくさんおることも忘れて、大声でロシア男を怒鳴りつけた。

「こら、貴様、わが輩の連れになにをするか!!　無礼をすると、鉄拳をお見舞いするぞ!!」

「ひぇ！」

むろん、ロシア男に日本語はわからなかったろうが、背後から、わが輩にどやしつけられた男は、首を縮めて志保の手を放し、おそるおそる、わが輩のほうを見た。

「やっ、おまえは!?」

振り返ったロシア男の顔をみたわが輩は、思わず英語でいった。なんと、志保にまとわりついていた男は、あのバートンのホテルで同室になったモスコーの絹布商人ペトロフ親父だったのだ。

「おお、おなつかしい、中村さん!」

親父も、びっくりした顔で、叫ぶようにいった。

「この男を知っているのですか?」

石峰君が、親父をにらみつけていった。

「うむ。バートンで知り合った、ペトロフという商人だよ」

「そうですか、しかし、志保さんに、なにをしようとしていたのだ」

「わたしが食堂から出てくると、いきなり、この人がヤポンスキーかと聞くので、そうですと答えましたら、プリーズ・ワンナイト・ワイフといって、腕をつかんで放してくれなかったのです」

志保が、わが輩に、訴えるようにいった。

「なに、ワンナイト・ワイフだ。ペトロフ、貴様!」

わが輩がいうと、親父は首を縮めて弁解した。

「中村さん、ちがうんだよ。冗談、冗談」

「なにが、冗談だ。この女好きめが！　いや、この男は、以前、日本にいったことがあって、その時、女郎買いをしたらしいのだが、それから、すっかり日本婦人が好きになってしまったというのだ」

わが輩が、石峰君に説明した。

「それで、志保さんを日本人と見て、声をかけたわけですね」

「そんなところだろう」

「とんでもないやつだ。日本人婦人を馬鹿にして！　ひとつ、殴ってやりましょう」

石峰君が、形勢悪いと見て、小さくなっている親父の胸ぐらをつかんだ。親父が、両手で頭を押さえる。

「まあ、石峰君。君が怒るのもむりないが、わが輩の顔見知りだ。ここは許してやってくれ」

わが輩、青くなっている親父を見ると、かわいそうになっていった。それに、まわりには、十人ほどのロシア人たちがあつまってきている。もし、石峰君がペトロフ親父を殴ったら、騒ぎになるのは必至だ。なに、わが輩、ロシア人が、何人かかってこようと怖くはないが、あえて、この場はけんかをすることもない。

「わかりました。これから、気をつけろ！」

石峰君は、日本語で怒鳴って手を放した。

「ごめん、ごめん」

親父が頭を下げる。

「ところで、ペトロフ。貴様は、なぜ、こんなところにいるのだ？」

わが輩が、たずねた。

「行商にきたんだよ」

親父が、たどたどしい英語でいった。

「それと、ちょっと、モスコーの知り合いに頼まれたことがあってね。ネヴスキー街に、あんたがたと同じ、日本人と結婚した女性がいるんだが、その人が元気でいるかどうか見てきてくれと、母親にいわれてね。中村さん、知らないか。エヴグーニヤ・松尾という人なんだが」

「エヴグーニヤ・松尾！　知っておるどころじゃない。わが輩らは、その松尾君の招きで、このペテルブルグにやってきたのだ」

「そうだったのか。いや、それは奇遇だよ。それで、奥さんは元気かね？」

親父は、わが輩の顔をのぞきこむようにいった。

「ああ、元気だ。昨日、手料理をごちそうになったばかりだ。あの夫人が、どうかしたのか？」

わが輩がいった。

「なに、元気ならいいんだが、実は、あの人は、このあいだモスコーに帰ってきた時、死にかかってね。いや、医者は、たしかに一度、死んだと宣告したんだよ」

ペトロフ親父が、肩をすくめていった。

「なんだと？　エヴグーニヤ夫人が、一度、死んだ？」

わが輩、親父のことばに目を丸くした。

「ああ。奇跡的に息を吹き返したが、奥さんが死にかかったのには、俺《おれ》にも、責任がないとはいえないんだよ」

「なんだと。おまえにも責任がある？　よし、わかった。ここで立ち話もなんだ。その話は、ゆっくり聞かねばならん。なにしろ、わが輩らの下宿にこい！」

わが輩は、これは思わぬ展開になったと思いながら、また怒鳴りつけられでもするのかと、おろおろしておるペトロフ親父の手をぐいと引っ張って、下宿につれていった。

「それで、松尾君の夫人が、死にかかったというのは、どういうことなのだ？」

下宿にもどると、わが輩が、詰問するようにいった。

「それが話のはじまりは、俺がペルシャのジプシーから買った、あの神鏡なんだよ……」

親父がいった。

その説明によると、事件はエヴグーニヤ夫人が、モスコーの実家に帰った翌日に起こったという。親父は手に入れた神鏡を近くの公園の片隅で磨いては、太陽の光を反射させていた。というのは、その光の反射のさせかたで、身の上に幸運が訪れるとジプシーにいわれたからだそうだ。

で、盛んに、あっち向け、こっち向けやっておったところ、突然、鏡から強烈な白い光が発射され、それが、たまたま、その時、母親と一緒にそばを通りかかり、鏡をのぞきこんでいた、親父の顔見知りのエヴグーニヤ夫人の胸に当たった。と、その衝撃で夫人は一間《いっけん》ほどはね飛ばされ、地面に頭から叩きつけられたのだ。

びっくりした母親とペトロフ親父が駆け寄ると、外傷はなかったものの、夫人は、もう息絶えていた。親父の知らせで医者が駆けつけてきたが、夫人の胸に聴診器をあてると首を横に振り、もはや、なすすべはないと宣告したという。

と、その時だった。どこからともなく、あたりに霧のようなものが、みるみるうちにたちこめ、倒れている夫人のからだを、すっぽり包みこんだのだ。すると、いましがた医者に死を宣告されたはずの婦人が、ぱっちりと目を開け、なにごともなかったかのように起きあがったという。

その奇妙なできごとは、だれにも、いったい、どういうことなのか説明ができなかったが、とにかく、そのまま夫人は家に帰っていき、それ以後、とくに変わったこともなかった。そして、予定の四日間の里帰りを終えて、ペテルブルグにもどったのだが、その後、実家にも、なんの連絡もないので、ペトロフ親父がペテルブルグに行商にいくと聞いた母親が、様子を見てきてくれといったというのだ。

「なるほど。夫人はモスコーで、そんな恐ろしい目にあっておったのか。石峰君、いまの話は松尾君から聞いておるかね」

わが輩が、答えはわかっていながらいった。

「いいえ。いまはじめて知りました」

石峰君が、首を振る。

「では、夫人が松尾君に話しておらんのだろうね。聞いておれば、君に話さんとは思えんし、だいたい話を聞いておれば、夫人に対する疑問も解けておるはずだ」

わが輩がいった。

「といいますと？」

「わかるじゃないか。一度、死んだというのは誤診でしかあるまいが、とにかく夫人は、死にかかるような衝撃を受けたのだから、からだの調子がよくなくてあたりまえだ。ふさぎこんでも、ふしぎじゃないよ。そのからだの不調を松尾君は、人が変わったと勘違いしたのだよ。松尾君に心配をかけまいと、事件を隠している夫人を、殺人者じゃないかなんて、とんでもない話だ」

わが輩が説明した。

「なるほど。そうだったのか。……そうですね。それが真相にちがいありません」

石峰君が、顔を輝かせていった。

「ただ、わからないのは、その鏡の、夫人を吹き飛ばしたという光と、息を吹きかえさせた霧ですね。そいつは、いったい、なんだったのだろう」

石峰君が、首をひねった。そこで、わが輩、ペトロフ親父に、その鏡のことを詳しく説明しろといったが、さっぱり、わからんと同じことを繰り返すばかりで、らちがあかない。

「そのできごとのあと、鏡はどうしたのだ？」

「怖くなって、捨てちまったよ。なんだか知らないが、俺はジプシーの神の怒りに触れちまったようだからね。高い金を出して買ったんだから、惜しいとは思ったが、また、だれかが死ぬようなはめにでもなったら、大変だよ。で、もう二度とだれも手を触れられないように、近くの森の底なし沼の中に放りこんじまった」

ペトロフ親父が説明した。

「なに、捨ててしまったのか。調べれば、いったい、どういうしかけで鏡から、そんなおかしな光が発射されたのかわかったかもしれないのに！」

石峰君が、いかにも残念そうな顔をし、続けた。

「もしかすると、それは、とてつもない秘宝だったのかもしれないぞ」

「石峰君のお得意の秘宝が出てきたな。しかし、実際、秘宝はともかくとして、なんとも不可思議な鏡のようだから、わが輩も、ぜひ、ひと目、見てみたかったね」

「霧のほうは、なんだったのだろう。それも、鏡と関係あったのでしょうか」

「さあて。この親父の話では、関係なさそうだが、なにしろ、その場にいたのに、なんにも理解しておらんようだからな。死んだ人間が生き返ったと信じておるようじゃ、話にならんよ」

わが輩が、笑った。

「しかし、まあともかく、これで松尾君の夫人のふしぎは、大半は解けたわけだ。残された謎は、風呂場の死体だけになったが、これは、いくら考えても夢としかいいようがないよ」

「そうですね」

石峰君も、うなずいた。

「……ところで、石峰君。やはり、この話は、松尾君には話さんわけにはいかんだろうね」

「と、思いますが、夫人に問いただすのはやめろといっておきましょう。いずれ時がくれば、夫人自身で説明するでしょう。ぼくは、なにも隠すような話ではないと思いますが、夫人が話さないというのには、それなりの理由があるのでしょうからね」

「うむ。まったく、同感だね」

わが輩がいった。

「で、中村さん」

石峰君がいった。

「なんだね？」

わが輩が答える。

「やはり、モスコーに一緒にいってみませんか。沼を探れば、鏡は見つかるかも……。ひょっとしたら、一生、寝てくらせるような価値のあるものかもしれません」

「おいおい、まだ、鏡にこだわっているのかい。わが輩はごめんだよ。それにしても、夫人の謎が解けてよかった。これで安心して、ロンドンに帰れる。いや、せっかくだから、少しロシア国内を視察していこうか」

わが輩がいった。

こうして、エヴグーニヤ夫人にまつわる不可思議な事件は、一件落着したかに見えた。ところが事件は、まだ終わってはいなかったのだ。それどころか、これからが、本番といってもいいほどだったのだ。

まあ、それは後にわかることだが、その時は、わが輩らは、謎が解けたと、すっかり、いい気分になってしまった。そこで、その夜は、わが輩、この無銭旅行中は飲まんと決めていた酒、——松尾君に差し入れされたウオツカを、九時を過ぎても、暗くならない白夜を見ながら、石峰君とちびりちびりやって、一時ごろ寝台に入った。

だが、いつもどこでも、すぐに眠ってしまうことで定評のあるわが輩なのに、どうしたわけか、その夜は、いつまでたっても眠れなかった。時刻は十二時を過ぎ、一時になった。隣の寝台では、石峰君がすーすーと、気持ちよさそうに寝息を立てておる。

自分が眠れん時に、そばで気持ちよく寝ている人間を見るのは腹の立つものだが、そうかといって、石峰君を起こして、話相手をさせるわけにもいかん。そこで、わが輩は、夜の町を歩いてみるのも悪くはなかろうと、そっと下宿家を抜け出した。

この夜にかぎったわけではなかろうが、外は、凍りつくような寒さだった。満月近い月が煌々《こうこう》と地上を照らしており、それがまた、あたりの景色を、より寒く感じさせた。昼間は人通りの多いネヴスキー街も、さすがに、この時刻は人っ子ひとり歩いておらん。

わが輩、詩吟でも唸《うな》りながら、散歩をしたい心境であったが、こんなところで大声をあげては、迷惑になるだろうと、無言で下宿の周囲を深夜の散歩としゃれこんだ。ロシアに着くなり買った防寒帽に毛糸の襟巻《えりまき》を覆面のように巻いていたが、それでも、冷たさがからだにしみこんでくる。だが、気分はすこぶる快適だった。

「中村さん！」

一分か二分歩いた時、後ろから押し殺すような女の声がした。志保の声だ。

「どうしたんだ、志保さん!?」

わが輩、びっくりして振り返った。

「今夜は、なんだか寝つかれませんので、お部屋の窓から外を見ておりましたら、中村さんが外に出ていくところでしたから、追いかけてきました」

志保がいった。

「どこへ、おいでですか？」

「なに、わが輩も眠れんので、意味もなく外へ出てみただけだよ。志保さんも眠れんのなら、ふたりで、そこらを歩いてみよう。いや、異国の夜の町を美人と並んで歩けるとは、実にローマンチックだね。しかし、志保さんと散歩したことがわかったら、あとで石峰君に叱られそうだな」

わが輩が笑った。

「あら、そんなこと」

冗談をいいながら、わが輩らの足は、自然、松尾君の住居のほうに向いておった。なにしろ、わが輩らの下宿家と松尾君の家は五分ほどの距離しか離れておらんかったから、ぶらぶら歩いておるうちに、その方向にきてしまったのだ。

松尾君の部屋の見えるところまできて、わが輩、こんな時間に起きているわけもないと思いながらも、ふと部屋の窓を見上げた。と、ちょうどその時、暗い明かりが部屋の中に灯《とも》った。はて、まだ起きているのだろうか。わが輩、思わず建物のほうへ近寄ろうとした。

と、それより先に、ひとつの人影が建物の外に出てきた。それは、エヴグーニヤ夫人だった。

「あれ、松尾さんの奥さま……」

志保も、その人影を確認していった。

「こんな時間に、なにをしておるのだろう」

わが輩、例の事件のこともあったので、気になり、小声で志保にいった。

「さあ」

志保も、わからないという顔をする。声をかけるのもはばかられるような気がして、わが輩らは、五間《ごけん》ぐらい離れた道の反対側の建物の陰になった部分に、身を潜めておった。と、突然、エヴグーニヤ夫人が、低い喉を震わすような声を発した。耳を澄まさねば聞こえぬような声だ。それは、人間離れした、ふしぎな響きの声でもあった。

わが輩と志保が、思わず顔を見合わせた。すると、その声に引き寄せられるように、どこからともなく一匹の黒犬が現れ、夫人のほうに駆け寄った。そして次の瞬間、わが輩らは信じたくない、おぞましい光景を見ることになった。

しゃがんだエヴグーニヤ夫人の目が、キラリと輝いたと思うと、その口が、耳のほうまで裂け、中から赤い鞭《むち》のような長い舌がするすると伸び、近寄ってきた黒犬の首に巻きついたのだ。それだけではなかった。その舌の先は、蛭《ひる》の口のようにでもなっているらしく、犬の首に食い込んだ。

「なんてことだ!!　夫人は、人間ではない。怪物だ!!　松尾君が、変だといっておったのは、このことだったのか！」

わが輩が、呻《うめ》くようにいった。

「どうしましょう」

志保が、わが輩の腕にしがみつく。

「放ってはおけんが、相手が怪物では、うかつに手は出せん。なにをたくらんでおるのかしらんが、とにかく石峰君を起こし、短刀を持ってこよう」

わが輩がいった。わが輩ひとりなら、その場に飛び出していってもよかったのだが、志保がいては危険このうえない。わが輩、すり足で場所を移動しながら、もう一度、夫人のほうに目をやった。が、早《はは》や、その時には夫人の姿はすでになく、血を吸われた犬が、よろめくように露地に消えていくところだった。

わが輩と志保は寒さも忘れ、一目散に下宿家に駆け込んだ。そして、石峰君を叩き起こすと、志保とふたりでかわるがわる、エヴグーニヤ夫人の怪物たることを証明する怪行動を目撃したと告げた。

「エヴグーニヤ夫人が怪物ですって？　まさか、ふざけているのではないでしょうね」

寝間着《ねまき》姿の石峰君が、半信半疑の顔で、眠そうな目をこすりながらいう。

「ふたりで同じ夢など見るものか。とにかく、用意をしてくれ。すぐに、松尾君の部屋に乗り込む！」

わが輩は、怒鳴るようにいい、鞄《かばん》の中から短刀を引っ張りだして、外套のポケットに押し込んだ。石峰君も、わが輩の動きを見て、尋常ではないと察したらしく、てきぱきと準備する。五分ほどで、用意はすっかり整った。

「では、でかけよう。志保さんは、ここを一歩も動いてはいかんよ」

わが輩がいった時、ほかの部屋をはばかりながらも、激しく扉をノックする音が聞こえた。

「だれだ!!」

わが輩が、押さえた声で怒鳴った。

4

「ぼくです。松尾です。開けてください！」

興奮した声だった。

「よし、いま開ける」

わが輩が、扉を開けると、まるで血の気《け》のない、真っ青な表情をした松尾君が、転がるように駆け込んできた。

「じ、実は、家内が……」

松尾君が、毛皮の帽子を右手に握りしめ、そこまでいって絶句した。

「わかっている。わが輩も、いましがた夫人の、いや、あの怪物のおぞましい行動を目撃した。それで君を救出すべく、部屋に乗り込もうとしておったのだよ」

わが輩がいった。

「どうして、エヴグーニヤのことを？」

いきさつを知らない松尾君が、けげんそうにいった。

「偶然、夫人が犬の血を啜《すす》っておるところを、志保さんとわが輩が見たのだ」

「そうでしたか。ぼくも、家内の不審な行動に後をつけ、犬の血を吸うところを見たのです。

で、恐ろしさに寝台に潜って寝たふりをしていると、やがて家内が部屋にもどってきました。そして、ぼくの顔を覗《のぞ》きこんで、寝ているのを確認すると、そのまま風呂場に入っていったのです」

「うむ」

「ぼくは、このあいだのことがあるから、今度は慎重に風呂場に近づき、扉のすき間から中をのぞきました。すると家内は、いま吸ってきたばかりの犬の血を、風呂桶に張られた水の中に吐きもどしたのです」

松尾君が、そこで、こみあげてくる不快感をこらえるようにことばをとぎらせた。

「それで？」

石峰君が、先を促した。

「家内は裸になって、その血と水の混じった風呂の中にからだを沈めました。そして、しばらくすると、家内のからだが頭、手足、胴とばらばらに分かれ、風呂桶の中にぷかぷかと浮かびだしたのです」

「では、このあいだ見たというものも……」

石峰君がいった。

「やはり、夢じゃなかったんだよ。あれは、家内だったんだよ」

松尾君が、いまにも泣き出しそうな表情をした。

「でも、そんな？」

夫人が犬の血を吸っている場面を目撃しているにもかかわらず、まだ、志保が信じられないという声でいった。

「ぼくだって、信じたくない。でも、これは事実なんですよ」

松尾君の声は、悲壮感と苦悩に満ちておる。

「いったい、あれは、なんなのだ。どうして君の細君が……」

わが輩がいった。

「なにひとつ、わかりません。いったい、なにがどうなっているのか。ただ、わかっているのは、いま家にいるエヴグーニヤが人間ではないということだけなんです」

松尾君が、両手で髪の毛をかきむしった。

「とにかく、あの部屋にはいられなかったので、逃げてきました」

「それが一番、いい行動だったよ。そのまま部屋にいたら、どうなったかわからない。よし、ぼくたちは、これからすぐに君の家にいってみる。怪物の正体をたしかめねばならない」

石峰君がいった。

「ぼくは、もう、もどりたくない。ああ、なにが、どうなってるんだ」

松尾君の両眼からは、涙がしたたり落ちておる。

「わかった。君はここで待っていたまえ。志保さん、松尾君のそばについていてくれ」

「はい」

志保が答えた。

わが輩と石峰君は、大きく深呼吸をすると、下宿家を飛び出した。けれど、今度は寒さも気にならなかった。相変わらず通りに人影はなく、月はなにごともなかったように、町を照らしている。わが輩は、短刀を外套のポケットの中で握りしめ、凍てついた道を、松尾君の部屋に向かった。わが輩と石峰君は、ただのひとことも口をきかず、無言で道を走った。

もし、鍵《かぎ》がかかっておったら、蹴破るつもりでおったが、松尾君の部屋の扉は開いていた。部屋の中には暖炉が焚《た》かれ、テーブルの上のランプが明るく、あたりを浮かびあがらせていた。エヴグーニヤ夫人は、そのテーブルに向かい、便箋《びんせん》にペンを走らせていた。一昨日会った時と少しも変わらない美しい表情をしておる。わが輩には、さいぜん鞭のような舌を使って、犬の血を啜っていた怪物とは、とても思えんかった。

わが輩らが部屋に入っていくと、夫人は、あわてるようすもなく便箋から顔をあげ、涼しげな声でいった。

「主人は、どうしておりますか？」

「石峰君の部屋で震えておるよ」

わが輩がいった。

「そうですか」

夫人が、例の暗い表情をした。

「君は、ぜんたい、何者なのだ？」

わが輩が質問した。そして、夫人が少しでも不穏な動きをすれば、すぐさま斬りかかってくれんものと、ポケットの中で短刀を握る指に力をこめた。だが夫人の声は、あくまでも静かだった。

「あなたがたにとっては、わたしは妖怪とも、怪物ともいうことにもなりましょう」

石峰君がいった。

「ということは、実際は怪物ではないというのか」

「さあ、それには、怪物とはなにかということを、定義しなければなりません」

夫人がいった。

「能書きはいらん。むずかしいことは、わが輩にはわからん。単刀直入に答えろ。もう一度、聞く。貴様は何者なのだ！」

わが輩、あまりにもエヴグーニヤ夫人が冷静なので、かえって、湧き起こってくる昂《たかぶ》りを押さえきれなかった。

「あなたがたに、説明したくはありません！」

わが輩の荒いことばが気にさわったのか、夫人が、それまでとは、うって変わった、厳しい口調でいった。

「なに！　こちらが下手に出れば、ふてぶてしい。いわぬなら、聞かんでもいい。だが、貴様が尋常の者でないことはわかっておる。なんにしても、生かしておいては世のためにならん。成敗してやるから、覚悟するがいい!!」

　わが輩、頭に、かっと血が昇り、短刀の鞘《さや》を払って身構えた。夫人も、わが輩をにらみつけるようにして、椅子から立ちあがった。

「わたしを殺すというのですか？」

「そうだ！」

「ならば、わたしも、あなたがたを殺します。いま、わたしは殺されるわけにはいきませんᅟ」

「なにを、ちょこざいな。化物《ばけもの》のぶんざいで、この中村春吉《はるきち》を殺すというのか。笑止千万とは、このことだ！」

　わが輩、いささか時代がかった言を吐くと、小刀を逆手《さかて》に構えた。石峰君も、ストーブの火かき棒を手に取った。

　その瞬間だった。部屋全体が、がたがたと音を立て、ぐらぐらと揺れ出した。いや、実際に揺れていたのかどうかはわからなかったが、揺れているような気がした。

　そして続いて、あたりに白い霧がたちこめはじめた。部屋の中は、猛烈な勢いで白くなり、冷たくなっていく。たちまち、夫人の姿も霧に包まれた。

「中村さん！」

石峰君が、ごくりと唾を飲み込んでいった。

「落ち着け、石峰君！」

わが輩が叫んだ。

「はい」

石峰君が答える。

「ほっほほほほ!! あなたがたも、愚かな人たちですね。わたしを怒らせなければ、命を落とさずにすんだものを！」

霧の中に、いつものエヴグーニヤ夫人の涼しげな声とは似つかない、恐ろしげな声が響きわたった。

「だまれ、化物、卑怯《ひきょう》な。姿を見せろ!!」

わが輩が、怒鳴った。

「いわれなくても、いま、見せてあげます」

女怪が答えた。同時に、いままで部屋中に満ちていた霧が、すっーと晴れた。その瞬間、わが輩は、情けない話だが、腰が抜けるほどに驚いた。

あたりの景色が、一変しておったのだ。それも、なまやさしい変わりかたではなかった。そこは、松尾君の部屋ではなかった。

そこは、一面の草原だった。だが、ただの草原ではない。草の色が、目の覚めるような紫色をしておった。丈の高さは、五寸ばかり。そのところどころに、ガラスか水晶か知らんが、そんな、きらきら輝く透き通った大きな家ほどもある、金字塔のようなものが建っておる。山もなければ、川もない。ただ紫色の草原が果てしなく、どこまでも続いておる。

さらに、おどろいたことに、空は青くなく薄桃色で、見慣れた太陽の二倍もあるような巨大な太陽がふたつ輝いておった。空気は、どんより湿った感じがする。いうまでもないが、わが輩は世界各国を視察して歩いておる探検家だ。人の分け入らぬ密林にもいった。人跡未踏の砂漠地帯も旅した。しかし、ふたつの巨大な太陽は別にしても、こんな光景はむろんのこと、それに似た景色さえも見たことがなかった。

エヴグーニヤ夫人の顔をした女怪は、その草原の中央に立っておった。わが輩らの足元も、もちろん紫色の草原で、靴が、すっぽり草の中に埋もれておった。

「ど、どこなんだ、ここは？」

石峰君も、なにがどうなっておるのか、まるで見当がつかんという表情で、ただ茫然《ぼうぜん》と、あたりの景色を見ておったが、必死で喉の奥から声を絞り出した。

「おどろくことはありません。ここが、あなたたちの死に場所です」

いうやいなや、女怪の首が、そのからだから、人形の首が抜けるように、すっぽりと抜けた。そして、犬の血を啜っていた時と同じように、みるみるうちに口が耳まで裂け、そのとがった歯のあいだから、鞭のような赤い舌がのぞいていた。妖怪のことを書いてある本で見た、空中夜叉《やしゃ》そのものの顔だ。

からだを離れた首は髪を振り乱して、わが輩らのほうをにらみつけながら、湿った空気を切り裂いて、空中を飛びまわった。そして、その鞭のような舌を、わが輩らに叩きつけんとする。

「いよいよ正体を現したか、化物!」

わが輩は、まわりに身を隠すものが、なにひとつないので、とっさに外套を脱ぐと、それを楯《たて》にして、抜け首の攻撃をかわして短刀を振り回した。

が、その抜け首の、動きのすばやいことといったらなかった。まるで燕《つばめ》が空を飛ぶように、わが輩らに襲いかかってくる。石峰君も火かき棒で立ち向かうが、まるで速度がちがう。わが輩らは防戦一方で、ただ飛びかかってくる首をよけるばかりだったが、幸いにして、その鞭のような舌も鋭い歯も、からだには触れなかった。

すると抜け首は、いったん攻撃を中止し、胴ばかりのからだの肩の上に、すとんともどった。そして、にやりと笑っていった。

「どうですか。わたしに勝てますか?」

「たしかに、手ごわい。が、勝つ。中村春吉、貴様ごとき怪物に負けるわけにはいかん」

「ほっほほほほ。まあ、どうせ、すぐに死ぬのです。せいぜい、強がりをいうもいいでしょう。これで、遊びは終わりです」

ことばが終わるか終わらぬうちに、ふたたび、女怪の首が抜けた。それまでより、さらにおそろしげな表情になった首は、今度は、動きのむだをなくした。

そして、石峰君の顔を凝視していたが、いきなり石峰君の頭上に飛び上がり、二間ほどの高さの空中から、垂直に落下してきた。

「逃げろ、石峰君!!」

わが輩が叫んだ。石峰君が、かろうじて、抜け首との衝突をまぬがれた。しかし、その鞭のような舌が、首に巻きついた。

「うわっ!!」

石峰君が、悲鳴をあげて草の上に倒れこんだ。その拍子に、ちぎれた草の切片が飛び散った。石峰君は、左手で首に巻きついた長い舌を振りほどこうとした。が、長い舌は首に食い込んで、びくともしない。右手の火かき棒は、空《むな》しく宙をかくばかりだ。

わが輩、石峰君に駆け寄ろうとした。が、それができなかった。一歩、石峰君のほうに足を踏み出した時、抜け首の口から、真っ赤に燃える炎が、わが輩に向かって吐きかけられたのだ。

「あっ！」

わが輩、のけぞりながら飛びのいた。抜け首の力は、おどろくほどだった。首に巻きついたまま、砂の上に倒れている石峰君を、引きずり起こした。石峰君が、足をばたつかせて苦しがる。抜け首は、舌を巻きつかせたまま、石峰君を宙吊《ちゅうづ》りにしようとしておるのだ。

わが輩、どうしていいかわからなかった。なにしろ、相手は首だけの怪物だ。子供じぶんから、喧嘩《けんか》は数えきれないほどしてきたが、首だけを相手にするのは、これがはじめてだ。からだがあれば組みつくこともできるのだが、首だけではどうにもならない。

しかし、このままでは石峰君が危ない。わが輩、もう一度、短刀を構えて抜け首に接近した。

ビューッという音とともに、抜け首が、また火を吹いた。わが輩、どうしても近寄れない。石峰君は苦しさで、もう声が出せないようだ。

「えいっ!!」

わが輩、近寄れん以上はしかたがないので、先のことなど考えずに、手にしていた短刀を抜け首めがけて投げつけた。へたをすると、石峰君に当たりそうだったが、躊躇《ちゅうちょ》しておるひまはなかった。

しかし、その作戦はうまくいった。短刀は空中を飛んで、その柄のほうが抜け首の額に命中した。その痛みに耐えかねてか、抜け首の舌が、石峰君の首からはずれた。石峰君のからだは、音を立てて草の上に落ちた。抜け首は、再度、胴ばかりの肩に納まった。

「やりましたね。でも、もう、むだな時間は、はぶきましょう」

女怪が、わが輩の顔をぐっとにらんだ。その時だった。わが輩の頭の中に、ある考えが浮かんだ。というのは、それまでの動きを見ていると、どうやら抜け首は、くたびれたり、態勢を整える時、一度、その胴にもどるらしいのだ。だとすれば、暴れる抜け首のほうではなくて、残った胴のほうを攻撃すればいいのではないか！

その考えが、当たっているかどうかはわからない。しかし、試してみる価値はあった。

「むだな時間をはぶくとは、こちらのいうことだよ」

わが輩、投げつけた短刀を拾い直して、胴に突き刺すつもりで走り出した。が、それはできなかった。女怪は、わが輩が動き出すと、例によって胴から離れ、地上すれすれを飛ぶようにして、その長い舌で短刀を巻きあげると、三間も先の草の中に投げ捨てた。

そうなってはしかたがない。もう、一か八か捨身《すてみ》の作戦だ。

「うおぉぉ!!」

わが輩、野獣のような吠え声をあげると、抜け首のほうをそっちのけにして、一目散に、その残された胴に突進した。頭を振りながら、どうにか起きあがった石峰君も、わが輩の動きを理解したらしく、やや、ふらつく足取りであったが、わが輩と並んで胴に向かった。

と、抜け首が、それに気がついた。そして、ものすごい速度で、わが輩の背後から、前にまわり、その鞭のような舌を、わが輩の額に叩きつけた。それは、強烈な力だった。痛みが顔面を走った。だが、ひるんではおれん。わが輩、痛みをこらえて、そのまま胴に体当たりした。

首のない胴は、わが輩に体当たりを食らうと、あっけないほどかんたんに、背中から草原に倒れ込んだ。

「しゅるるるるっ!!」

抜け首が、舌を左右に振り回し、わが輩が倒れた胴に飛びかかろうとするのを、阻止しようとした。倒れ込んだ胴は、手足をばたばたさせて起き上がろうとする。

「石峰君、肩のほうに回って、手を押さえてくれ」

わが輩、あたりの草の上を見回した。さっき石峰君が、そのあたりに、苦しまぎれに投げ捨てた火かき棒を探したのだ。それは、すぐに見つかった。わが輩、その火かき棒に飛びついた。

抜け首は、なんとか胴の肩の上に納まろうとするが、胴が倒れているので、うまくいかない。これ以上の機会はない。石峰君が、胴の両手を押さえつけた。

「いいぞ!」

わが輩、火かき棒を右手ににぎりしめ、抜け首の鞭の舌を警戒しながら、腹に突き刺してやるつもりだった。

「ぎゃあううう!!」

わが輩のやろうとしていることを見て、抜け首が、ものすごい叫び声をあげた。そして半間ほどの距離から、わが輩に向かって頭突きを食らわしてきた。

「なにを！」

火花の出るような頭突きで、草の上に転がされたわが輩は、作戦が失敗でなかったことに意を強くし、火かき棒を杖《つえ》代わりにすると立ちあがって、両手で握りしめ直すと、石峰君に押さえつけられて起き上がれないでいる胴の胸に突き刺そうとした。その刹那《せつな》だった。

「やめて、やめてください、中村さん‼」

女の絶叫が聞こえた。それは、志保の声にまちがいなかった。一瞬の油断があった。抜け首の舌が、わが輩の手から、火かき棒をむしり取った。そして、それを逆にわが輩に向かって突き刺そうとした。わが輩は、絶体絶命の危機に陥った。

「やめて、エヴグーニヤさんも、やめてください‼　どうか、おねがいだから！」

ふたたび、志保が叫んだ。抜け首の動きが、その声にぴたりと止まった。

5

抜け首が、志保の絶叫に空中で動きを停止したのを見て、わが輩は背後を振り返った。紫の草原に、志保と松尾君が立っておった。

「中村さん、石峰もやめてくれ。そして、エヴグーニヤも……」

松尾君が、わが輩らのほうを見ていった。

「あなた、いえ、良治さん……」

松尾君のことばに、抜け首がエヴグーニヤ夫人の声でいった。

「エヴグーニヤ、ここはいったい、どこだ？　あやかしの世界なら、元にもどしてくれ」

松尾君がいう。抜け首は、なにも答えない。首のない胴体が、立ちあがった。それを見て抜け首が、ゆっくりと肩の上にもどった。

「この人たちは、わたしを殺そうとします」

女怪の顔が、見る見るうちに、あの優しい顔のエヴグーニヤ夫人に変わっていく。ことばの終わりの時には、もう、怒り狂った空中夜叉の顔は、微塵《みじん》も残っていなかった。

「殺しはしないよ。ぼくが約束する。どうか、中村さん、彼女になにもしないと約束してください」

松尾君が、わが輩の顔を見つめて、祈るような表情をした。そういわれては、わが輩、うんとうなずかざるを得ない。これは、そもそも松尾君のための闘いなのだ。

「約束しよう」

わが輩がいった。

「わかりました」

女怪は、両手で腹のあたりをさするようにしていった。

「まず、部屋を元にもどします」

また、どこからともなく、霧が漂いはじめた。あっというまに、部屋の中が、まっ白になる。さっき、霧がたちこめてきた時とどうよう、たちまち、だれの姿も見えなくなった。しかし、それは、ほんの一瞬のあいだで、霧は空中に吸い込まれるように消えていった。

そこは、元の松尾君の部屋だった。あの奇妙な夢幻の世界は、完全に消失していた。わが輩ら四人とエヴグーニヤ夫人は、テーブルをはさんで、向かい合って立っていた。

「エヴグーニヤ。ぼくは、なにをいわれても、おどろかないつもりだ。だから、いったい、なにが起こったのか。そして、君はなにものだったのか、なんのために、ぼくのそばにやってきたのか、真実を包み隠さず話してくれ！　君は、ほんとうに人間ではなく、怪物なのか？」

松尾君とエヴグーニヤ夫人は、しばらく、無言のまま、顔を見つめあっていたが、やがて、松尾君が沈黙に耐えきれず、喉の奥からしぼり出すような、悲痛な声でいった。その松尾君のことばを聞くと、夫人は、ゆっくりと口を開いた。

「わかりました、良治さん。すべてをお話しします。……聞いてください」

「うん」

松尾君が答えた。わが輩、思わず唾を飲み込んだ。

「わたしは、なにを隠そう、この世の人間ではありません。でも、怪物でもありません」

夫人が、静かに話しだした。

「では、何者なんだ？」

石峰君がいう。

「わたしは、この世とは異なる世界からきた人間です」

「この世とは異なる世界の人間？　すると、あの世のことか？」

わが輩がいった。

「いいえ。死後の世界ではありません。この世界の人間であるあなたがたに、どう説明すればいいのでしょうか」

夫人が、ちょっと困ったような顔をした。

「つまり、物理学的に、この世界と異なる世界ということかい？」

石峰君が質問した。

「その通りです。わたしは、別の空間世界から、この世界にきたのです。さっき、あなたがたに、お見せしたのが、その別の世界の幻想です」

「別の空間世界？　あの、ふたつの太陽の輝いておる紫の草原が……。石峰君、君、わかるのか？」

「はい。まあ、なんとなく」

石峰君が答えた。

「なら、それでいい。で、君は、その別の世界から、この世界に、なにをしにきたのだ。松尾君をたぶらかし、取り殺すつもりでもあったのか」

わが輩、別の空間世界などといわれても、どういうことだか、理解しがたかったが、なにしろ、早く、真相を知りたかったので、話を先に飛ばしてたずねた。

「いいえ」

夫人が、首を横に振った。

「取り殺すなどと、めっそうもありません。すべては、あの鏡のせいなのです」

「鏡？」

石峰君が、聞き返した。

「はい。あのジプシーの鏡です」

エヴグーニヤ夫人がいった。

「なるほど。例のペトロフが買ったやつだな？」

石峰君がいった。

「はい」

夫人が答えた。

「石峰、その鏡というのは、なんなんだ？」

松尾君がいった。

「それは、あとで説明するよ」

石峰君が松尾君にいい、夫人に向かって続けた。

「その鏡のせいというのは？」

「失礼ですが、詳しい説明をしても、あなたがたには、理解の範囲を越えていますから、その作用については省きますが、あの鏡は、わたしの住む世界とこの世界を結ぶ通路を作る機械で、数千年前に製作されたのです。けれど、その後、通路としては使われなくなり、これまで、あるジプシーの家で、ただの鏡の役目をしていたのです。わたしの世界のほうでも、その存在は、すでに忘れられていました。ところが、それを今度、あの商人が手に入れ、何千年も閉ざされていた、ふたつの世界を結ぶ通路を開いてしまったのです」

夫人が説明した。

「わかったぞ。モスコーの公園で、光を反射させていたというのが、そのことなのだね」

石峰君が、うなずきながらいった。

「そうです。けれど、それは決められたやりかたによる、正しい通路の開きかたではなく、危険が伴うやりかただったのです。わたしの世界では、それに気がつき、すぐに通路を閉鎖しようとしました。でも、閉鎖の作業は間に合いませんでした。そして、まちがったやりかたのあおりを受けて、たまたま、そばにいたエヴグーニヤさんは、不幸にも命を落としてしまったのです」

「なんだって!?　エヴグーニヤが死んだ……」

松尾君が、悲痛な声をあげた。

「ええ、死んでしまいました。ほんとうに一瞬のことで、だれにも、どうすることもできなかったのです。そして、わたしも、その鏡の作用で、向こうの世界から、はじき出されて、こちらの世界に飛び出してしまったのです。わたしには、こちらの世界にくる意志などは、毛ほどもありませんでした」

「ふむ」

わが輩、話は半分ぐらいしかわからぬが、とにもかくにもうなずいた。

「そこまでは、話はわかった。すると、やはり、君とエヴグーニヤ夫人は別人なわけだ。けれど、そうすると、なぜ君がその死んだ夫人に、そっくりの姿形《すがたかたち》をしているのだ」

石峰君が質問した。

「ぼくも、それを聞きたいよ」

松尾君が、顔を歪めていった。

「良治さん、どうか、わたしを許してください。わたしは、あなたをだますつもりは、少しもなかったのです。けれど、通路の閉鎖が遅れて、エヴグーニヤさんが死んだ原因の一端は、わたしの世界のほうにもありました。わたしは、瞬間的にエヴグーニヤさんの脳から情報を吸収しました。それで良治さん、あなたのことを知ったのです。あなたが、いかにエヴグーニヤさんを愛しておられたか、そして、もしエヴグーニヤさんが死んだとわかったら、あなたが、どれほど悲しむかも想像できました。その時、わたしにできることは、ただひとつでした。わたしが、エヴグーニヤさんに変身し、あなたを悲しませないことです。わたしの能力を使えば、わたしがエヴグーニヤさんになりすまし、奇跡的に生き返ったと思わせることはむずかしくはありませんでした」

夫人がいった。そして、続けた。

「ふしぎな霧が、夫人を包んだというのは、その入れ替わりの作業だったわけだね」

石峰君がいった。

「はい」

夫人が答えた。

「でも、わたしがエヴグーニヤさんになりすましたことは、結果的に失敗でした。エヴグーニヤさんを心から愛している良治さんは、すぐに、わたしが、ほんものではないということに、気がついてしまったからです。そして、わたしにも、どうしても、エヴグーニヤさんを演じきれないところがありました。それは、わたしが、この世界で生きていくためには、何日かに一度、からだをばらばらにして、動物の血を吸収しなければならないことでした。それを夜中に目撃されたわたしは、良治さんの気を失わせ、夢だと思わせたのです。一度は、それですみましたが、今夜、また見つかりました……」

「なぜ、そんなことをしなければならないのだ」

松尾君がいった。

「なぜといわれても困ります。わたしは、この世界の人間ではありませんから、あなたがたとはからだの構造がちがいます。そうしなければ、生きていけないからだなのです。そして、このからだの構造のちがいこそが、数千年前に、わたしたちの世界と、この世界の交流をあきらめ閉鎖させることになった理由のひとつでもあったのです。時々、そうしなければ、わたしは死んでしまうのだと、いくら説明してみても、あなたがたは、犬の血を吸い取り、血浴をする生物は、怪物としか思えないでしょう」

夫人の声は、淋《さび》しそうだった。

「たしかに、気の毒だが、人間とは思うことはできんね」

わが輩がいった。

「それが、当然なのです。あなたがたが、わたしたちの世界にきても、わたしたちは、やはり、あなたがたを怪物か妖怪だと思うでしょう。いえ、事実、数千年前、おたがいの世界の人々は、ほんの少しだけ交流をしたことがあったのですが、結局、どちらの世界も相手を受け入れることができず、怪物呼ばわりをして、憎み合ってしまいました。それで、ふたつの世界は交流を中止したのです。この世界の各地に民話や伝説として残る、吸血鬼や首抜け女の物語は、わたしたちの世界の人間のことが、形を変えて伝えられたものなのです」

「そういうことだったのか……」

石峰君が、うなずいた。

「良治さん、どうか許してください。わたしは、ただ、あなたを悲しませたくなくて……。ほかにエヴグーニヤさんになりすました理由は、なにひとつありません」

「だが、それは、いずれ見破られるということを考えなかったのかね？」

わが輩がいった。

「考えました。でも、それは、ずっと先のことだと思ったのです。そして、その時になれば、良治さんを悲しませずに、離れていくことができると思ったのです」

エヴグーニヤ夫人が、松尾君の顔を、じっと見つめていった。その瞳には、真珠のような涙が光っておった。

「ありがとう。エヴグーニヤ。話は、よくわかったよ。だれが、君を責めたりするものか。

ほんとうのエヴグーニヤの死は、しかたのないことだったんだ……。運命とあきらめるしかない。ぼくのほうこそ、君の心を知らず、申しわけないことをしてしまった。許してくれ」

松尾君も、泣いておった。志保も、目をうるませておる。だが、わが輩、こういう場面は、いかにも苦手だ。そこで、エヴグーニヤ夫人にいった。

「それで、君は、これから、どうするつもりなのだ。君の世界に帰るのかね」

「それができれば、そうしたいのです。でも、もう、ふたつの世界をつなぐ通路は、完全に閉じられてしまいました。わたしは、永久に向こうの世界には帰れません」

「ならば、エヴグーニヤ。ずっと、ぼくと一緒に暮らそう。ほんとうのエヴグーニヤは死んでしまったのだ。もう、どうにもならない。だからぼくは、せめて君にエヴグーニヤの面影を見ていたい。ぼくは、君が怪物だなどとは思わないよ」

松尾君がいった。

「ありがとう。良治さん。でも、わたしの正体がわかってしまっては、もう、一緒に暮らすことはできません。わたしは、あなたの愛したほんとうのエヴグーニヤさんではありません。おぞましい、犬の血を啜る、別世界の人間です。いずれ、破綻《はたん》が生じます」

「でも……」

松尾君がいった。しかし、エヴグーニヤ夫人は、しっかりと首を横に振った。

「いけません。おたがいのためになりません」

「では、どうなさいますの？」

志保がいった。

「どこか、遠くにいかせてください。この世界にひとり取り残された身でありながら、いまのわたしには、どうしても、自ら死を選ぶ気持ちが起きません。いまは、まだ死にたくないのです。もう少しだけ、生きていたい……。ですから、どこか人の目につかない山の奥にでもいって、だれにも迷惑をかけず、静かに暮らしたいと思います。良治さん、わたしの姿が消えても、あなたに迷惑がかからないように、エヴグーニヤさんのお母さんには、なっとくしてもらえる手紙を書きました。お母さんまで、だますことになってしまうのは辛いことですが、これしか考えつきません」

「ありがとう」

松尾君が、小さく首をたてに振った。

「それで、エヴグーニヤ。君は、いつここを出ていくつもりなんだ」

「もう、わたしに、話せることは、すべて、お話ししましたから、いま、すぐに……」

夫人が手の甲で、涙をぬぐいながらいった。

「朝になってからにしては、どうだい？」

松尾君がいった。

「いいえ。いま出ていかなければ、未練が残ります。あなたと暮らしたのは、たった半月でしたが、ほんとうに楽しい毎日でした」

エヴグーニヤ夫人が、松尾君の顔を、じっと見つめて、小さく口許《くちもと》をほころばせた。

「エヴグーニヤ！」

松尾君が走り寄り、夫人のからだを力いっぱい抱きしめた。夫人が目をつぶって、うつむいた。

ひとりきりにしてくれという松尾君を部屋に残し、わが輩らが下宿家にもどってきたのは、午前四時だった。短い夜は、とっくに明けて、もう、あたりは明るかった。三人とも、頭の芯から疲れきっておったが、だれも眠ろうとはしなかった。

「今夜のできごとを、どう受け止めたらいいのか、考えがおよばんよ」

わが輩が、からからになった喉を、志保の入れてくれた紅茶で潤《うるお》しながら、ぼそりといった。

「夢であってくれればいいですね」

石峰君が、かすかに笑った。

「まったくだ。いまだに、そんなことがあるのかと信じられん。それにしても、あの時、志保さんに止められてよかった。もし、死にものぐるいだったわが輩が夫人を殺してしまったら、真実はなにもわからないままに終わるところだった。だが志保さん、君はなぜ、あの時、まだ夫人の正体がわかっていないのに、あんなに真剣に、わが輩を押しとどめたんだ。わが輩が、殺されると思ったのかね？」

わが輩がいった。

「いいえ。中村さんなら、相手がどんな怪物でも、負けるとは思いませんでした」

志保がいった。

「では、どうして？」

「わたし、女として、あの人を死なせるわけにはいかなかったのです。たとえ、それが人間ではなかったとしてもです」

志保が、きっぱりといった。

「それは、なぜだね？」

わが輩、志保の真意がつかめず質問した。

「お気づきになりませんでしたか、あの人、お腹に赤ちゃんを身籠《みごも》っていたのです。だから、いまは、どうしても死ねないといったのです」

志保が説明した。

「そうだったのか？　気がつかなかった。さすがは、志保さんだ」

石峰君がいった。

「なるほど、身籠もっておったのか。でも、その赤ちゃんというのは、松尾君の子供なのだろうか？」

「たぶん、そうではないかと思います」

「でも、松尾君と暮らしたのは、わずか、半月だろう。それで、身籠もっているのがわかるのかい？」

石峰君が、ふしぎそうな顔でいった。

「あの人は、わたしたち人間と同じからだではありませんから、赤ちゃんも、早く成長するのでしょう。それに、女どうしのことですから……」

志保が説明した。

「なるほど。そうかもしれんね……。すると、やがて夫人は、ちがう世界の人間を両親にもつ子供を産むことになるわけかね。いったい、どんな子供が産まれてくるというのだろうな」

わが輩、ふたりの顔を見つめた。

「ふつうの人間の子ではないのですから、世界に平和をもたらす、神の子のような赤ん坊かもしれませんね」

石峰君がいった。

「あるいは、その反対かも……」

「どうせなら、神の子が産まれることを期待したいね」

わが輩、窓の外に目をやっていった。遠くのほうに、黒い雲が広がっていくのが見えた。

日本とロシアが、戦争に突入したのは、それから、約一か月後のことだった。

求魂神

1

ロシアの首都ペテルブルグから帰り、しばらくのあいだ、英京ロンドンはホワイト・チャペル街の木賃宿に投宿。石峰《いしみね》君や志保《しほ》と一緒に酒場のボーイなどを勤めたわが輩だったが、一箇月も単調な仕事を続けていると、いよいよ、からだが冒険を求めてうずきだした。

「どうだね、石峰君、志保さん。ぼちぼち旅行を再開したいと思うのだが」

ある晩、仕事を終え、シャワーを浴びてくつろいだわが輩は、部屋にもどってくると、志保の入れてくれた、温かいココアを飲みながらいった。

「ぼくも、からだの調子は、もう、すっかりもどったし、そろそろ出発したいと思っていたのです」

わが輩のことばを聞くと、石峰君が目を輝かせた。

「金《かね》も多少は溜まったし、動き出しても、そう困難はないだろう。志保さんは、どう思うね」

「はい。わたしは、おふたりが出発するといわれれば、いつでも……」

あいかわらず、志保のことばはわが輩に従順だった。いくらスマトラの遊廓《ゆうかく》から、その身を自由にしてやったとはいえ、あくまでも、わが輩を主人と仰《あお》ぎ、ついてくる気でおるらしい。

「今度は、どっちのほうへいくつもりです？　北米大陸に渡りますか」

石峰君がいった。

「いや、まだ米国にいくのは早すぎる。欧州の文明国もつまらん。そこで、暗黒大陸の探検を試みんと思うが、どうだろうね」

わが輩がいった。

「アフリカ探検ですか。そいつは痛快ですね。でも、南アフリカはアジア人の入国を極端に嫌うじゃありませんか。白人と中国人やインド人は、同じ食堂に入れないし、汽車にも乗れないという」

石峰君が、ちょっぴり不安そうな表情をした。

「そこなんだよ。しかし、だからアフリカにはいかんというのでは、中村春吉《なかむらはるきち》の名がすたる。で、かまうことはないから、この際、ケープタウンいきの船に乗ってしまおうと思うのだ。向こうに着いて、それでもだめだといわれたら、それはその時、考えればいいと思ってね」

わが輩、ふたりの顔を交互に見た。

「わたしも、それがいいと思います」

志保がうなずく。

「賛成！」

石峰君もいった。

そうと話が決まれば、一日たりとも、ぐずぐずしてはおられんのが、わが輩の性格だ。ともかく、その夜はぐっすりと眠ったが、翌日、朝から自転車旅行に必要な品を買い込みただちに出発することになった。

ケープタウンいきの船は、もちろん英国から出ておる。が、英国から船に乗ってしまったのでは、自転車旅行の意味がないから、まずはフランスに渡り、スペイン、ポルトガルを見学して、ポルトガルからケープタウンいきの適当な船を見つけることにした。

ポルトガルでは、リスボンを見学して、すぐに、マデイラ島に渡ることになった。この島は、リスボンの南西九百キロの海上にある常春《とこはる》の楽園といわれる小島だ。

ちょっと説明しておかんければいけないが、英国からケープタウンに向かう船は、リスボンには寄港せず、このマデイラ島を経由していくことになっておる。したがって、わが輩らはそこで、船を待つ必要があったのだ。

三人がマデイラ島に渡ったのは、明治三十七年三月十五日のことだった。その翌日、ユニオン・キャッスル会社の貨物船が入ってくることになっていたので、それに乗せてもらうためだ。

リスボン領事館で書いてもらった紹介状を持って、貨物船〔アフリカ丸〕に向かうと、この船長はいかにも親切で、わが輩らの無銭旅行を心より称賛し、無賃の乗船を許してくれた。

出港は翌日だが、かまわないから、すぐに乗り込みなさいという船長のことばに、わが輩らは感激して、さっそく、〔アフリカ丸〕の人となった。

ところが、この一日早く船に乗り込んだことが、わが輩、一世一代の失敗だった。まったく、全部の責任はわが輩にあった。

ベッドを決められ、荷物を片づけていると、にわかに背中がむず痒《がゆ》くなった。そこで、探検服を脱いで、下着を電灯の下に照らして見ておどろいた。なんと痒いはずだ。下着の縫い目という縫い目に、幾百匹という虱《しらみ》が、一寸一分のすき間もなく、ずらりと重なり合って並んでいるではないか。

これはいかん、数日前から背中が痒いとは思っておったが、これほどまでに虱が発生しておるとは考えなんだと、わが輩、シャツを脱いで、その虱軍を退治せんとした、その時だ。同室の水夫が、突如、部屋に帰りきたったのだ。

「おい、冗談じゃないぜ。そりゃ虱じゃないか！」

水夫は部屋に入るなり、わが輩のシャツを見ていった。そして、五分後に、わが輩は船長室に、呼ばれておった。

「いやあ、中村さん、どうも、お気の毒なことになりました」

船長が、わが輩の顔を見るなりいう。

「はあ？」

「もう、おわかりと思うが、水夫たちが、あなたを降ろさんければ、ストライキをして、仕事をせんというのですよ」

船長が顔をしかめて、わが輩を見た。

「えっ？」

「まことに残念ではあるが、わたしも水夫たちにストライキをされては困るのでね。十日後に、また別の船がここにくるから、それまでに虱を退治しておくのですな。今度くる船の船長に、わたしから紹介状を書いてあげましょう」

船長のことばは親切だが、せっかく、乗った船だ。ここで降ろされてはたまらんと、わが輩、必死で手を合わせたが、こればかりは船長も、うんとうなずかない。ここは、もう、わが輩が降りるしか方法はなかった。

探検旅行に出てから、虱に悩まされたことは、一度や二度ではなかったが、せっかく、困難なアフリカいきを摑《つか》んでおきながら、虱で船を降ろされるとは、これ以上はない不覚だった。

「まったく、合わせる顔がない」

わが輩、船を降りると石峰君たちに頭を下げた。

「なあに、こんなことがあったほうが、思い出に残ります」

石峰君が、笑いながらいう。

「中村さん、宿についたら、遠慮なく下着を出してください。きれいに洗濯いたしますから」

志保も、優しくいってくれる。

「ありがとう。しかし、こんなつまらん島で、十日も時間を潰《つぶ》すのは気にいらんなあ」

「でも、この島の奥地は、人も入ったことのない野蛮境で、恐ろしい噴火口もあるといいますから、そんなところを探検してみるのもいいじゃありませんか」

石峰君がいった。

実際、このマデイラ島は小さな島だが、中央の密林地帯に六千尺もあるピコ・ルイボなる火山があり、しきりに煙を吹き出しておった。その一帯は、グランド・クララといって、人の足以外で進み入ることのできない幽邃郷《ゆうすいきょう》だ。探検するには、なかなか、おもしろそうな島だった。

「うむ。それでは、ひとつ、島の探検でもして、時をすごすことにしようか」

島の中心街であるフンシャルに宿を取ったわが輩らは、一日をのんびりと暮らし、例の虱退治などをすませると、二日目、ピコ・ルイボ山探検に向かうことになった。

二日目の朝、目を覚ますと、前日までとちがって、天候ははなはだよくない。宿屋の楼《ろう》上《じょう》から窓を開けて、ピコ・ルイボ山を眺めれば、意地悪き灰色の雲霧は、山の八分を覆っている。いまにも、泣き出しそうな空模様だ。

しかし、雨ぐらいにへこたれているような、わが輩らではない。女中を呼んで、朝飯を用意させたのが、午前七時のことであった。

「まあ、こんな天気に、お登りになるのですか？」

女中は、目をぱちくりさせて、引き止める。

「お客さん。山は荒れていて危険ですから、天気が回復してからになさいませ。この天気は、悪くなるばかりです。今日は、およしなさい。二箇月ほど前にも、米国人の探検家ご夫婦のお客さまが、登っていかれ、神隠しに遇《あ》われました」

主人まで出てきて、引き止める。

「なに、神隠し？」

わが輩がいった。

「さようでございます。ちょうど、その数日前に、山の上空に、なにやら銀色に輝く丸いボールのようなものが浮いているのが見えまして、島のものは、あれはなんだろうと、首をかしげておったのでございます。と、その話を聞いた米国人の探検旅行家ヘンダースン夫妻と申すかたが、大変に興味を持たれて、探検にいくと登っていったのですが、そのままもどってはこられないのです」

主人が説明した。

「それで神隠しか？」

わが輩がいった。

「はい。それ以外に考えられません」

「捜索隊は出したのか？」

石峰君が質問した。

「はい。島をあげて探しましたが、死体どころか遺品も見つかりませんでした。もっとも、山が険しく、六合目よりは上にいかれませんでしたが……」

夫に替わって、主人の妻がいった。

「その銀色の丸い玉とはなんでしょう？」

志保が首をかしげた。

「わかりませんが、とにかく、およしなさい。捜索隊を送るにも、お金と手間がかかります」

主人は、もうすっかり、わが輩らが遭難するものと決めておる。わが輩、これにかちんときた。それに、人がいなくなったことより、捜索隊に金がかかるのを心配しているのが、しゃくにさわった。

「ふむ。そういう因縁のある山なのか。そうと聞いては、なお登ってみたくなった。わが輩が、その米国人の骨を拾ってきてやろう。なあに。どうしても、先へ進めんければ、もどってくるさ。日東男児は、これしきのことで、決して、おじけづくものではないのだ」

わが輩、ややむきになって、一場の演説をなし、宿屋夫婦、番頭、女中らが止めるのを尻目に、すぐさま旅装を整えると、奔馬《ほんば》のごとく、フンシャルの町に飛び出した。

山の麓《ふもと》までは、小砂利を敷き詰めた狭い道がある。そこまでは、まず楽で、わが輩らは景気づけに、日本の軍歌などを歌いながら進んだ。砂利の道が尽きると、形ばかりの道がつづら折りになり、段々と山奥に入り込んでおる。

幸いにして、雨は落ちてこなかったが、空はますます暗くなり、風も強くなってきた。天気がよければ、ひと条の白い煙を吐く、頂上が見えるのだが、ほとんど、鉛色の天井がかぶさっておるがごとくで、山は見えない。

楢《なら》、白樺《しらかば》、楓《かえで》……。実際には、日本のものとは少し種類がちがうようだが、そんな樹木に似た木々が天に向かって枝葉を伸ばす千古の密林を辿っていくと、人間の悲鳴のような名も知らぬ鳥の声が響き、風で木の枝のこすれる音が、寂寞《せきばく》の感を深くして、隠凄幽寂の気が、あたりに漲《みなぎ》っている。

「たいした山ですねえ。これでは、めったに人が入れないのも道理だ」

石峰君が、周囲を見渡しながらいった。わが輩、最初は、たかだか六千尺の山とあなどっていたが、なかなかどうして、難しい山だ。

三時間も歩くと、道は一層険しくなり、濃い霧とも雲ともわからぬ白いガスの中に入ってしまった。わが輩、世界各地で霧や雲にまかれたことはあったが、これほど濃いガスは見たこともない。まさに、三尺先が見通せんのだ。

　そのうち、ついにぽつりぽつりと雨が落ちてきた。かなり厳重な旅装はしてきたものの、寒さも厳しい。それでも、わが輩と石峰君はなんとか先に進もうと思えば、進むこともできそうだったが、さすがに、これ以上は志保がむりだ。

　もともと目的があっての登山ではなし、命を賭《か》けて登る必要もないと判断したのは、宿屋を出て五時間もたったころだった。山のどのあたりまで登ったのか、なにしろはじめての山でもあるし、まるっきり見当がつかなかったが、おそらく三千尺ぐらいのところまでは登っておったのだと思う。

「もう、いかん。いささか無謀だったようだ。下山しよう」

　わが輩がいうと、さすがに強気の石峰君も、志保も、それがいいと賛成した。ところが、いざ降りようとしても、帰りの道がわからん。そもそも道なき道を登ってきたのだし、もちろん、道標《みちしるべ》など残してはおらんから、さあ、わからん。

　雨はだんだん強くなって、水が上から流れ落ち、足元は泥田のごとくなり、つるつると滑って危険極まりない。

「あっ!!」

　石峰君が、ひと声叫んで、滑り転んだのは、下山を開始して、まだ十分もたたぬ時だ。一瞬のうちに、三間《さんげん》も木の根、岩角のむきだしになった木々の間を滑り落ちた。

「どうした、だいじょうぶか!?」

「石峰さん!!」

わが輩と志保がいった。

「うーむ。中村さん、不覚です。足を挫《くじ》いたようです」

白いガスの中から、石峰君の苦痛の声が聞こえてきた。

「なに、挫いた。よし、待っておれ。いま、いく」

わが輩、探見電灯の明かりを頼りに、そろりそろりと下っていくと、全身、どろだらけになった石峰君が大きな松の木の根っこに寄りかかり、左足首を押さえて唸《うな》っておるではないか。

「痛みますか?」

志保が心配そうに声をかけた。

「いや、なに、だいじょうぶ」

石峰君は強がりをいって、立ちあがろうとしたが、足の痛みは、相当にひどいらしく、すぐに、その場にぐずぐずと崩れてしまった。

「とにかく、副木をして手当てしなけりゃいかん。岩陰でも見つけて、休もう。志保さん、すまんが石峰君を見張っておってくれ、わが輩、そのあたりを探してくる」

そういって、わが輩、探見電灯片手に、適当な避難場所を探すと、ガスのために、よくわからなかったのだが、幸運なことに、十間ほどしか歩かんところに、岩が屋根のように突き出した浅い洞窟があった。奥ゆき三間ぐらいの洞窟だ。

全体に苔《こけ》が生え、しめってはおるものの、地面は乾いた枯れ草で濡れておらん。風の向きの関係から雨も吹き込んでいない。ここで石峰君の足の手当てをし、火でも焚《た》いて暖を取れば、少しは元気になれる。わが輩と志保は、石峰君を両側から抱きかかえ、洞窟に入った。

「すみません。ぼくが不注意だったばっかりに」

洞窟に入ると、石峰君が顔をしかめて謝った。

「なにをいっておるのだ。謝らんければいかんのは、わが輩のほうだ。なにも、こんなむちゃな登山などする必要もないのに、強行したのがいかんかったのだよ。許してくれたまえ。ともかく服を乾かして、足に副木をしなければいかんね。志保さんは、火を焚いてくれんか。わが輩は副木になる木の枝を探す」

わが輩、そういって、あたりを見回したが、どうも適当な木の枝が見つからん。かといって、洞窟の外は雨だから、木の枝は濡れておる。

「ふむ」

わが輩、どうしたものかと、洞窟のすみずみを、探見電灯で照らして見た。と、奥のほうの枯れ葉にまみれて、直径が一寸ほどもある枯枝《かれえだ》が見えた。長さは三尺もあろうか。これを二つに割けば、ちょうどいい副木になりそうだ。わが輩、しめたとその枯枝のほうに歩いていった。

2

わけのわからんふしぎな現象にぶつかったのは、その時だ。それは、いきなりだった。わが輩の足元に黒い丸い影ができた。いや影というのとも少しちがう。直径三尺ほどの、空中に開いた穴ともいうべきものだ。それは枯れ葉の積もった地上から五寸ほどのところを、ゆらゆら揺れておった。

どうも、口ではうまく説明できんのだが、とにかく向こう側が見えん、黒い丸い影だ。厚さはなくて、横から見ると一本の筋のようだ。なにしろ、わが輩、いままでにそんなものは見たこともない。

「なんだ、これは!?」

思わず大きな声をあげると、志保が近づいてきた。そして、わが輩の顔と、その黒い丸を見くらべて、ふしぎそうな顔をする。わが輩、そっと右手を、その穴というか黒い影に突き入れてみた。

すると手首までが、なんの抵抗もなく、ずぶりと穴の中に入った。痛くも痒くもない。だが、穴に入った手の先の部分は、いきなり手が切れてしまったかのように、見えない。なんとも、おかしな穴だ。

「ふーむ」

わが輩、手首を引き抜いてみた。変わったところはない。そう思った、瞬間だった。その穴のようなものが、いきなり、ゆらりとゆれながら移動して、わが輩のからだを足のほうから包みはじめたのだ。

「中村さん!!」

志保が、びっくりして、わが輩の手を引っ張った。

「わっ!!」

いきなり、穴の中にからだが吸い込まれたわが輩は、大きな声を出して、志保の手にしがみついた。からだが空中に浮いているのを感じる。足が地面についておらん。もう、穴から出ているのは、胸から上の部分だけだ。わが輩、必死に、志保の差し出す手にすがりついた。しかし、これが失敗だった。なにしろ、わが輩の下半身は、完全に穴の中に入っており、その足は中空に浮いておるわけだから、全身の重さが志保の両手にかかってしまったのだ。

志保は、わが輩に、ぐいと引っ張られて、ずるずると穴のほうに引き寄せられると、これもまた、すっぽりと足のほうから穴に落ち込んでしまった。

「あっ!!」

志保が叫んだが、もう遅かった。わが輩のからだは、全部に穴の中に落ちている。枯れ草の上に足を投げ出して横になっている石峰君は、動けない。いや、かりに動けたとしても、その時には遅かった。わが輩と志保は、手をつないだまま、穴の中に、ずぶりとはまっていった。

「中村さん、志保さん!!」

石峰君の絶叫が聞こえたが、それは、はるかかなたの声のようだった。わが輩は、しっかりと志保の手を摑んでおった。志保も手を離さない。からだは、どこかに向かって落ちていく感じだが、その速度は早くなく、ふわりふわりと空中を漂っているようだ。

周囲は、真っ暗で、なにも見えない。なにが、どうなっているのか、わが輩にも想像もつかんかった。実際、わけもわからずに死ぬるのかと思った。

唐突に、あたりが明るくなった。そう思った瞬間、足がふわりと地面についた。衝撃は少しもなく、すっと地面に立つことができた。もちろん、志保も一緒だ。

はじめ周囲はまぶしく明るく、目を開けていられないほどだった。暗い穴を通ってきたせいらしかった。徐々に目が慣れてくると、まわりの景色が見えてきたが、それは筆舌に尽しがたい奇妙なものだった。

狭い部屋の中であることは、まちがいなかった。せいぜい八畳ぐらいの部屋だ。ただ、それは、いかにも奇妙な部屋だった。周囲の壁はもちろん天井も床も、六面全部が銀色の淡い光を発する金属でできていた。

わが輩、これまでに見たこともない光景だ。なにかの研究室のようにも見えたが、わからなかった。部屋の数箇所に、やはり淡い銀色の机というか台のようなものがあり、その上には、ガラスのチューブや試験管、フラスコのようなもの、さらには、なんに使うのか、まるっきりわが輩には予測もつかん器具らしきものが置いてあった。

「ここは、いったい？」

志保が、わが輩のからだにしがみつきながらいった。

「わからんね。あの世とやらかもしれんよ」

わが輩、苦笑を浮かべながらいった。

「でも、わたし、死んだような気がしません」

志保が、わが輩の顔を見る。

「わが輩も、死んだような気はせんが……。ぜんたい、なにが起こったのだ。あの黒い穴は、なんだったのだ。石峰君は、ぶじだろうか」

わが輩、だまっておることができんで、たて続けにいった。

「もしや、中村さん。ここは、島の人が見たという銀色に光る玉と関係があるのでは？」

志保が、わが輩のことばには答えずにいった。

「なるほど。あるのかもしれん」

自信はなかったが、そういわれてみると、そんな気がしないでもない。これまでの例からいっても、こんな時、この志保という娘の勘は冴《さ》えるのだ。

「あまり、場所を動かんほうがいいような気もするが、少し、探検してみる必要があるな」

「そうですね」

志保がうなずく。

「こんなことなら、短銃を持ってくればよかった」

わが輩がいった。宿屋の主人の話では、この島にいるのは、狐《きつね》、山猫のたぐいぐらいで、狼《おおかみ》、熊《くま》などはおらんというから、短銃は宿に置いてきてしまったのだ。

「とにかく、この部屋の外に出ることだが……」

「扉のようなものがないですね」

志保が、近くの金属の壁に手を触れながらいった。

「ふむ。ふしぎな部屋だな。閉じ込められたのかしらん？」

わが輩、部屋の中を、ぐるりと一周してみた。金属の壁は、角の部分も、また壁と床の部分にもつぎ目というものが見当たらない。まるで一枚の金属板で作られた箱のようだ。

全身を敏感にして、あたりを見回していた時だ。またもや突然、奇妙なことが起こった。一面の壁が、なにやら、ぎゅーっと突っ張ったような形になると、そこに、ふたりの人影が、ぼんやりと浮き出してきた。その影は、水飴《みずあめ》を引きちぎるように壁を抜けて中に入ってくると、やがて人間の姿になったのだ。

とにかく、なにがなんだか、よくわからんかった。たしかに、いままで、そこには、だれもいなかったのが、いきなり壁を突き抜けて、たしかに人間が現れたのだ。魑魅魍魎《ちみもうりよう》のたぐいには見えなかった。少なくとも、外見だけは、まちがいのない人間だった。

　三十歳ぐらいの西洋人の男女だ。銀色の細い筒袖のシャツ、股引きのような服を着ていた。わが輩らの見たこともない服だ。当然、何者かわからなかったが、わが輩はふたりがヘンダースン夫妻だと思った。

　ふたりは、わが輩の姿を認めると、口に右手の人差し指を当てて、静かにしろと合図した。わが輩、志保と顔を見合わせると、その動作に従うことにして、うなずいた。それを確認して、金髪男性が、にっこりと笑った。

「よくきてくれました」

　声をひそめていたが、ことばは、はっきりした英語だった。

「あ、いや。よくきたといわれても、きたくてきたわけではないのだが、ここは、いったい、どこなのです？　貴君は？」

　わが輩が、周囲を見回しながら、続けざまに質問した。

「わたしは、アメリカの探検家でリンドグレイ・ヘンダースン。これは妻のマーガレットです」

　男がわが輩に手を伸ばし、握手を求めた。

「よろしく」

マーガレットと紹介された栗色の髪の女性が、軽く会釈をした。わが輩の推察どおりだった。やはり、そのふたりが、神隠しにあったといわれているアメリカの探検家ヘンダースン夫妻だったのだ。

「うむ。あなたがたが、ヘンダースンご夫妻か。わが輩は日本の探検家の中村春吉と雨宮志保です」

わが輩が英語でいい、頭を下げた。

「おお、あなたがたも、やはり探検家でしたか。そうではないかと思っていたのです。よかった」

ヘンダースン氏が、うれしそうな顔をする。

「で、ここは、いったい？」

わが輩が、もう一度、質問した。

「船の中です」

ヘンダースン氏が答えた。

「船？」

そのことばに、わが輩、一瞬耳を疑った。そして、ヘンダースン氏の顔をしげしげと見つめた。それはそうだ。たしかに、わが輩らは、不可思議な体験をして、わけのわからない場所に飛び出してしまった。けれど、そこが船の上であるわけはなかったからだ。山を登っていて、どうして、船の上に出てくるというのだ。

「そうです。といっても、海の上に浮かぶ船ではありません」

わが輩が、わけがわからんという顔をしておると、当然だといわんばかりの表情で、ヘンダースン氏が説明した。けれど、この説明は、なおさら、わが輩の頼りない頭を混乱させた。

「海に浮かぶ船ではない。では、どういう船なのです？」

「空を飛ぶ船。宇宙空間を飛行する船です」

「なんだって⁉」

わが輩、思わず日本語で叫んだ。

「どうなさったのですか？」

わが輩の声におどろいて、志保が質問した。

「いや、この人たちは、やはりヘンダースン夫妻だったが、かれがいうには、ここは船の中。それも、宇宙空間を飛ぶ船の中だというのだ。頭がおかしくなっておるのかもしれんぞ」

わが輩がいった。たしかに、わが輩も、宇宙空間を旅する船の出てくる外国の科学小説があることぐらいは知っている。たしか押川春浪《おしかわしゅんろう》あたりも、そんなことを書いておったような気もする。しかし、それはあくまでも小説の中の夢物語ではないか。それを、ヘンダースン氏は実際に、そこが宇宙空間を旅する船の中だというのだ。これには、とまどった。

「では、いま、この船は、宇宙空間を飛んでいるのですか？」

志保が、なんともいえん表情で質問した。わが輩、それを通訳した。

「いや、いまは飛んではいません。いまはピコ・ルイボ山の火口の中に停止しているのです」

ヘンダースン氏が説明した。

「ふむ。話が、どうにも飲み込めんが……。この船は、あなたが作ったのですかな？」

わが輩、どうも、頭のおかしな夫婦を相手にしてしまったらしいと思いながらも、一方で、その場所の奇妙さに気持ちを乱され、事実かもしれんと思う部分もあり、落ちつかんながらも質問した。

「いいえ。わたしが作ったのじゃありません。ほんとうの名は知りませんが、自ら創造者と称している宇宙人類が作ったのです」

「宇宙人類!?」

わが輩、叫ぶようにいった。

「そうです。われわれ、人間の叡知《えいち》をはるかに越えた宇宙人類です」

はじめて、マーガレット夫人が口を開いた。澄んだ、美しい声だった。

「ということは、その創造者なる宇宙人類が、この船に乗って、宇宙から地球へ飛んできたというわけですか？　その遺跡ですな」

わが輩、宇宙のことなど、さっぱりわからないが、長い旅行のあいだ、時々、志保と石峰君が、宇宙から人類が飛んでくる可能性がないとはいえないというような話をしているのを聞いていたことがあったので、受け売りでいってみた。

「いいえ、遺跡ではありません」

ヘンダースン氏が、首を横に振った。

「では、それは現在の話だというのですか？」

わが輩がいった。

「そのとおりです。さすがは、探検家ですね。ものわかりが早い。わたしたちも探検家のはしくれですが、この事実を信じるまでに、ずいぶんと時間を要したものです」

ヘンダースン氏が、わが輩を誉《ほ》めてくれたが、なにしろ自分で状況がわかっておらんのだから、あんまりうれしくはない。わが輩、志保に、その話をそのまま伝えた。

「その宇宙人類は、どこから、きたのですか？」

志保は、宇宙人類の話をしても、あまりおどろいた顔はせず、冷静に質問した。

「それは、教えてくれませんが、なんでも光の速さで五十年もかかる星から飛んできたのだということです」

マーガレット夫人がいった。

「光の速さで五十年。光はたしか、一秒の間に地球を七周《まわ》り半するのでしたな」

わが輩がいった。

「そうです」

ヘンダースン氏がうなずく。

「宇宙人類は、なにをしにきたのですか？」

わが輩がいった。

「収穫です」

ヘンダースン氏がいった。

「収穫？」

わが輩が復唱した。

「そうです。それについては、ゆっくり、ご説明をしなければなりません。けれど、いまは、その余裕がありません。一刻も早く、やつらを倒さねば、大変なことになります」

ヘンダースン氏が真剣な表情でいった。

「やつらとは？」

「宇宙人類とロシア人たちです」

「ロシア人？」

「ええ。宇宙人類の手下となって働いている連中です」

「それは……」

わが輩が、いいかけた時、マーガレット夫人が、右手の壁を指差していった。

「あなた、きたわ！」

その声は、悲鳴に近かった。

「中村さん。やつらは、われわれを殺そうとしています。気をつけてください」

ヘンダースン氏がいった。

「殺す？」

「そうです」

「なぜ？」

「説明している時間がありません！」

ヘンダースン氏が、叫んだ時、数分前に、夫妻が出現した時と同じように、壁に波がたち、やはり夫妻と同じような銀色の服を着た、屈強そうな男が四人、部屋の中に入ってきた。三人の男が、口の周囲にひげを生やし、ひとりだけが無髯《むぜん》だった。いずれも、わが輩より首ひとつぐらい背の高い大男だった。

その中の髯《ひげ》のない男が、ヘンダースン氏を認めると、早口でなにか、わめいた。非常に興奮している。意味は不明だったが、わめいておるのは、ロシア語だった。そして、わが輩のほうに太い指を突き出して、ことばを続けた。理由は皆目わからんかったけれど、その四人の男たちが、わが輩らに敵対心を持っておるのは、まちがいのない事実のようだった。

「なんだか知らんが、やる気ならやるぞ!!　志保さん、危ないから、避けていてくれ」

わが輩は、そういうと、一歩、男のほうに歩み寄った。活劇を演じるのに、八畳の部屋に八人の人間は、少し窮屈だったが、文句もいっておれん。

「さあ、こい!!」

わが輩は、ロシア人に向かって、大声で叫んだ。

志保はマーガレット夫人と、からだを寄せ合って、なりゆきを見ている。

3

「うおっ〜！」

わが輩の、ことばが通じたのか、一番右側にいた髯面の男が、両手を広げて突進してきた。背が高いから、わが輩におおいかぶさるような迫力があった。が、自慢ではないが、この中村春吉。そんなからだの大きさのちがいぐらいで、相手を恐れるものではない。

向かってきた男の腹をめがけて、頭から突っ込んだ。わが輩の頭は石頭だ。子供のころから、春坊の石頭といえば、仲間うちで有名だったのだ。男は、わが輩を小男とあなどって、勢いをつけて向かってきた。そのみぞおちに、わが輩の石頭が、まともにめり込んだからたまらない。

「ぎゃふっ‼」

男は、なんともだらしのないうめき声をあげ、腹をかかえて、前のめりに床に両手をついた。わが輩、ここだと思ったから、四つんばいになった男の首筋に、力いっぱい鉄拳をおみまいした。この鉄拳には、いささか自信がある。瓦十枚を一度に割ったこともあるくらいだから、その威力は猛烈だ。たちまち、男は、床の上に這いつくばった。

それを見て、残った三人の男が、同時に飛びかかってきた。ひとりがヘンダースン氏めがけ、あとのふたりがわが輩に向かってきた。ヘンダースン氏はわが輩よりからだが大きいのだが、たしかに野蛮的な顔では、わが輩のほうが上だ。それで、こちらにふたりがまわったらしい。

それにしても、わが輩を強敵と見てくれたのはうれしいが、ロシア人の大男をふたりも相手にしては、わが輩も楽ではない。元気な石峰君がいてくれたらと思ったが、いないものはしかたない。

髯なし男の拳骨が、わが輩のあごの先を捉えた。いや、その力の強いこと。わが輩、壁まで叩きつけられた。ところが、この壁なるもの、ちょっと触っただけでは、ふつうの金属なのだが、力を入れると、ゴムのようにしなる。壁にぶつかったわが輩のからだは、跳ね返されて髯なし男にぶつかった。

わが輩の肩が、髯なし男の胸に当たった。ちょっと、相手がひるんだ。しめたと飛びかからんとした時、もうひとりの男が、わが輩の背後から、両腕を羽交締《はがいじ》めにした。しまったと思ったが、敵はからだが大きいから、がっしり押さえこまれると、わが輩、まったく身動きができない。ばんざいをしたかっこうで、足をばたつかせるしかなかった。

そのかっこうになったおかげで、ヘンダースン氏の姿が目に入った。氏は、一番人相のよくないロシア人と、派手な殴り合いをやっている。ふたりとも鼻血で顔が真っ赤だ。マーガレット夫人は、時々、小さな声を出して、亭主を応援している。

自分が羽交締めにあっていながら、他人の活劇に気を取られていたのが油断だった。髯なし男の両腕が、がしっと、わが輩の首にかかった。その力は強烈だった。たちまち息は詰まり、目からは涙が出てきた。わが輩、足をばたばたさせるが、後ろの男は、決して羽交締めにしたからだを放そうとはしない。

だんだん、頭がぼうーっとなってくる。相手がひとりなら、少しぐらいからだが大きかろうと、わが輩、負けるものではないが、前後から襲われては、どうにもいかん。

「く、くそっ!!」

わが輩が、うめくようにいった。首が苦しくて、もう目が開けておれん。もはや、これまでか。死ぬ時は、あっけないものだと思った時だった。突然、わが輩を羽交締めにしておった男の手の力が抜けた。同時に、ぶふっというくぐもった声がした。わが輩、尻を突き出すように、からだを払って、男を飛ばし目を開けると、男が股間を押さえて呻《うめ》いておる。

志保が、いつのまにか、男の真後ろに立っていた。そして、わが輩の顔を見て、片目をつぶってみせた。その場面は、目撃しそこなったが、志保が男の急所を殴ったか、蹴りあげたかしてくれたにちがいなかった。男にしか効目《ききめ》はないが、これは、たしかに有効的な技だ。

相手がひとりになれば、もうこっちのものだ。わが輩、首にかかっている髯なし男の手首を摑むと、引き離しにかかった。髯なし男も力は強い。だが、力ではわが輩だって負けてはおらぬ。満身の力をこめて、手首を握ると、髯なし男の指が、わが輩の首から、ついに離れた。

「とう、りゃあ〜!!」

わが輩、すぐにからだの位置を入れ替えると、男を力いっぱい腰投げにした。男が背中から床に転がる。わが輩、勢いをつけて、そのまま、男のからだに飛びかかって頭を左腕で抱え込み、自慢の鉄拳を、たて続けに十発も、お見舞いした。七、八発目のところで、男のからだから力が抜けるのがわかった。わが輩が、左腕を放すと、男は、先にわが輩の拳骨を食らって倒れている男の隣りに並んで倒れこんだ。

しかし、まだ、安心してはおれん。それをみると、急所を押さえてもだえていた髯男が、ふたたび、わが輩に突進してきた。

「しつこいやつだ！」

わが輩、同じ男として、その痛さを知っておるから、ほんとうは、そんなことはしたくなかったのだが、いささかめんどうくさくなってきた。そこで、志保の作戦を繰り返してやることにした。左手で男の顔に殴りかかるふりをして、右手で、思いっきり、急所を握り潰してやったのだ。

「ぎゃあ!!」

二度も急所を攻撃された男は、目を白黒して、手で押さえようとしたが、そこには、すでにわが輩の手がある。

「ええい。わが輩だとて、こんな汚いものを摑みたくはないのだぞ。だが、おまえがしつこいから、しかたないのだ」

わが輩、そういって聞かせながら、急所をぐりぐりとねじり回した。

「うわーっ！」

男は、大声でわめいたが、やがてだらしなく、口からよだれを垂らして失神した。

「死んだのですか？」

志保が、倒れた男を心配そうに、のぞきこむ。

「いや、急所を潰されて死んだという話は聞いたことがないから、死んではおらんだろう」

わが輩、笑いながら、はなはだ不確実な返事をした。さて、ヘンダースン氏を見てやれば、氏は髯面男と、相変わらず、くんずほぐれつの戦いだ。

「よし！」

わが輩も、三人の男を相手にして、いささか疲れてはおったが、放っておくわけにもいかず、ヘンダースン氏の下になっておるロシア人に飛びかかり、これまた例の鉄拳を、そう十五発も、顔といわず頭といわず叩きこんだ。

「うーん」

ロシア人は、目をむいて気絶した。

わずか、四、五分の活劇だった。なんだか、事情のわからぬ血闘だったが、相手が野獣や魔物ならともかく、人間なら、わが輩もちょっとやそっとのことでは負けん。わが輩の完璧なノックアウト勝ちだった。

　マーガレット夫人が、足をふらふらさせながら起き上がってきた、夫の元に駆け寄った。

「あなた、だいじょうぶですか？」

「うむ」

　ヘンダースン氏がうなずく。顔は、鼻血で真っ赤。右の目の周りも黒くあざができているが、それほど、痛手は受けていないようだった。志保は、ポケットからハンカチを取り出し、それをマーガレット夫人に、そっと手渡した。

「ありがとう」

　夫人が、うれしそうに受け取った。

「こやつらは、なんで、貴君やわが輩らを襲ったのです？」

　わが輩が、鼻血を拭いているヘンダースン氏にたずねた。

「この男たちは、自分たちが助かるために、ほかの地球人のことなど、いっさい考えず、宇宙人類の手先の傀儡《かいらい》人形となり、戦争の犠牲者を増やそうとしているのです。それを、わたしが阻止しようとし、あなたがたに応援を求めたので、殺そうとしたのです」

　ヘンダースン氏が、説明したが、わが輩には、相変わらず、まったく話が飲み込めなかった。

「戦争の犠牲者？　戦争とはどういうことです？」

わが輩がいった。

「日露戦争です」

ヘンダースン氏が答える。

「えっ、では、この事件は、日露戦争と関係があるのですか」

わが輩、もう一度、質問した。

「あります。それどころではありません。全地球人類の存亡にかかわる問題なのです」

ヘンダースン氏が、わが輩の顔をじっと見つめていった。

「どうやら、じっくりと、話をお聞きしなければならんようですな」

わが輩がうなずいた。

「ええ。わたしも、そのために、あなたに応援を頼んだのです。場所を変えて、わたしの部屋にまいりましょう。そこで説明します。その前に、この連中をどこかに、飛ばしてしまいます」

「飛ばす？」

「そうです。あなたがたに、ここにきてもらったのと、反対のやりかたでいいのです」

ヘンダースン氏がいった。そして、先に立って、壁に体当たりするように、壁を突き抜けた。わが輩らも、それに従い、同じように壁を抜けた。この壁抜け行為は、実に奇妙なものだ。部屋の外は廊下になっていたが、ここも銀色の金属で作られており、部屋の中の雰囲気と、よく似ていた。

ヘンダースン氏は、廊下を五、六間ほど歩いて、緑色のボタンのついた壁のところまでくると、また壁を突き抜けた。向こう側に部屋があるらしかった。わが輩が、あとに続こうとすると、すぐにもどるからといって、制止し、ひとりで部屋に入っていった。

「この部屋の中で、あのロシア人たちを、外に放り出すことができるのですか？」

わが輩、ヘンダースン氏を待ちながら、マーガレット夫人に質問した。

「はい。わたしも、詳しくは知らないのですが」

夫人がうなずいた。

「それでは、いますぐ、全員で、ここを逃げ出したほうがいいんじゃありませんか」

わが輩がいった。

「いいえ。いずれ、そうするにしても、いまは逃げられません」

「なぜです？」

「それは……」

夫人が、そこまでいいかけた時、ヘンダースン氏が、もどってきた。

「終わりました」

「やつらを、どこにやったのです？」

わが輩が質問した。

「わたしも、完全に、ここにある機械を使いこなせてはいないので、はっきりは申しあげられませんが、この山の、もっとも奥深いところです。麓にもどるまでには二、三日かかるでしょう」

ヘンダースン氏が答えた。そして、続けた。

「さあ、わたしたちの部屋にまいりましょう。もうすぐ、宇宙人類がもどってきます。それまでに作戦を立ててしまわなければなりません」

ヘンダースン氏が、わが輩らの顔を見ていい、先頭に立って、歩き出した。ヘンダースン夫妻の部屋は、すぐ近くだった。扉はなく、やはり赤いランプのようなものがついている場所が、部屋だった。わが輩ら四人は、また、壁を突き抜けて部屋に入った。

さっきと似たような部屋だった。ちがうのは、実験器具のようなものはなく、部屋の隅に、大きな寝台があり、真ん中にはテーブルと五つの椅子があることだった。どちらも、やはり銀色の金属でできたものだ。

「さあ、おかけなさい」

ヘンダースン氏にうながされて、わが輩らは、その椅子に腰を降ろした。

「宇宙人類は、どこにいるのです？」

椅子に座ると、わが輩が質問した。

「かれらは、いま、小型の宇宙飛行船で満州上空にいっています」

「満州上空に？」

わが輩が聞き返した。

「ええ。さっき、ちょっと説明したように、日露戦争の監視です」

ヘンダースン氏が説明した。

「監視？」

「というよりも、地球人類の魂を収穫にいったのです」

「魂を収穫？　どういうことです？」

わが輩、また、話がわからなくなった。

「どこから、話をはじめたらいいのかわかりませんが……」

ヘンダースン氏は、ちょっと考えるようにして、わが輩と志保の顔を見つめた。

「この話が、事実かどうかは、わたしたちにもわかりません。ですが、宇宙人類たちのいうことを信じるならば、われわれ地球人類の魂、すなわち命は、かれらの食料というか、かれらの生命を維持していくために必要な栄養素だというのです」

「なんですって!?　宇宙人類が、人間の魂を食って生きている？」

「そうです」

ヘンダースン氏がうなずいた。

「そんな!!」

わが輩、思わず日本語でいった。志保が顔を見上げる。わが輩、志保にヘンダースン氏の話を通訳した。

「なんてこと……」

志保が、わが輩の顔を見つめた。

「とんでもない話でしょう。しかし、かれらには、そうする権利があるというのです」

「権利がある？　ばかな、どこに地球人類の命が宇宙人類に取られる権利なんてものがあるんだ！」

わが輩、悪いのはヘンダースン氏ではないのはわかっているにもかかわらず、かっとして怒鳴《どな》るようにいった。

「それが、かれらにいわせると、そもそも、この地球に生物の元を植えつけ、われわれ人類を発生させたのは、自分たちだというのです」

「なんですって？」

「わたしも、その話を聞かされた時は、おどろきました。でも、かれらは、そう主張しています。だから、かれらは、われわれの創造者、つまり神だというのです」

「神？」

「そうです」

「すると、神である宇宙人類たちは、わたしたちから、命を収穫するために、わたしたちを作ったというのですか？」

わが輩の説明を聞いた志保が質問した。

「そうです。かれら宇宙人類にとっては、われわれは牛や豚と同じ、あるいは野菜や果物と同じようなもので、いずれ収穫するために、今日まで育ててきたというのです」

ヘンダースン氏が、両腕を広げて、派手なゼスチャーをし、ふうっと息を吐いた。

「そんな話……」

「とうてい、信じられるものではありません。でも、かれらは、そう主張しています」

「そして、いま、かれらは、人類の命を収穫に地球にやってきた。しかし、かれらとても、自らの手で、生きた人類を殺す勇気は持合《もちあわ》せないので、人類同士を戦わせる、つまり戦争をさせ、たくさんの戦死者を出して、その命を収穫するというのですわ」

マーガレット夫人が説明した。

「なるほど。戦争というのは、そういうことだったのですか。それで、日露戦争を……。ということは、あの戦争は、日本とロシアが宇宙人類に操られてはじめられた戦争だというのですね」

志保がいった。

「そのとおりです」

ヘンダースン氏がうなずいた。

「わが輩、外交関係のことは、よくわからんけれども、たしかに、日本もロシアも、ほんとうは戦争はしたくないと思いながら、いつのまにか、結局、戦争になってしまった。宇宙人類が、そうし向けていたのか……。貴君の説明を聞くと、なるほどといえる」

わが輩がうなずいた。そして、続けた。

「だが、それにしても、わが輩ら地球人類が、宇宙人類の家畜にすぎんという話は……。そうだ、聞くのを忘れていたが、その宇宙人類なるものは、どんな姿をしておるのですか？人間に似ておるのですか⁉」

わが輩、それまで、宇宙人類が、どんな姿形《すがたかたち》をしているのかわからず話をしていたことに、自分でもおどろきながら質問した。

「それが真の姿かどうかは、わたしたちにもわかりませんが、宇宙人類は青白い火の玉のような姿をしています」

「青白い火の玉？」

「ええ。ちょうど、ベースボールの球に尻尾《しっぽ》をつけたような形です。かれらの説明では、生物学的に高度に進化し、肉体が必要でなくなり、精神だけが、そういう形になって残ったのだそうです」

「それで、どうして、人類の命を必要とするのですか？」

志保が、また質問した。

「それは、わたしたちにもわかりません」

ヘンダースン氏が、首を横に振った。

「お恥ずかしい話だが、この中村春吉、貴君らの話をお聞きしても、いまだに事態がよく飲み込めない。だが、ともかく、その火の玉の宇宙人類を倒さねば、地球人類は滅亡するかもしれんということですかな」

わが輩がいった。

「そういうことです。ですから、あなたたちに、宇宙人類を倒すために手伝いにきてもらったのです。ここから、わたしたちふたりが逃げ出すだけならば、さっきの部屋の機械を使えば、なんとかなったのです。でも、それでは、根本的な解決にはなりません。そこで、迷惑とは思いながら、あなたがたが、近くにきたのを知って……。あのロシア人たちは、いまロシアが勝てばいいと思うばかりで、それ以上のことを、まったく把握していないのです」

ヘンダースン氏がいった。

「うむ」

わが輩がうなずいた。

「宇宙人類は、日露戦争で五十万ほどの命を収穫し、さらに、これから五十年間のあいだに、五千万の命を、収穫するといっているのです」

「五千万の命？　つまり、これから、さらに戦争が起こり、五千万人が殺されるというのですか？」

わが輩、その数字の大きさに、肝を潰した。

「すみません、中村さん。わたしたちも、事情のすべてを知っているわけではないのです。ですが、たぶん、これから日露戦争よりも、もっと世界的な規模の大戦争が起こって、それだけの数の人間が死ぬということなのでしょう」

ヘンダースン氏が、首を左右に振りながらいった。

「なんということだ……」

実際、わが輩、そのあと、どうことばをつないでいいかわからなかった。

「わたしは、その事実を知ると、なんとか、宇宙人類の企てを阻止しなければならないと考えました。でも、わたしたち、ふたりでは、どうにもならないのです。それで、宇宙人類がここを留守にしたすきに……」

「おふたりは、どうして、この船に入ったのですか？」

志保がいった。

「誘拐されました。最初、かれらは、さっきのロシア人たちを船内に連れ込み、日露戦争でロシアを勝利に導き、さらにかれらの命は収穫しないという条件で、命収穫の手伝いをさせたのですが、それだけでは手が足りなくなり、わたしたちを誘拐しました。もちろん、わたしたちは、この山の上空に銀色の玉が浮かんでいたという話を聞いた時は、こんな恐ろしい陰謀のことなど知らず、単純な探検、冒険心で山に登ったのです」

　マーガレット夫人が、顔を曇らせていった。

「ところが、とてつもない、事実を知ってしまったわけだ」

「ええ。なんとかしなければ、人類は滅亡してしまいます。これは、日本やロシアだけの問題ではありません。全地球人類の問題です」

　ヘンダースン氏が、ことばに力を込めた。

「そのとおりだ。こいつは人類の歴史はじまっていらいの大問題ですよ。わが輩、頭はよくないが、それぐらいのことはわかる」

　わが輩がいった。

「これから、どうすればいいのですかな？」

「かれら、宇宙人類を殺すしか方法を思いつきません」

　ヘンダースン氏がいった。

「殺せるのですか？」

　わが輩がたずねた。

「わかりません。なにしろ、人類とはいっても、人間のようなからだを持たない火の玉ですからね。ただ、かれらは、たったふたりというのでしょうか、ふたつの火の玉だけで、この宇宙飛行船を操作し、命収穫の仕事をしています。ですから、なにか方法があるように思います」

「向こうの武器は？」

「念動というのでしょうか。意思の力で、われわれ人間を自由に操ることができます」

「ふむ。念力というやつですな」

「まったく、弱点は見当たらないのですか？」

志保が質問した。

「詳しくはわかりませんが、ひとつ、弱点ではないかと思われることがあります」

マーガレット夫人が答えた。

「それは？」

わが輩がいった。

「水です。この船の中には、われわれ人間のために、水の用意がありますが、かれらは、そこには近づこうとしませんし、自分たちでも、水は苦手だといっていましたから」

「なるほど。火の玉なら、水は苦手かもしれませんな。では、火の玉のすきを見て、水をぶっかけるか……。しかし、そんなすきがあるのかな？」

わが輩、あごに手を当てた。

「あります」

ヘンダースン氏が、マーガレット夫人の顔をちらりと見やった。夫人が、うつむいた。

「それは？」

「やつらは、わたしたち地球人類の愛の営みに、多大の興味を持っているのです」

「愛の営みに……？」

「そうです。わたしたちは、毎日のように、それを強いられています。拒否すると、むりやり念動で、それを強います」

「なんてやつらだ。で、やつらは、それを見て、よろこぶわけですか？」

「いいえ。その愛の営みの時、やつらは、口や鼻からわたしたちの体内に潜入し、その……」

ヘンダースン氏が、いいよどんだ。そして、ひと呼吸おいて、小声でいった。

「快楽を体験するらしいのです。営みが終わって、わたしたちの体内から出てきた時のかれらは、動きが鈍く、ぼんやりしているようです。その時なら、きっと倒せます……」

「なるほど。だが、宇宙人類が、男女の交わりに興味を持つとは？」

わが輩、肩をすくめた。

「肉体を失った精神だけの生物には、味わえないよろこびなのかもしれませんね」

「ふむ」

実際、わが輩、そのヘンダースン氏のことばに、どう答えていいかわからなかった。

「中村さん。もし、あなたが、あの火の玉たちをやっつける手伝いをしてくれるなら、わたしたちが、その機会を作りましょう。全人類のためならば、ささいな行為です」

　ヘンダースン氏がいった。

「やりましょう。貴君がたが、それほどの覚悟をしているのに、わが輩、いやとはいえません」

　わが輩がいった。

「だが、やつらが帰ってきたら、あのロシア人がいないことや、わが輩らのことが発覚しないですかな」

「それは、わたしたちが、どうにでもごまかしてみせます。まかせておいてください。その代わり、まちがいなく、一度でかれらを倒さないと、おそらく、われわれ全員の命はありません」

　ヘンダースン氏が、決死の覚悟の表情でいった。

「それはそうでしょうな。うむ。どうやって、火の玉に水をかけるかですな」

　わが輩がうなった。

「あの……」

　志保が、恥ずかしそうに、口をはさんだ。

「中村さん。これは、いま思いついたことなのですが、ヘンダースンさんに、霞衣《かすみのころも》をお持ちかどうか聞いてくださいませんか？」

「なに、ルーデ・サックを？」

わが輩が、首をひねった。

「はい」

志保がうなずいた。

4

わが輩と志保は、もっと詳しく、その宇宙人類のやろうとしていることを聞きたかったし、見たかった。実際、どんなふうに人間の命を集めるのか。集めた命を、どう自分たちの栄養源にするのか、大いに興味があったのだ。

けれど残念ながら、わが輩らに、そんな余裕はなかった。なににも優先して、宇宙人類を倒さねばならなかった。とにかく、これほど完璧が要求される作戦はない。一度、失敗したら、まず十割かた、やり直しは効きそうにないのだ。

ヘンダースン夫妻の話によれば、もう、まもなく宇宙人類たちは、もどってくるという。一刻も早く、撃滅作戦を立てなければならなかった。

わが輩と志保は、その宇宙人類を見たことはないのだし、弱点の知りようもない。結局、ヘンダースン夫妻のことばを信じて、水を浴びせかけるという作戦しか思いつけなかった。

さて、では実際的にどうやって、その作戦を実行するか。わが輩、ない頭をひねるにはひねったが、これもヘンダースン夫妻のいうように、ふたりの愛の営みを利用するしかなさそうだった。わが輩、出歯亀《でばがめ》ではないから、男と女の交わっておる場面などにいあわせたくはないが、どうも、それ以外に適当な機会がないらしいのだ。

「宇宙人類は、この部屋で、貴君らにそれを強いるのですかな」

わが輩がいった。

「そうです。この寝台で」

ヘンダースン氏が、首をたてに振った。

「うむ。腹這いになれば、人が隠れるだけのすきまはあるが、火の玉は、わが輩らが隠れているることを見破りはせんでしょうかね」

わが輩、寝台の下をのぞきながらいった。

「正確にはわからないというしかありません。ですが、これまでの、かれらの行動を見ていると、目の前に形のないものまでは認識する力はないようです」

「なるほど。では、わが輩らが息をひそめておれば、見つからんわけですな」

「そのように、期待するしかないでしょう。部屋の外に隠れていて、壁を突き抜けて飛び込んでくるのでは、時間がかかりすぎます。少なくとも数秒のうちに勝負をつけなければ、われわれの負けになります」

「よろしい。では、わが輩らは寝台の下に隠れることにしましょう。しかし、万一、作戦に失敗したら、どうしますかな？」

「本気で、失敗すると思われますか？」

マーガレット夫人が、悲しそうな顔で、わが輩を見た。

「いやなに、失敗などするわけはありませんがね。万一の時は、また、そこで考えればいいことですな。では、さっそく、水を用意しましょう」

わが輩がいった。正直なところ、絶対に作戦が成功するという自信はなかったが、他人に見せるようなことではない行為まで見せようと決死の覚悟の夫人のことばを聞いては、そういわざるを得なかった。

小型宇宙船なるもので満州に飛び、日露戦争による戦死者の魂を収穫しておった、ふたつの火の玉宇宙人類が、ピコ・ルイボ山に帰ってきたのは、それから十五分とたたないうちだった。

わが輩が、あわてて寝台の下にもぐると、壁を突き抜けて、ふたつの火の玉が、ふわりふわりとシャボン玉が漂うように、部屋に入ってきた。なるほど、青白いベースボールの球に二寸ばかりの尻尾のついた火の玉だ。しかし、その姿が、わが輩らの位置から見えたのは、そこまでだった。あとは角度の関係で見ることができない。

「いや、ロシア人たちのことは知りません」

ヘンダースン氏のことばが、突然、部屋の中に響いた。一瞬、なにごとかと思ったが、火の玉宇宙人類は、以心伝心でしゃべるということだったから、声を出さずになにか質問し、それに、ヘンダースン氏が答えたようだった。

「それよりも、あなたたちは、いつものように、愛の快楽を望んでいるのでしょう？」

ヘンダースン氏がいった。

「ええ。いいですとも。今日は、わたしたちも、その気持ちが、とても強いのです」

マーガレット夫人の声がした。ふたりは、火の玉たちの気持ちがロシア人のいなくなったことや、そのほかのことに向かないように、必死で演技し、わが輩らの作戦の方向に導こうとしているのだった。

「さあ、お入りなさい」

ヘンダースン氏がいった。どうやら、火の玉は、夫妻の誘惑に負けて、ふたりの体内に潜入しようとしているらしかった。わが輩、その場面は、ぜひとも見たく、息を殺しながら、わずかにからだの位置をずらして、のぞき見た。

場所の関係からヘンダースン氏は見えなかったが、マーガレット夫人の上半身が見えた。その顔の真ん前に、青白い火の玉が浮いていたが、それは見る見るうちに、形を細くしたかと思うと、小さく開けた夫人の口の中に、すーっと吸い込まれていった。ちょうど、煙草《たばこ》の煙を吐くのと反対のような光景だった。

いかにも奇妙な場面を目撃した、わが輩、思わず飛び出していきたい気持ちだったが、拳をぐっと握ってがまんした。夫人が静かに、身につけている銀色の服を脱ぎはじめた。わが輩、視線を隣りに潜んでいる志保に向けた。志保が、口を一文字に結んで、わが輩の顔を見る。わが輩も、黙ってうなずいた。

いよいよ、決戦の時が迫ってきた。

そう長くない時が経《た》ち、やがてヘンダースン夫妻の愛の営みが終わった。若い夫婦が性の交わりをしている寝台の下で、正常な精神を持った男と女が息を殺して、様子をうかがっておるというのは、ふつうに考えれば、実に淫靡《いんび》な光景だっただろう。

だが、その時の、わが輩や志保には、少しも不道徳な気持ちは起こらなかった。ヘンダースン夫妻にしても、そうだったにちがいない。自分たちが愛を交歓している寝台の下に、他人が息をひそめているのだ。常識的に考えれば、そんな行為はできないところだったかもしれない。

しかし、夫妻にとっても、わが輩らにとっても、地球人類を救うという大使命、なにが重大といって、これ以上に重大なものはないという使命感があった。そのためには、恥ずかしいとか、やましいなどという考えは、とっくに超越していた。

志保は、どうやら、闘いの時がきたのを感じ、左手でわが輩の右手を軽く握った。垂れ下がった銀色のシーツと床のあいだに、わずか一寸ほど開いた空間から入り込んでくる明かりで、志保の顔が、はっきりと見て取れた。その顔は、緊張でこわばっておる。わが輩も、息を飲んだ。

コツコツ。

ヘンダースン氏が、小さく寝台の横を叩く音がした。志保も、その音を聞いて、からだをびくっとふるわせた。わが輩が、志保に目で合図する。志保がうなずいた。

わが輩らは、無言で寝台の下から、勢いよく飛び出した。きっちりと作戦が立ててあったから、火の玉のいる場所は、すぐにわかった。青白い火の玉は銀色のシーツをかけた、ヘンダースン夫妻の、それぞれの胸のあたりに、乗っかっていた。いや、乗っかるという表現は正しくない。正確には、シーツに触れるか触れないぐらいの位置に漂っていたというべきだろう。

青白い火の玉は、さいぜん、ふたりの口から体内に吸い込まれていった時より、色がくすんでいた。なるほど、ヘンダースン氏がいっておったように、ふたりの愛の営みの前にくらべ、やや活気がないように見えた。精神的な快楽の享受《きょうじゅ》は、同時に疲労でもあるらしい。

ヘンダースン氏の目が、わが輩の目と合った。氏が軽くうなずく。

「いまだ！」

わが輩は、志保に声をかけると、両手に握っていた、水をいっぱいに詰め込んだルーデ・サックを、ヘンダースン氏の胸の上にいる火の玉に、両側からはさみつけるように叩きつけた。それと、まったく同時に、志保がマーガレット夫人のほうの火の玉に、同じことをした。

これは、志保の思いついた作戦だった。スマトラ島の遊廓《ゆうかく》では、病気で熱が出た時、氷嚢《ひようのう》がないと、氷嚢より、じょうぶなゴムでできておるルーデ・サックに水を詰めて、頭を冷やすのだそうだ。そこから思いついた作戦だった。

わが輩も、宇宙人類に水をかけるといっても、どうやって、この部屋に水を隠しておけばいいのか、考えつかんかったのだが、志保は、それをすぐに思いついて、実行に移したのだ。これには感心した。

おそらく、わが輩と石峰君では、こんな突飛《とっぴ》な作戦は思いつけなかったにちがいない。そういうと志保の気持ちを傷つけるかもしれんが、遊廓にいた志保なればこその作戦だった。もちろん、ルーデ・サックを所持しておったヘンダースン夫妻にも感謝せんければいかんが。

両手のルーデ・サックが破裂し、いっぱいに詰まっていた水が、それぞれの火の玉に振りかかった。というよりも、水と火の玉が衝突をした。

はじめてわが輩の手に触れた火の玉は、熱を帯びているわけではなかったが、水がかかると、跳ね飛ぶように寝台から床に滑り落ち、狂ったように部屋の中を転げ回った。のたうちまわるといったほうが、表現がぴったりかもしれない。

「やったぞ！」

わが輩が、叫んだ。

「大成功です！」

ヘンダースン氏も、上半身を寝台の上に起こして、歓声をあげる。志保は、火の玉が床の上を転がる様を、横目で見ながらマーガレット夫人に、ベッドの脇に置いてあった、例の銀色の洋服を渡す。夫人が素早く、服を身につける。

わが輩が、水をぶっかけたほうの火の玉は、床の上を転げまわり、みるみるうちに小さくなっていった。泡をぶくぶく吹きながら、風船玉の空気が抜けていくような感じだ。夫人の胸の上にあった志保が水をかけたほうの火の玉は、それにくらべて、縮小していきかたが、やや遅かった。

その場に、さらに水があれば、わが輩らは、焚き火の残り火を完全に消す時のように、もう一度、だめ押しの水をかけただろう。だが、その部屋には、もう水はなかった。一瞬、靴で踏みにじろうかとも思ったが、なぜか、そうする気は起こらなかった。火の玉とはいいながら、わが輩ら地球人より高等な生物であるということが、自然に、そうすることをためらわせたのかもしれない。

とにかく、わが輩ら四人は、その火の玉が、ぐんぐん縮んでいくのを、ただ、黙って見つめていた。と、唐突に、わが輩の頭の中に声が響いた。

（やってくれたな、おまえたち。われわれともあろうものが、油断をした。しかし、われわれが死んでも、状況はなにもかわらない。また、新しい仲間がやってきて、おまえたちの命の収穫をするだけだ）

その声は、実際には声ではなくて、火の玉の以心伝心による意思だった。わが輩にだけでなく、全員に聞こえているようだ。

「おまえたちは、どこからきたのだ？」

わが輩は、ますます小さくなっていく火の玉に向かって問いかけた。

(そんなことを、家畜に教える必要はない)

火の玉がいった。

「わたしたちは、家畜なんかじゃありません。文明を持った地球人です!」

志保が、声を張り上げた。

(それは、おまえたちが、そう思っているだけのことだ。たしかに、おまえたちは、われわれが計画していたよりはるかに、進化した生物に成長していた。だが、それでも、家畜であることには変わりはない。われわれは、おまえたちの命を必要としている。西暦……年までに、五十億の命を収穫しなければならない。でないと、われわれの種は滅びる。けれど、おまえたちに、これだけの抵抗する力があるとわかれば、次の宇宙船が地球を訪れる時は、手段を考える必要がある……。これで、終わったわけではない……。なにも終わってはいないのだ……)

火の玉のことばは、そこで途切れた。もう火の玉は、マッチの先ほどの大きさになっていた。もうひとつの火の玉は、完全に縮小しきって消えていた。

しゅうっ!

ふたつ目の火の玉も、消えた。それは、あまりにも、あっけない終結だった。

「勝った……」

猿股《さるまた》ひとつの姿のヘンダースン氏が寝台から降り、火の玉がすっかり消えてなくなってしまった床を見つめて、つぶやくようにいった。

「とりあえずはですな。だが、やつらは、いまのことばどおり、また、きっと地球にくるつもりですぞ」

わが輩が、ヘンダースン氏の顔を見た。

「そうですね。向こうにも種の存亡がかかっているといっていましたからね」

ヘンダースン氏が、小さく肩をすくめた。

「火の玉は、西暦何年までに五十億の命を収穫するといったのでしょうか？」

志保が、わが輩とヘンダースン氏の顔を交互に見て質問した。

「わが輩には、聞こえんかったな」

わが輩が答えた。隠したわけではない。ほんとうに聞こえなかったのだ。ヘンダースン夫妻にも、わからなかったという。火の玉が、わざと聞こえないようにいったのかもしれなかった。

「なんにしても、ここ十年や二十年のことではあるまい。まだ、しばらくは先のことだよ。いまの地球には、五十億人もの人間はおらん」

わが輩がいった。

「あと何年たったら、地球の人口は五十億人になるのですか？」

志保が質問した。

「さて、そういうことは、わが輩、よくわからんが、百年か二百年か」

わが輩がいった。

「とにかく、これでしばらくは、地球人類も安全です」

ヘンダースン氏がいった。

「だと、いいですな。でも、その前に、何千万人もが死ぬ、大戦争もあるというし、手放しではよろこべん」

わが輩がいった。

「今度、宇宙人類がやってきた時も、あのロシア人たちのように、また地球人類は操られてしまうのでしょうか。なんとかして、宇宙人類がやってくるまでに、かれらを完全に倒す対策を考えなければいけませんね」

志保がいった。

「うむ。しかし、われわれが、この事件のことを世界中に説明しても、みんなは信じてくれるだろうか」

わが輩がいった。

「あまり、あてにはできませんね」

ヘンダースン氏が、服を着ながらいった。

「けれど、この宇宙飛行船を見せて、説明すればわかってくれるのではないでしょうか」

志保がいう。

「そうだ。こんなものは、とうてい現在の地球人類の科学では作れんからね。よし、すぐに世界中の新聞社に連絡をして、各国の理学士や工学士、天文学士、そのほか必要な科学者に集まって研究をしてもらおう。わが輩ら素人が、あれこれいうより、それが一番早いだろう」

わが輩が、大きくうなずいた。

「それがいいですね。わたしたちが、この事件の顚末《てんまつ》を話して歩くとなると、どうやって、宇宙人類を倒したかを説明しなければなりません。できたら、あまりしゃべりたくないですからね」

ヘンダースン氏が、マーガレット夫人のほうを見ていった。

「わが輩も、また、あの春吉のホラ吹きが……、といわれるのが落ちですな」

わが輩が笑った。久しぶりの笑いだった。

三十分後、わが輩らはヘンダースン夫妻とともに、宇宙飛行船の機械の力で、例の洞窟に帰ってきた。石峰君は、よろこぶやら驚くやらで、なにがあったのかを聞きたがったが、話し出せば長くなるし、きっと、その宇宙飛行船を見たいといい出すに決まっておるので、すべては宿屋にもどってから説明するということで、詳しいことはいわなかった。

わが輩らが、宇宙飛行船の中にいたのは、わずか三、四時間のことと思っておったが、洞窟に帰ってきてみると、ちょうど、丸一日が経過していることがわかった。船の中の時間は、外の時間と少しちがうようで、なんだか、浦島太郎にでもなったような気分だった。

雨は、もう、すっかりあがっており、ガスも消えている山道を、わが輩とヘンダースン氏が交代で、石峰君を背負い、宿にもどったのは、わが輩らが山に登った翌日の夕方だった。

宿にもどると、石峰君は、さっそく、話を聞かせろとせがんだ。

「いいとも、説明しよう。信じられんかもしれんが、いま、地球人類はとてつもない危機にさらされておるのだよ……」

わが輩が、話をはじめようとした時だ。ごおーっという唸りがし、地の底から突き上げてくるような小刻みな震動が建物を包んだ。

「地震だ！」

石峰君が、天井から吊《つ》り下がっておる電灯の揺れを確認していった。かなり、大きく揺れそうな予感がした。わが輩、腰を宙に浮かした。志保も、身構えている。

震動が、五秒ほど続いたと思うと、いきなり、どーんという耳をつんざくような轟音《ごうおん》があたりに響き、大地が左右にぐらぐらと揺れた。大地震だった。

「わっ、きた!!」

わが輩、壁にからだをくっつけてわめいた。大揺れは十秒ほどでおさまった。テーブルの上の花瓶が倒れ、水がこぼれた。

「なにか、爆発したような音でしたね」

　揺れが止まると、石峰君が、あたりを見回しながらいった。

「うむ。なんの爆発だろう？」

　わが輩が、首をかしげた時だった。部屋の扉がノックされ、女中がやってきた。わが輩らが、まだ、心臓をどきどきさせているのに、すました顔をしておる。

「なんだ、いまのは？」

　わが輩がいった。

「はい。ご心配にはおよびません。お山が、久しぶりに大噴火をいたしたのでございます。お客さまたちは、ほんとうに運がよろしゅうございました。いま火口にいたら、まちがいなく死んでおられましたよ」

「なに？　あのピコ・ルイボ山が噴火したのか？」

　わが輩、女中のことばに、あわてて窓を開けた。他の部屋からも、客たちが、いっせいに顔を出しておる。ピコ・ルイボ山を見ると、なるほど、頂上付近から、いつもとちがう黒灰色の噴煙がもくもくと吹き上がっておる。

「これはいかん」

　わが輩は確認してはおらなんだが、ヘンダースン氏の説明によれば、あの宇宙飛行船は、火口の中に着陸していたという話だった。わが輩、口をへの字に結び、眉根にしわを寄せておると、案の定、ヘンダースン夫妻が、真っ赤な顔をして、わが輩らの部屋に飛び込んできた。

「中村さん、だめです。証拠がなくなってしまう。どうしましょう?」

ヘンダースン氏は、泣きべその体《てい》で、マーガレット夫人も悲痛な表情だ。

「どうしましょうといわれても、相手が火山の噴火では、どうしようもありませんな。それとも、あれは、あの宇宙人類が、証拠を湮滅《いんめつ》するために、わざと爆発するようにしかけてあったのか……」

「証拠がなくなってしまって、どうやって、命の収穫の説明をすればいいのです!」

ヘンダースン氏は、ピコ・ルイボ山の噴煙とわが輩の顔を見くらべて唇を噛《か》んだ。

「わかりませんな。いまのわが輩には、どうしたらいいのか」

実際、悔しいけれども、わが輩、そういう以外にことばを続けられなかった。

「……全部が、全部が夢だったのかもしれませんわ」

志保が、ずんずんと空に広がっていく灰色の噴火煙を見やりながら、つぶやくようにいった。

「うむ。夢であってほしいね。いや、夢にちがいないさ」

わが輩がいった。

古沼秘

1

　われわれ一行に、快く無賃乗船を許してくれた〔ダウン号〕は、ぶじポルトガルのマデイラ島からの二十日間の航海を終え、テーブル湾の奥深くにある、ケープタウン港前面ドック付近に投錨《とうびょう》した。明治三十七年四月十四日のことだ。

　わが輩の大失態、船中の虱《しらみ》発生事件で下ろされてしまった〔アフリカ丸〕船長の親切な手紙が功を奏し、十日後にやってきた〔ダウン号〕の船長も、われわれを非常に丁寧《ていねい》に迎えてくれた。もう、その時には、志保《しほ》が虱は全部、退治してくれていたし、ピコ・ルイボ山で挫《くじ》いた石峰《いしみね》君の足も、二十日間の航海のあいだには、すっかり治っていた。

　元来、外国人、とくに西洋人は探検家というものを尊重してくれるので、われわれ三人が探検家、それも無銭自転車探検家であることを説明すると、〔ダウン号〕の船長らは、おおいに痛快がって、われわれを歓迎してくれたのだ。

　さらに、かれらがわが輩ら日本人三人を歓待してくれたのには理由があった。それはロシアとの戦いだった。同じ日英同盟の関係もあったが、東洋の一小国が、あの大国ロシアの横暴に敢然と立ち向かい戦闘を開始したことで、少なくとも英国人にとっては、日本人の勇気が認められていた。

船には他の国の人々、商用で南アフリカに向かうポルトガル人やスペイン人なども乗っていたが、かれらも、こぞって日本人を称賛してくれた。わが輩も、長い旅行で世界各地を回ったが、この船旅の時ほど、気分のよかったことも珍しいぐらいだった。

だが、それは、あくまでも船中においてのことだけであって、先ゆきは大いに不安だった。というのは、いうまでもないことだが、英国の南阿《なんあ》植民地はアジア人の上陸を拒否していたからだった。それについては、船長もできるだけ口添えをしてみるが、ケープタウンに上陸できるかどうかは、約束はできないといっておったのだ。

が、そのできないことをやるのが、無銭旅行家である、わが輩・中村春吉《なかむらはるきち》だ。だめな時はだめな時、どうにかなるだろうと、〔ダウン号〕から上陸させてもらったのだ。

西洋人の乗客たちは、南阿大陸を前にして、顔が烈々たる希望に溢《あふ》れている。しかし、わが輩らの心には、不安が渦巻いていた。陸上から税関官吏が出張して、いちいち上陸者を取り調べる。なにしろ、われわれは天涯万里嚢中《てんがいばんりのうちゆう》に常に金《かね》のない風来児だけに、悲観の度が急に高まってきた。

そのうち、順番がわが輩らに回ってきたが、どうも植民地官吏の顔色が険しい。石峰君と志保も顔を見合わせる。

「貴君たちは、何国人か?」

若い官吏が質問した。

「大日本帝国国民である。これを見ていただきたい」

わが輩は、そういってリスボン領事館で書いてもらった紹介状はじめ、わが輩がこれまで旅してきた先の領事、公使、政府の通行許可証などを記した手帳を見せた。そこへ、〔ダウン号〕の船長がやってきて、わが輩らの応援をしてくれた。が、官吏は首を横に振った。

「貴君らの事情は、よくわかった。だが、わが南阿植民地では、特別の理由ある以外はアジア人は入国出来んことになっておる。これは、政府の決めた規則で、自分にはどうすることもできない。お気の毒だが、上陸は拒否する」

「そんなことをいわんでくれ。君の母国の英国とわが日本は同盟国ではないか」

わが輩がいった。

「それはわかっておるが、規則は規則なので、どうにもならんのです」

官吏が、少し、すまなそうな顔をした。

「決して、南阿植民地を探偵しようとか、そういうことではないのだ。ただ、ここからアフリカ大陸を北上して欧州に出たいと思っておるだけなのだ。なんとか、ならんだろうか？」

わが輩、拝《おが》むように、官吏にいった。

「いかんですなあ」

官吏はなおも、首を横に振る。と、その会話に突然、志保が口をはさんだ。この志保という娘、非常に頭のいい女性で、ほんの数カ月、イギリスの酒場で働いているうちに、日常会話程度の英語はしゃべれるようになってしまったのだ。

「あなたには、奥さまがおありですか？」

「うむ。おるが、それが、どうかしたかね？」

　官吏がけげんな表情をした。

「さぞ、お美しいかたでございましょう。これなど、奥さまにお似合いになるかもしれませ
ん」

　志保は、そういいながら、探検服のポケットから真珠の首飾りを取り出した。

「それは！」

　石峰君が、思わず声を出した。それは、マデイラ島のピコ・ルイボ山で、アメリカ人探検家のヘンダースン夫妻を助けた礼として、マーガレット夫人が、志保にくれた高級な首飾りだった。

「これを、自分に？」

　官吏が、ちょっと、ためらうようにいった。

「いえ、奥さまに」

　志保がいった。

「ふむ。……まあ、よろしい。上陸を許可しましょう。しかし、あまり派手な行動は謹《つつし》んでいただきたい」

官吏は、志保の手から首飾りを受け取ると、素早くポケットにしまっていった。

「よかったですな、中村さん」

脇から船長が、にこにこ顔でいった。

「いいのかね、志保さん」

わが輩が、志保の顔を見た。

「マーガレット夫人も、探検のためなら、お怒りにはならないと思います」

志保が、にっこりと笑った。

「すまんね。ありがとう」

わが輩がいった。実際のところ、厳正たる官吏が、賄賂《わいろ》で動くというのは、まことにもってけしからんことではあるが、そこまで厳密にいえば、わが輩らも規則で入れんところに入るのだから、まあ、しかたない。志保には気の毒なことをしたが、とにかく、こうして、どうにか、わが輩らはケープタウンに上陸が叶《かな》ったのだった。

ちょうど、そのころ、ケープタウンは雨季に入ったところで、どしゃぶりではないが、雨がそぼ降る。その鬱陶《うっとう》しいのには、実に閉口してしまったが、探検家に、そんな文句はいえない。ケープタウンは、さすがに英国の植民地だけあって、町は整然としており、すべての施設に、発展の色彩が現れていた。

自転車で市内を走っておると、町田《まちだ》という日本人の雑貨店主に声をかけられた。十年ほど前から、ここで雑貨店を開いているという。町田君は、わが輩らを無銭探検家と知ると、大よろこびで、自宅に招きケープタウン滞在中、宿を提供してくれたのは感謝に堪《た》えなかった。

当時、ここには在留日本人は二十人ほどで、その中には三人の婦人が混じっていた。もちろん、醜業婦だ。世界中、どこにいっても日本婦人が、ある種の発展をやっているのには、驚かざるを得ない。わが輩、この種の婦人には、もともと、非常な嫌悪感を持っておった。だが、志保を知り、一緒に行動を共にするようになってから、いささか考えが変わった。

志保に、何度も危険なところを助けられたからいうのではないが、こういう故国を離れた遠い地で、やりたくはないであろう職業についているのは、それなりの理由があるからにちがいない。むしろ、同情するに値する婦人らだと思うようになった。

ケープタウンに着いた翌日、彼《か》の傑物セシルローズの邸宅を見にいった。この付近には、その葉が真っ白にぴかぴか光る銀葉樹という南阿植民地でも珍しい樹木があり、目を見張ったものだ。そのまま自転車三台を連ねて、ケープ植民地官庁に出頭して、トランスバール国旅行免状下付の願いを差し出した。ぜひとも、キンバレーのダイヤモンド産地と、ジョハネスブルグの金鉱を見るためだった。

ところが、ここの長官に会うと、ケープタウン上陸の時と同じで、アジア人に許可はできないという。さて、困ったというところだが、今度はわが輩も困らなかった。おもむろに、自転車にくくりつけてある古鞄《ふるかばん》を開けると、中から、日本より持ってきた絵葉書を取り出した。それも美人芸者や舞妓《まいこ》の絵葉書ばかり十数枚。

「旅行免状はともかくとして、これを長官に贈呈したい」

わが輩が、申し出ると、長官はいかにも興味深げに絵葉書を見ておったが、コホンと咳払いをひとつし、秘書官に旅行免状を書かせ、「特別待遇ですぞ」と念を押して渡してくれた。

いやはや、男というのは、美人に弱いものだ。

なんにしろ、絵葉書十数枚で、トランスバール国旅行免状が手に入ったので、わが輩らは大手を振って旅行を開始した。まず、最初の目的地はキンバレーで、もちろん、自転車の旅だ。列車では、その車室を白人用と有色人用に区別しているという。とんでもない話だ。とても、そんなものには乗ることはできん。多少の危険があろうとも、自転車にかぎる。

わが輩らは、右手に山頂の平《たいら》になった有名なテーブルマウンテンを見ながらキンバレーに向かった。キンバレーは、もう少し、大きな都会かと思っていたが、人口五万ほどの、小さな町だった。ダイヤモンドの採掘だけで成り立っている町だ。

四つの採掘会社がある中で、一番大きなテヘヤース会社の採掘場を見学させてもらった。ここの鉱山は、いわゆる竪坑《たてこう》というやつで、ふつうの鉱石の鉱山作業場と、少しも変わったところがなかったのには、いささかがっかりした。ここで掘り出したダイヤモンドの原石は、ほとんどは、この地では磨かず、そのままオランダに送って磨きにかけるのだという。

宝探しの好きな石峰君は、原石の入っている鉱石を砕いている黒人女工と、しきりになにかしゃべりながら、その作業工程を見ておった。わが輩、できることなら、原石でもかまわんから、志保にひとつ買ってやりたかったが、悲しいかな、そんな金《かね》はどこにもない。残念な思いで、鉱山を後にした。

次の見学地はジョハネスブルグの金鉱だ。キンバレーからジョハネスブルグに、自転車でいくのは、きわめて困難だった。だが、白人に差別されて汽車には乗りたくない。日本人としての意地がある。石峰君も志保も同意見だ。で、文明と接触しないで暮らしている現地人たちや、獅子《しし》をはじめとして危険な肉食猛獣がいるという森林地帯を通り抜け、ジョハネスブルグに向かうことになった。

一日目は、なにごともなく背の低い草原地帯で夜を明かした。もっとも、わが輩と石峰君が交代で、見張り番をしたのは、いうまでもない。事件の起こったのは二日目の夜だった。

進行方向前面に、大森林が出現し、どうしても道を迂回《うかい》できない。そこで、しかたなくゴムの木や柳に似た木、あとは名も知らぬ大樹が鬱蒼《うっそう》と林立している森林に入っていった。下草はさほど深くなく、どうにか自転車で進むことができたが、多分、森林の半ばと思われるあたりで日が暮れてしまった。しかたがないので、そこで露営をすることになり天幕を張った。

例によって雨季のことであるから、その日は晴れてはいたものの湿気が多く、服がぺたぺたと汗でからだに張りつき、気分の悪いことおびただしい。木々の梢《こずえ》の隙間から空を見ると、鬼の牙《きば》のような三日月が、鋭く冴《さ》え、星が光っている。真っ暗な大森林を照らす月の光は凄《せい》絶《ぜつ》な感を与える。木の葉が揺れるごとに、葉露に映る月の光が、鋭い刃でも振り回すように見える。

石峰君と志保を先に寝かせ、わが輩はまず、見張り番をしておった。天幕のそばに火を焚《た》いて、一応は猛獣の襲撃に備えてはいるものの、その気味の悪さはひと通りではない。遠くで夜行性の獣が怪鳴するほかは、なんの音もない。さっと夜風が、草木をそよがすと、冷たい夜露が、ぽたりぽたりと襟に落ちる。びくっとして、あたりを見回すが、ただ暗中に、木の葉や草がガサガサと揺れているばかりだ。

（なんだ、風の音か！）

わが輩は、その時、一本のゴムの木に寄りかかっていたのだが、自分の臆病さに苦笑した。と、その刹那《せつな》だった。頭上で、なにやら、しゅるしゅると異様な音がした。わが輩、瞬間的に上を見た。かがり火の明かりでは、なにも見えない。そこで、探見電灯の明かりをつけた。と、見えないはずだ。名前などわからんが、長さが十五尺、直径が二寸もあるような、真っ黒な大蛇が、鎌首《かまくび》を振り立てて、いまにも飛びつきそうなありさまだ。

「ひゃあ！」

びっくりして、立ちあがったが、遅かった。悲鳴をあげたとたん、真っ黒な肉の棒が、木の枝から、わが輩、目がけて飛びかかり、飛びつきざま、わが輩のからだに巻《まき》ついた。探見電灯が地面に落ちる。その締めつけの強烈なこと、わが輩、ともかく首を巻かれるのを避けようと首と大蛇の冷たい胴のあいだに左腕をねじ込んだが、大蛇の締めつける力は恐ろしく強い。わが輩、腰の革帯に短剣をつけてあったが、とても、それを抜く余裕がない。

「石峰君、石峰君!!　助けてくれ!!」

わが輩、必死で叫んだ。

「どうしました!?」

ずいぶん長い時間が経《た》ったような気がしたが、石峰君が跳ねるように、天幕から飛び出してきた。その背後には志保もいる。

「大蛇だ、大蛇だ!!」

わが輩、鎌首をわが輩の顔のほうに向け、牙をむき出している大蛇の首の下のほうを右手で摑《つか》みながら怒鳴った。

「えっ、いま、いきます!」

石峰君は、ポケットから短銃を取り出すと、わが輩、目がけて駆け出してきた。そして、わが輩の全身に巻ついている大蛇を見て、叫んだ。

「やっ、これは、すごいやつだ。待ってください。こやつの頭をぶち抜いてやります」

「頼む!!　やってくれ!!」

わが輩、かすれる声でいった。短銃の弾丸の発射角度が、ちょっと狂えば、わが輩に当たる危険もなかったではないが、そんな悠長なことをいっておる余裕はなかった。わが輩、肋《ろっ》骨《こつ》をぎりぎりと締めあげられ、いまにも折れんばかりの状態だったのだ。石峰君は短銃を、大蛇の頭に向かって発射した。

至近距離からの発射だったので、轟音《ごうおん》と共に、大蛇の頭が細かい肉片になって吹っ飛んだ。肉片だか血潮だかわからん、ねばねばしたものが顔に降りかかる。とにかく、蛇の頭は吹き飛んだ。

だが、残った胴体は、それでも、わが輩のからだから離れようとしないばかりか、締めつける力は、ますます強まるようだ。石峰君は、両手を伸ばして、必死で大蛇をはがそうとするが、なかなか離れたものではない。

「短剣で、腹を割いたほうがいいかもしれません」

志保がいった。

「うん。そうしよう」

石峰君は答えて、短剣を取り出すと、頭の無くなった大蛇の喉のあたりに、ずぶりと突き刺すと、そのまま、腹のほうに向かって割きはじめた。と、さすがに、これには大蛇もまいったらしく、締めつけていた力が弱まった。ここだと思ったから、わが輩も短剣を抜いて、大蛇のあちらこちらに突き刺した。それでも、頭無し大蛇が、わが輩のからだから離れ、どさっと地面に落ちるまでには一分はかかっただろう。

「いや、助かった。毒蛇ではないようだが、あの力で締めつけられたら、もう、だめかと思ったよ。五分締めつけられていたら、たしかに死んだね。まさしく、石峰君は命の恩人だ」

わが輩は、探検服や大蛇の死骸から発する、いかにも生臭い血の臭いをかぎながら、顔に飛び散った肉片を手で拭《ぬぐ》い、石峰君にいった。

「お怪我《けが》はありませんか？」

志保が、草の上に転がっている探見電灯を拾い、わが輩のほうに向けていった。傷はないが、胸のあたりが少し痛む。なにしろ、すごい力だった。

「アフリカには、こんな大蛇はいないと思っていたのですがねえ」

石峰君がいった。

「うむ。わが輩も、大蛇は南米のやつが猛烈だと聞いておったが……」

わが輩のことばが終わらないうちに、また、背後で物音がした。今度は大蛇ではない。人間の足音のようだ。それも、ひとりやふたりの足音ではない。少なくとも十人はいる。わが輩、キンバレーを出立する時、このあたりには人を喰《く》う習慣のある未開族がいると聞いていたので、さては、その連中が、短銃の音を聞いてやってきたのだと思った。そして、そうだとしたら、悔しいが、わが輩らの命もここまでだと思った。一難去ってまた一難とはこのことだ。

石峰君の探見電灯の中に、腰蓑《こしみの》ひとつで、手に長い槍《やり》を持った連中の、真っ黒な恐ろしい顔が、いくつも浮かびあがった。

(やはり、そうだった!)

わが輩、天を仰《あお》いだ。石峰君と志保も、化石したように、身じろぎもしない。

「中村春吉も、ここが死に場所か。しかし、食われて死ぬのは残念だ」

わが輩、つぶやくようにいった。

「短銃があります」

石峰君が、こわばった声でいった。

「何人かは倒せても、結局は捕虜になるだろう」

わが輩がいった。

「でも……」

志保がいった。

「なんだね?」

わが輩が質問する。

「あの人たち、大蛇を見て、盛んにしゃべっています。笑っている人もいますよ」

志保が答えた。

「なに?」

わが輩、志保のことばに、探見電灯で現地人たちを見直した。なるほど、槍は持っているが、わが輩らには向けていない。たしかに、大蛇の死骸を見つめて、わいわいやっており、白い歯を見せて笑っておるのもいる。と、その中のひとりが、二、三歩、わが輩らのほうに進み出た。そして、足元に死んでいる大蛇を、自分のほうにくれるかという手真似をした。

「欲しければ、やる。わが輩らは、そんなものはいらん」

わが輩も、身振り手振りでいった。すると、男はうれしそうにうなずき、数人の仲間を呼んで、その黒大蛇を抱えて、奇声をあげながら、森の奥に消えていった。

「人食い連中ではなかったのかな？」

あっけに取られた、わが輩がいった。

「なんとも、わかりませんね」

石峰君が首をひねる。

「ひょっとしたら、いままで、あの人たちも、あの大蛇に苦しめられていたのかもしれませんわ。それを退治したので、よろこんで持っていったのかもしれません」

志保がいった。

「なるほど、ありうる話だ。それにしても、あの大蛇、喰《く》うのかしらん」

「とにかく、とりあえずは、命が助かったようですね」

石峰君がいった。

「うむ。これで、朝までなにごともなければ、だいじょうぶだろう」

わが輩がうなずいた。もちろん、それから三人は、もう一睡もできなかった。けれど、志保のことばが当たっていたのだろう。結局、朝になっても、連中はふたたび姿を現さなかった。そこで、わが輩らは自転車が走れる明るさになると、ばたばたと天幕を畳んで、ジョハネスブルグに向かって、大森林を走り抜けた。

時間が経つに連れて、わが輩の大蛇に締めつけられたからだは痛みが増してきたが、そんなものは気力で振り払い、大森林を突き抜けた。

わが輩らが、ジョハネスブルグに到着したのは、それから三日目のことだった。

2

ジョハネスブルグにつくと、とりあえず、小さな旅館に入った。さすがに、この自転車の旅は厳しかったし、とにかく、大蛇に締めつけられたからだが痛い。生臭くなった服も洗わねばならん。それにしても、ここで、わずかしかない金を使うのは苦しいと思っていたところ、思わぬところから、思わぬものが出てきた。

それは、なにあろう、ダイヤモンドの原石だった。石峰君が、おもむろにポケットから取り出したのだ。大きくはないが、磨けば二カラットぐらいにはなるだろう原石がふたつだ。

「どうしたんだ、それ？　買ったのか？」

わが輩が、首をひねりながら石峰君に質問した。買ったとしたら、どこから、そんな金が出てきたのかふしぎだったからだ。

「いえ、もらったのです」

石峰君が答える。

「もらった？　だれに？」

「キンバレーの採掘会社の女工ですよ」

「女工？　そういえば、わが輩らが見学しておる時、きみはなにやら、女工と親しげに話しておったな」

「はい。どこからきたのだというので日本人だと答えたら、以前、日本人に親切にされたことがある。母親が病気で苦しんでいたのを、仕事で現地にきた日本人の医者が注射をしてくれ、元気になったのだそうです。で、これをくれると」

石峰君が説明した。

「ふーむ。ごそごそ、やっていたのは、そんなことだったのか。しかし、いくら小さい原石といっても、買ったら、ばかにならん値段だろう。その女工は金を出して、自分で買ったのだろうか？」

わが輩がいった。

「いや、ぼくにも、よくはわかりませんが、そうではないようです」

石峰君がいう。

「それじゃあ、きみ、泥棒だぞ」

「でも、いまから返しにいくわけにもいかんでしょう」

「まあ、そうだな。天の恵みと思ってもらっておきたまえ」

わが輩、片目をつぶっていった。

「いや、中村さん。このひとつを、ここの宿代に当てましょう。原石でも、たぶん文句はいわないでしょう。それから、残りのひとつは……」

そこで石峰君は、ちょっと、ことばを切り、ゆっくりと、つけ加えた。

「志保さんに、あげていいでしょうか？」

「まあ、わたし……」

志保が、おどろいたような表情をする。

「おう、いいとも。税関で真珠の首飾りを取られてしまったのだ。その代わりといってはなんだが、きみがいいのなら、あげたまえ」

わが輩がいった。

「いいえ、わたし、ダイヤモンドなんて……」

志保が、ほんのりと顔を赤くしていった。

「志保さん、もらっておきなさい。わが輩も、なにかあげたいのだが、なんにも持っておらん。あげられるのは、わが輩の愛情だけだが、そんなものは欲しくはあるまい。そっちは石峰君にまかせよう。はっははははは」

わが輩が冗談をいう。石峰君は聞こえんふりをし、志保もわが輩のことばには答えなかった。

「はい。では、ちょうだいします。また、なにかの時に、使えるかもしれません」

志保が、ダイヤモンドの原石を受け取った。

「いや、志保さん。それは石峰君からの贈り物だから、大事に持っておらんければいかんよ」

わが輩がいった。

「はい。石峰さん、ありがとうございます」

志保が石峰君に頭を下げた。

「いや、もらいもので、すまないのだけれど」

石峰君が、照れたように頭をかいた。

その日、一日は安宿でからだを休め、翌日、フェレラスト金採掘会社の工場を見学させてもらうことになった。ジョハネスブルグの金鉱は、砂金坑と聞いていたが、なるほど、その通りだった。なかなか、質のいいものが大量に採れるということだ。

さらに、ここには、大炭鉱もあるというので、たくさんの人が働いておる。白人、現地人、インド人などだ。日本人も出稼ぎにくるには、いい場所だと思ったが、赤髯《あかひげ》どもは黄色人種を嫌うので、領事らが盛んに運動をしているけれども、なかなか実現はできそうにないということだ。

ここの採掘現場で、わが輩、石峰君流をやって見た。採掘した金の選定をしている、ひとりの女工に話しかけてみたのだ。すると、その女工は、日本人を見るのは初めてだと、非常にわが輩に興味を持ったようすだった。しめたと思った、わが輩、そこでこういった。

「どうかね。日本人を見た記念に、金の一粒もくれる気にはならんかね？」

すると、その女工は、けらけらと笑って、おまえさんにあげるくらいなら、自分が隠して持って逃げると、おどける。

「なるほど」

わが輩、たしかに、その通りだとうなずくと、その女工は、テーブルの下から、拳《こぶし》の半分ほどもある石のようなものを、ふたつ取り出して、これならやるという。

「なんだね、この石は？」

わが輩が質問した。

「磁石だよ」

女工が答えた。

「妙な形の磁石だな」

わが輩が、その石を手に取って、ながめていると、そこに石峰君がやってきた。

「きみのダイヤモンドにならって、金をくれんかといったら、だめだと断られた。その代わり、これをくれるというんだがね。磁石だそうだ。しかし、こんなものをもらっても、しょうがないなあ」

わが輩が、笑いながらいった。

「いや、中村さん。これは、珍しいものですよ。もちろん、金やダイヤモンドにはかないませんが、学術上では、もっと貴重なものといっていいかもしれません」

その磁石だという石のひとつを手に取って、横から見たり、下から見たりしていた石峰君が、もったいぶった、いいかたをした。

「これがかい？」

わが輩、首をひねる。

「ええ。これは、隕鉄《いんてつ》ですよ」

そういいながら、石峰君はポケットからニッケルの硬貨を一枚出して、石に近づけた。勢いよく硬貨が石に吸いついた。かなり強い磁力を持っておるようだ。

「隕鉄？　すなわち、隕石の一種だね」

「そうです。日本にいたころ、上野の帝室博物館で見たことがありますが、これより、ずっと小さかった。これは貴重品ですよ」

「そうか。では、もらっていこう。たいした荷物にもなるまい」

わが輩がうなずいた。

「ほんとうに、もらっていいのかね？」

「いいとも。このへんでは、こんなのは、よく出てくる。ケープ天文台からも、もらいにきたことがあったっけ」

女工がいった。ケープ天文台は、ケープタウンにある立派な天文台だ。そんなところからもらいにくるというのなら、石峰君のことば通り、かなり価値のあるものなのだろう。

「そうか、ありがとう」

わが輩は、そういうと、その隕鉄を探検服のポケットにしまった。

さて、ジョハネスブルグの金鉱を見終わったわが輩らは、安宿に戻ると、地図を広げて、次にどちらの方面に向かうか検討した。どちらにしても北アフリカに出て、ふたたび欧州の地を踏むつもりではいたのだが、アフリカは広いから、道順はいくらでもある。石峰君が、カラハリ砂漠はどうかといったが、これは、さすがのわが輩も願い下げにした。あのペルシャの悪魔の砂漠のことを思い出すと、とても砂漠を歩く気にはなれない。

「では、キリマンジャロ山は、どうです？」

石峰君がいった。

「うむ。アフリカ一といわれておる山だね。おもしろそうだ。登らんまでもいってみる価値はありそうだ。どうだね、志保さん」

「はい。わたしは、どちらへでも」

いつも通りの志保の返事が返ってきた。志保は、わが輩がいくというと、必ず首を縦に振る。逆らったことがない。

「では、キリマンジャロだな」

わが輩がいい、宿の親父《おやじ》を呼んだ。

「わが輩らが、世界探検家であることは、投宿の時に話したが、これから、北上してキリマンジャロ山を見たいと思っておるのだが、果たして、自転車で旅ができるだろうか？」

「それは、およしなさい。比較的、東海岸は開けているといっても、アフリカは危険です。猛獣は、どこにでもいるし、人を喰う人種もいます。ましてや、あなたがたは女連れ。自転車の旅は、およしなさい」

英国人の親父は、真剣な表情でいう。

「では、どうしたらいいだろう」

「ここからローレンゾ・マーキスに出て、船で独領アフリカのザンジバルにいき、そこから自転車がいいでしょう」

「あまり、船には乗りたくないが、鉄道もないし、しかたないか」

わが輩は、床に広げられた地図と、親父の顔を見比べていった。たしかに、一度、大蛇でおそろしい目にはあったとはいえ、猛獣や、人食いを恐れるわが輩ではないが、未開のアフリカを自転車で進んでいくのは、あまりにも時間がかかりすぎる。

「よし、では、船でザンジバルに出ることにしよう」

そうと決まると話は早い。その夜は、ぐっすり眠って、翌日の早朝から、わが輩らはローレンゾ・マーキスに向かって自転車のペタルを踏んだ。途中、ちょっとした現地人とのいざこざに関するエピソードもあったが、四日後、わが輩らはローレンゾ・マーキスに到着した。

この港は、もう英国の南阿植民地ではなく、ポルトガル領だったが、すでにポルトガル本国を通過して、通行証も持っているわが輩らには、なんの問題もなかった。

ここで運がよかったのは、ポートサイドいきの船に、すぐ乗れたことだ。このあたりは、船の便が極めて悪く、半月に一回の便船しかないのだが、わが輩らがローレンゾ・マーキスに到着した、その翌日、ダーバンからポートサイドに向かうドイツ郵船〔クラウンプリンス・オブ・ダッチ号〕が寄港したのだ。この船は、次にモザンビク、さらにザンジバルに寄港し、ポートサイドに向かう。

ただ、残念ながら船長は、わが輩が無銭探検家であることを説明しても、無賃乗船を認めてくれなかった。しかし、これに乗らなければ、あと半月、待たねばならない。それも、無賃乗船を許可してくれるかどうかは、まったく、見当がつかないのだ。ここで、貴重な金を使うのは辛かったが、やむを得ず、金を払って乗船した。

船の中では、特別、おもしろい話はなかったが、ひとつだけ、インド人を懲《こ》らしめてやった。というのは、船に乗った、その夜、甲板で涼んでおると、ひとりのインド人がやってきて、いま、下等船室の一室で賭博《とばく》をやっているから、あなたもやりませんかと誘うのだ。

「わが輩は、賭博は嫌いだ」

わが輩がいうと、そのインド人は、わが輩の腕を摑んで放さない。

「そんなことをいわないで、儲《もう》かりますよ。ぜひ、いらっしゃい、紳士」

「うるさい！　手を放せ!!」

「おやおや、恐い顔をなさる。怒らなくてもいいじゃありませんか。わたしは、あなたの得のためにいっているのです」

インド人はしつこくいう。わが輩、頭にかっと血が昇った。

「だまれ、馬鹿者‼」

いうなり、わが輩、ふしくれ立った石より固い鉄拳をぎゅっと握りしめ、「えい！」と気合をかけると、インド人の右頬を殴りつけた。インド人は、わっといって手を放したが、やにわに背後から、抱きついてきた。そんなことで、おどろく中村春吉ではない。そんなこともあるだろうと覚悟していたから、からだをひと振りすると、インド人は、よろよろとよろめいた。それを見計らって、足で横腹を蹴飛ばすと、インド人は、ずってんどうと甲板に倒れ込んだ。

わが輩、まだ、かかってくるなら、海にでも放り込んでやろうと思ったが、インド人は泣きべそをかきながら、船尾のほうに逃げ去っていった。

航海は平穏だった。ちゃんと金を払っての乗船だから、小さくなっていることもない。ところが三日目に事件が起こった。船はポルトガル領のモザンビク港に入港したのだが、ここでスクリューに故障が発生し、直るまでに五日ほどかかるというのだ。

そののんびりさかげんにもあきれたが、五日もモザンビクで遊んでいたくはない。モザンビクからザンジバルまでは、まだ、かなりの距離があったが、ここで、わが輩、石峰君らに提案した。

「わが輩は、ここから自転車でいくことにしようと思う。きみたちは、船でザンジバルにきてくれ。向こうで落ち合おうではないか」

「中村さん、ここまできて、それはないでしょう。ぼくも自転車でいきます」

石峰君が口をとがらせた
「わたしも」

志保も、予想通りのことをいう。

「わかった、わかった。提案したわが輩が馬鹿だった。では、三人でいこう」

わが輩がいった。

「そうですとも。そうでなくちゃ」

石峰君と志保が、当然だという表情でうなずいた。

乗船賃の残り分を払い戻してもらったわが輩らは、北に向かって走り出した。が、二日目、進路を変更した。だれいうとなくマラウイ湖という、大きなきれいな湖があるから見ていこうということになり、ハンドルを西に向けた。

そのあたりは、密林地帯で、前に黒大蛇に襲われた森林に似ていた。ところどころに、現地人の集落などが見えたが、出かける前の調査によれば、人食い族はいないということなので、わが輩らも安心して進んだ。

恐いのは猛獣だが、これらも、気をつけていれば、まず、猛獣のほうから人間を襲ってくることはないという。インド山中では狼《おおかみ》に襲われたが、あれは獲物不足なのであって、このアフリカの密林では、獲物が多いから人間は、めったに襲われないというのだ。

進路を変更して三日目の夜だった。わが輩らは、地図にも載っていないような、小さな沼のほとりで野営することになった。昼間調べたのだが、その沼にはワニや河馬《かば》はいないことが、わかっていたからだ。沼のまわりの砂が黒いので調べて見ると、砂鉄を大量に含んだ砂だった。

天幕の準備を始めたのは、午後四時ごろだった。石峰君と志保が天幕を張ってくれているあいだ、わが輩は近くの森の中に、夕食の足しにするべく、種々の果物を取りにいった。と、そこで、やはり、果物を取りにきた現地人の女たち数人に出会った。みんな柔和《にゅうわ》な顔をした、優しい連中で、慣れないわが輩が、見知らぬ果物を取ろうと、木に登ろうとすると、それを押さえて、自分たちの取った果物を籠《かご》から出して、分けてくれるのだ。

わが輩、ポケットに少しだけ入れておいたビスケットを女たちにやると、それは、うまそうに食べる。やがて、身振り手振りで、話が始まった。わが輩は、日本人で世界中を自転車で無銭旅行していると説明したが、それが女たちに理解できたかどうかは、わからない。

「ひとりで旅をしているのか？」

女のひとりが質問した。

「いや、三人だ。あとのふたりは、この先の沼のそばに天幕を張っている」

わが輩が説明した。すると、女たちが顔を見合わせた。そして、眉根にしわを寄せた。

「なにか、いかんことでもあるのかね？」

わが輩がいった。

「そう。あの砂鉄の沼は、いけない。あの沼には悪い神、悪い霊が住んでいる。われわれは、もう五十年も、あの沼には近づかない。近づくと、きっと悪いことが起きる。泊まる場所を変えたほうがいい。なんなら、酋長《しゅうちょう》に頼んで、われわれの村に泊まれるようにしてやろう」

カリウト族という種族の、その女は真剣に、わが輩にいった。

「それは、大変にうれしいが、なあに、探検家は、かえって、そんな話があるところのほうがおもしろいのだ」

わが輩がいった。現地人の村に泊めてもらうのは、それはそれで、大いなる魅力だったが、いまから準備しなおして、せっかく張った天幕を畳むのもめんどうだと、わが輩、勝手に判断をしたのだ。

「で、その悪い神とか悪い霊というのは、どんなやつだね」

「それは、わからない。夜にだけ動き回って獣を襲う、恐ろしい沼の霊だ。五十年前に、その霊の正体を探ろうとした、われわれの親や祖父たちは、ひとりも村に帰ってはこなかった」

女が説明した。

「いくら、おまえさんが強くても、あの霊のすみかに近づくのはよくない」

別の女がいった。さすがに、大地の精霊や森の精霊をあがめる現地人のことばらしい。

「ふむ。なるほど、あんたたちのいうことは、よくわかる。けれど、わが輩は探検家だ。世界の神々と会うのも目的のひとつなのだ。だから、今晩はあすこに泊まることにするよ」

すると、女たちは、口々になにかいい合い、首を横に振っていたが、わが輩の決意が固いとわかると、しかたなさそうに、心配そうな表情をしながらも、村に戻っていった。そして、親切にも、今夜、ぶじに生きていられたら、明日、自分たちの村に遊びにこいといってくれた。

「ありがとう。そうさせてもらおう」

わが輩は、女たちからもらった、手に持ちきれないほどの果物を両手に抱えると、天幕に戻ったのだった。

そして、それが起こった――。

3

露営地に戻ると、石峰君と志保のおかげで、もう天幕はきれいに張られていた。天幕のそばで志保が、小さなやかんで湯を沸かしておる。

「やあ、ずいぶん、取れましたね」

わが輩が近づいていくと、石峰君が手に抱えている果物を見ていった。

「現地人の親切な女たちが、くれたのだよ。村で泊まらないかといってくれたのだが、今晩はここで寝るといった。それほど、遠くないようだから、明日の朝にでも訪ねてみようか」

わが輩、果物を、石峰君が広げた大きな木の葉の上に並べた。

「魚でもいないかと思って、のぞいているのですが、なにもいませんね」

石峰君が沼のほうに目をやっていう。

「それが、この沼には、大変なものがおると、女たちはいっておった」

「ほう。なにがいるのです。ワニもいないようですが」

石峰君が、ふしぎそうな表情をした。

「笑ってはいかんよ。ここには、悪い神だか、悪霊だかが住んでおって、夜になると動きだすのだそうだ。現地人たちは、もう五十年も、この沼に近づかんそうだよ」

わが輩が説明した。

「なるほど。悪霊ですか。悪霊は、どこにでもいますすねえ。もう、あちらこちらで、ずいぶん出会ってきた」

石峰君がおどけた調子でいった。

「でも、このへんの村の人がいうのなら、なにかがあるのでしょう、気をつけなければ」

食事の準備をしている志保が、わが輩らのほうに顔をあげていった。

「うん。注意をしよう。志保さんのいう通りだ」

わが輩、うなずき、実際、志保のことばに心を引き締めた。事故や事件は、安心している時に起こるものなのだ。しかし、ほんとうのところ、その沼の近辺は、平穏そのものだった。

岸の向こう側は、低い高原になっており、その上には青々した草が生えている。それを覆うように美しい木が生え、花の咲いているものもある。花は波ひとつない水面に倒影して、実に風光明媚《ふうこうめいび》だ。榕樹《ようじゅ》、芭蕉《ばしょう》、棕櫚《しゅろ》、その他、名のわからぬ木々の緑と、各種の花々が彩りよく、見ているだけで気持ちがよかった。そもそも、その景色が気持ちよくて、ここに野営する気になったのだ。

「やあ、いいねえ。こんな美しい場所で、美人の顔を見ながら飯が食えるのは」

わが輩、志保が用意してくれたビスケットと、牛肉の缶詰、それにコーヒーの夕食を取りながらいった。

「いやですわ、中村さん。からかってはいけません」

志保がいった。

「いや、からかってなどおらんよ。なあ、石峰君。志保さんは美人だな」

「は、はあ。はい」

石峰君が、わが輩の冗談に困ったような声で、ことばを詰まらせた。わが輩、石峰君と志保が憎からず思いあっておることを、とうに察知しておるから、わざといったのだ。

「どうだ、石峰君。わが輩、しばらく、天幕の中に入っておるから、志保さんに求婚しては。申し込むには最高の風景だぞ」

「中村さん！」

石峰君が、やや本気で怒ったような声を出した。志保は、うつむいてなにもいわない。

「怒らんでもいいではないか。こんな美人と一緒に旅をしていて、うかうかしておると、脇からさっと横取りされてしまうぞ。ひとつ、わが輩が横取りしてやろうか。あっははは」

「中村さん、いじめないでくださいよ」

石峰君が、ぽりぽりと頭をかいた。

事件が発生したのは、夜八時ごろのことだった。その時、わが輩らは、天幕から一間《いっけん》ほど離れた場所に焚き火を燃やし、天幕の四隅には、缶詰の中に油に浸した高野豆腐を詰め込んだものに火をつけて、猛獣の襲撃を警戒していた。

この高野豆腐は、インド山中で狼に襲われた時、命を救ってくれるほどの効果を現したので、ロンドンの日本品店でふたたび購入し、こんな時のために作っておいたものなのだ。そろそろ、石峰君が見張り番に立ち、わが輩と志保は横になろうかと思っておった時だった。外の沼のほうから、ぱしゃぱしゃと小さな水音が聞こえた。

「なんでしょう？」

最初に音に気がついたのは、志保だった。

「まさか、ワニではあるまいな。それとも、例の悪霊が出てきたか」

わが輩、そんな冗談をいいながら、しばらく耳を澄ましていたが、十秒ほどすると、今度は、前より大きい水音がした。なにかわからんが、なにかある。

「いってみよう、石峰君」

わが輩は、短銃をポケットに突っ込み、探見電灯を手に取ると、天幕の外に出た。石峰君と志保が続く。天幕から、沼の水際までは五、六間ほどあった。わが輩らは、それぞれに探見電灯を沼のほうに向けて、岸辺に立った。

探見電灯を沼に向けてみると、たしかに水面に波が立っておる。

「なにか、いるのでしょうかね？」

石峰君がいった。

「うむ。昼間は、なにもいないように見えたがなあ。魚が跳ねたのではないかな」

わが輩が、そういった、その時だった。岸辺から五間ほど離れた水面に、なにやら、ごつごつした赤い、大きな砲弾型のものが出現した。それもひとつではなく一間くらいのあいだをあけてふたつだった。そいつは、いずれも水面から、まっすぐに天に向かって垂直に立っている。太さは二尺ぐらいはありそうだ。

「なんだ、あれは!?」

わが輩が叫んだ。

「なんだか、巨大な蟹《かに》の爪のようですが」

石峰君がいった。

「そうだ。なにか見たことがあると思ったが、蟹の爪だ。だが、むちゃくちゃに大きい!」

わが輩が怒鳴った。石峰君と、そんな会話を交わしているうちに、その巨大な蟹の爪は、さらに水面の外に姿を現し、続いて、胴体のほうが出てきた。黒い飛び出した目は、直径五寸もある。そいつは、まさしく蟹にちがいなかった。ただ、大きさが尋常ではない。まだ、離れておって、はっきりはせんかったが、甲羅《こうら》の大きさは直径二間はあった。厚みも一間近くあるだろう。

いわゆる、沢蟹とか弁慶蟹《べんけいがに》といった感じの蟹ではなく、獅子蟹《ししがに》というのに似ている。しかし、背中の模様は、鬼の面のようで、平家蟹そっくりだ。大きさは別にしても、とにかく、そんな蟹を見るのは、わが輩、初めてのことだった。色も真っ赤だ。

わが輩らは、その化け蟹の出現に、しばらくぼんやりとしていたが、その蟹のからだから、ざざざっーと水が水面に流れ落ちる音に、現実に引き戻された。

「とんでもないものが出た!!　逃げよう!!」

わが輩がいった。そのことばがわかったのでもあるまいが、化け蟹は、沼の水面を、ずんずんと、わが輩らのほうに向かって移動してきた。どう見ても、わが輩らを狙っているとしか思えない。

「現地人が、悪い神といったのは、こいつのことだったんですね」

石峰君がいった。

「だろうな。悪い神というより、こいつは、悪い蟹だ」

わが輩、つまらぬ冗談をいったが、実際、そんなことをいっている場合ではないのだ。

「とにかく逃げよう。森の中がいい！」

わが輩らは、十間ほど離れている森に向かって走り出した。昼間なら、とにかく自転車に飛び乗るところだが、夜の月明かりだけでは、自転車で森林を走るのはむりだ。化け蟹は、ばしゃばしゃと音をたてながら、沼の岸辺に向かってくる。

「三人、離れないようにしましょう」

石峰君がいった。

「うん。さっきの現地人たちに、助けを求めるか」

「村の位置は、わかりますか？」

「いや、わからん。それに、五十年も近づかんかったものが、助けを求めても、こっちにくるわけはないな。なにしろ、森だ、森だ。あの中に逃げ込めば、あの大きさでは追いかけてはこれんだろう」

走りながら、わが輩、そういって背後を振り返った。月の光は雲に隠れて、真っ暗で、なにも見えない。探見電灯を沼のほうに向ける。と、化け蟹は、もう沼から這《は》い上がり岸辺を横歩きし、わが輩らに近づいていた。思っていたより、よほど早い動きだ。巨大なはさみを開いたり閉じたりしている。久々の獲物を見つけたと、喜んでいるにちがいない。

「急げ、石峰君！　化け蟹の足は早いぞ!!」

わが輩がいって、先を走っている石峰君たちに声をかけた時だった。

「うわっ!!」

わが輩は、倒木に左足をつっかけ、前のめりに倒れこんだ。

「どうしました!!」

石峰君が怒鳴る。

「つまずいた。だいじょうぶだ」

わが輩が答えた。が、だいじょうぶではなかった。立ち上がり、ふたたび走り出そうとしたところ、左足が倒木の裂け目に、ぴったりと挟みこまれてしまって抜けないのだ。

「あっ、いかん!!」

わが輩が叫んだ。その声に、ふたりが、わが輩のところに駆け戻ってきた。

「だいじょうぶですか?」

志保が、わが輩の顔を照らし、それから足を照らした。太さが一尺もある倒木で、雷にでも打たれて裂けたのだろうか、真ん中から二股に割れているのだが、そこに、左足ががっしりとはまりこんでいて抜けないのだ。

「足が抜けん!」

わが輩がいった。

「引っ張ってみましょう」

石峰君が、探見電灯を志保に渡し、わが輩の足首を両手で摑んで引っ張った。が、靴《くつ》が割れ目にぴたりとはさまり動かない。

背後で、かちかち、ぶくぶくと、異様な音がした。志保が探見電灯を向けた。もう、二間と離れていないところに、化け蟹が迫っていた。巨大なはさみを振り立てて、開いたり閉じたりしている。口からは泡を吹いていた。かちかちは、はさみの音で、ぶくぶくは泡の音だったのだ。

「いかん!! わが輩のことはかまわんで、きみたち逃げろ!!」

わが輩が、わめくようにいった。

「そうはいきません。志保さん、これ」

石峰君が、探検服のポケットから短銃を取り出して、志保に渡した。

「どこを狙っていいかわからないが、目を狙って撃ってみてくれ!!」

「はい！」

志保が答え、探見電灯を左手に持ち直し、右手で、闇の中に小山のように浮かび上がる化け蟹に向かって短銃を発射した。わが輩、自分も足を引き抜こうとしながら、化け蟹のほうを見た。志保の撃った弾丸は、目には命中しなかったが、化け蟹の目と目のあいだに当たった。だが、化け蟹はびくともしない。弾丸は、蟹のからだに傷ひとつつけることなく、こーんという音を立てて、撥《は》ね返った。そして、なおも前進を続ける。

「だめだ、石峰君！　逃げてくれ!!」

「いや、中村さん。靴は脱げませんか！」

「時間がない。紐《ひも》をほどいておられん！」

わが輩が答えた。冷静になって考えれば、靴より命のほうが大切なのだから、紐を短剣で切ってもよかったし、靴を破いてもよかったのだ。しかし、あわてておるので、その時は、そんな考えが浮かんでこなかった。

志保が、続けて短銃を発射した。その一発が口のあたりに当たった。化け蟹が、一瞬たじろいだ。が、それは、ほんとうに一瞬にすぎなかった。化け蟹は、もう一間のところに迫っていた。

「ふたりとも、離れろ‼」

わが輩、怒鳴って、短銃を取り出し、からだをねじって、弾丸をたて続けに発射した。効果はない。こんこんという音をたてて、全部、撥ね返ってしまう。よほど、固い甲羅をしているにちがいなかった。

「逃げろ‼」

わが輩が、きつい口調でいうと、やっと石峰君と志保が、少しだけ後じさった。それから、二、三秒後に、化け蟹がわが輩を襲撃した。横歩きしていたからだを、真っ直ぐわが輩のほうに向けると、右の大ばさみを、大きく開いて、わが輩のからだをはさもうとしたのだ。のこぎりの歯のような、するどいぎざぎざのついたはさみで挟まれては、ひとたまりもない。わが輩、動かせぬ左足を軸にして、しゃがみこむようにしながら、化け蟹のはさみをよけた。これが成功だった。蟹のはさみはわが輩のからだを摑みそこねて、足がはさまっている倒木にぶつかった。とても、手では動かせなかった倒木の位置がずれた。その瞬間、わが輩の足が、すぽっと抜けたのだ。

「はずれた‼」

わが輩、歓喜の声をあげた。しかし、それで、すべてが解決したわけではなかった。わが輩を挟むことに失敗した化け蟹は、すぐに第二次攻撃をしかけてきた。その標的が、石峰君だった。わが輩が足がはずれたと叫んだので、石峰君はわが輩の手を取ろうと、手を伸ばしたのだ。その石峰君の伸ばした右手に化け蟹のはさみが近づいた。

もし万一、そのはさみが石峰君の手首をはさんだら、たちまちのうちに、手首は千切れてしまったにちがいない。けれども、幸いなことに、化け蟹のはさみは、石峰君の探検服の袖をはさみつけただけだった。

「うわっ‼」

石峰君が叫んだ。そして、その化け蟹のはさみを振りほどこうとした。しかし、化け蟹のほうも、せっかく摑んだ獲物を、そうかんたんには放さない。そのまま、ぐいとからだのほうに引き寄せようとした。石峰君は足を踏ん張ったが、力がちがう。とても、そんなことでは化け蟹にかなわなかった。

「あわてるなよ、石峰君！」

わが輩は、必死の形相をしている石峰君に声をかけ、石峰君の袖を摑んでいる化け蟹のはさみの付け根に飛びついた。はさみを揺らして、石峰君を振り落とそうとしたのだ。が、作戦は、ぜんぜん失敗だった。わが輩がかじりついても、蟹のはさみは、まったくわが輩の自由になどなりはしない。

「よし」

わが輩が、まだ右手に持っているままの短銃を、はさみと胴体の付け根の関節のところに撃ち込んだ。一発、二発。まるで、効果なし。三発目を撃ち込もうとすると、もう弾丸がなかった。

「くそっ！」

「石峰さん。はさまれている袖を、短剣で切れませんか！」

志保がいった。

「やろうと思ったんだが、短剣を落としてしまった」

石峰君が答える。

「じゃ、わが輩のを使え」

わが輩、腰の革帯から短剣を抜こうとした。けれども、それより早く、化け蟹の左はさみが伸びてきた。いくら大蟹でも、石峰君をそのまま口に運ぶことはできない。そこで、もう一本のはさみで石峰君のからだを千切って食おうというのだ。そんなことをされてはたまらん。わが輩、伸びてきたはさみに、手にしていた短銃をはさんだ。と、うまいぐあいに、引金の部分が、はさみの歯のひとつに引っかかった。

化け蟹は、それが感触よくないのか、盛んにはさみを振って、振り落とそうとする。けれど、短銃ははずれない。蟹の気持ちは、短銃をはさんだはさみのほうに向いている。

「石峰君、なんとかならんか!!」

「それが、こんな時にかぎって、この服の生地がじょうぶで、破れないのです」

石峰君が悲痛な声を出した。石峰君は、足が地上につくかつかないかといったところを引きずられているので、万歳《ばんざい》をするようなかっこうで苦しそうだ。わが輩、腰の短剣を抜いた。そして、石峰君に渡そうとした。が、もう、ほんの少しのところで届かない。もし、投げて、石峰君が受け取りそこなったら、失敗だ。それを見て、志保がいった。

「中村さん。わたしに投げてください。わたしが、石峰さんに……」

「いや、いかん。志保さんは、離れていてくれ。危険だ。それにしても、なにか、方法が……」

わが輩、化け蟹のはさみにまたがったかっこうで、歯を食いしばった。

「なにか、蟹に弱点はないか」

わが輩、自分自身に問うようにうめいた。が、わが輩の足りない頭では、いい智恵が浮かばない。ひっくり返すのは、いい作戦かもしれないが、二間もある化け蟹がひっくり返るわけがない。

「ちょっと、待ってください!」

志保がいった。そして、化け蟹の横をすり抜けるようにして、天幕のほうに向かって走り出した。

「そうか、火か。なんで、そいつに気がつかなかったんだ。最初から逃げずに、火でおどかしてやればよかったんだ」

わが輩がいった。それにしても、なぜかはわからなかったが、その化け蟹の行動が、沼からあがってきた時ほど、敏捷《びんしょう》でなかったのは助かった。

もちろん、捕まえている石峰君を喰うつもりではあるのだろうが、それなりのわが輩らの抵抗にあい、躊躇《ちゅうちょ》しているようだった。これが、獅子や狼のような高等動物だったら、こんなに、のんびりはしてはいないはずだった。もう、とっくに、わが輩か石峰君が餌食《えじき》になっていたにちがいない。それとも、その場所では食わずに、沼の中にでも引きずりこむつもりだったのかもしれない。

4

「中村さん、これ!!」

わが輩と石峰君が、なんとか化け蟹のはさみから逃れようとしていると、天幕のほうから、息せき切らして返ってきた志保が、わが輩のほうに、拳の半分ぐらいの石を見せた。志保の持ってきたのは、焚き火の火でも高野豆腐の火炎弾でもなかったのだ。

（それにしても、石を持ってくるとは……）

これまでに、何度も志保の頭の良さに感心してきたわが輩だったが、これは、ちょっと予想はずれだった。短銃の弾を撥ね返してしまう化け蟹のからだを、石で叩いても、効果があるとは思えない。

「志保さん。石じゃ、だめだ！」

わが輩がいった。

「いいえ。それは、石じゃありません。あの隕鉄です」

志保が、わが輩を見上げていう。

「あの磁石？」

鉄なら、石よりは固い。とはいっても、効果は期待できない。

「はい」

「それを、どうするのだね？」

「耳です。蟹の耳を探して、その隕鉄を穴の中に入れてください」

志保がいった。

「これを蟹の耳に!?」

わが輩が、志保のことばの意味がわからずにいった。

「そうです」

志保がうなずく。

わが輩、よくわからなかったが、志保がいうのだから、まちがいはあるまい。

「わかった。では、そいつを投げてくれ」

「はい」

志保が、隕鉄をわが輩に向かって投げた。うまいぐあいに、二個とも、一回で受け取ることができた。急いで、そいつをポケットに入れる。

「さて、蟹の耳は、どこにあるのだ？」

わが輩、石峰君にたずねた。

「たぶん、目の近所でしょう」

「よし」

わが輩、かじりついている化け蟹のはさみから、甲羅のほうによじ登ることにした。これは、極めて危険な行動だった。蟹の甲羅は、あちこちごつごつしていて、摑まるところは、いくらでもあるが、水の中に住んでいるせいか、ぬるぬるする。滑り落ちれば、巨大なはさみにはさまれることは目に見えている。わが輩、甲羅というかからだのあちこちにある凸凹に摑まって、蟹の背中に上がった。ちょっとした岩登りだ。けれど、化け蟹は、それは、ほとんど気にならないのか、それとも、はさみにしがみつかれていたのから解放されて、逆に楽になったのか、わが輩を振り落とそうとか、そんな行動は見せなかった。巨大なはさみも、背中のほうにまでは届かない。

「耳は、どこにあるんだ？」

わが輩が、ひとりごとのようにいった時、石峰君から、歓喜の声が聞こえた。

「取れた!!」

「なに？」

わが輩が、甲羅の上から下をのぞく。志保の照らす探見電灯の中に、地面の草の上に尻餅《しりもち》をついた石峰君の姿が見えた。

「よーし。助かった。石峰君、志保さんとできるだけ、こいつから離れろ!!」

わが輩が叫ぶ。

「そうはいきません！」

石峰君は、わが輩のことばを無視して、すばやく蟹の背後に回った。

「中村さん、ぼくを背中に引っ張りあげてください」

石峰君がいった。だめだといってやめる男ではない。

「よし」

わが輩が、石峰君をひっぱりあげる。そのあいだに志保は、二間ほど離れた木の陰に身を隠した。急に、目の前から三匹の餌が消えてしまったので、化け蟹は、両方のはさみを振り上げて、飛び出した目をきょろきょろさせているばかりだ。その背中に、わが輩らがかじりついているのには気がついていない。あとで思えば一見、ポンチ絵的場面だが、その時には、そんなことを考えている余裕はなかった。

「石峰君、耳だ、耳を探してくれ‼」

わが輩がいった。

「心得ました」

石峰君は、蟹の甲羅の上を右のほうへ這っていく。わが輩は左だ。と、わが輩が左の目のほうにずれていった時、化け蟹が、突然、からだをふらつかせた。説明するまでもなく蟹は八本の足を持っているが、その左側の足、四本を同時に、相撲の四股《しこ》を踏むような動作をしたのだ。わが輩、危うく、振り落とされそうになって、なんだか、わからん突起物にしがみついた。

と、また化け蟹の動きが変になった。盛んに、左のはさみを、意味もなく振り回すのだ。どうなっておるのだろうと、わが輩、その突起のすぐ下のほうをのぞくと、直径が二寸ほどの穴がある。

（こいつかな、耳は？）

わが輩、ポケットから隕鉄を出すと、その穴に近づけて見た。と、化け蟹がダンスでも踊るようなしぐさをした。

「そこです。中村さん!!」

木の陰から、探見電灯でわが輩のほうを照らしていた志保が叫んだ。

「わかった!!」

わが輩、隕鉄の一個を、その穴の中に放り込んだ。穴——耳の中は、ちょうど、その隕鉄が転がっていくぐらいに広くなっているらしく、奥のほうに落ちていく。その間も、化け蟹の動きはふつうではなくなっていた。なんだか、人間がよっぱらったように、ふらふらした感じだ。

「突起の下の穴ですね」

わが輩のそばにやってきた石峰君がいった。

「そうだ。ほれ」

わが輩が、もう一個の隕鉄を石峰君に渡す。石峰君は、それを持って、ふらふら踊っているような化け蟹の背中を這って、右の耳に辿りつくと、わが輩と同じように、穴の中に隕鉄を放りこんだ。そのとたん、巨大な蟹が、ぽーんと跳ねあがった。蟹にしては、さして動いたわけでもないのだが、なにしろ、図体の大きい蟹だ。あっと思った刹那、わが輩と石峰君は、蟹の背中から放り出された。

空中を二間も飛ばされただろうか？　わが輩は背中から草の上に落ちた。

「あっ‼」

志保が、心配そうな声をあげる。脇を見ると、石峰君は、腹のほうから落ちたらしく、一間ほど離れたところでうつ伏せになっていたが、すぐに起きあがった。

「石峰君‼」

立ちあがったわが輩が、声をかけた。

「はい。だいじょうぶです」

石峰君が、元気に答える。

「そうか。じゃ、逃げよう」

わが輩と石峰君は、化け蟹の右側から、志保の隠れている木のほうに走った。振り返り蟹を見ると、蟹ははさみを、阿波踊《あわおど》りのように振り回し、八本の足のうち、左右、それぞれ一番後ろの足で立ち上がるようなかっこうをしている。からだ全体を反らしているから、いまにも、背中からひっくり返りそうだ。とてもではないが、さいぜんとちがって、もう、わが輩らを襲うなどという行動ではなくなっている。

「中村さん、石峰さん！」

志保のところに辿りつくと、志保が木の陰から出てきて、うれしそうにいった。

「助かった。しかし、あの耳に隕鉄を入れたのは、なんだったのだね？」

わが輩、ずっと気になっていたことを志保に質問した。石峰君も、理由がわからないらしく、志保の顔を見つめる。

「あれは……」

志保がいいかけた時、ずずんと地響きがして、ついに蟹が仰向《あおむ》けに倒れ込んだ。

「やった‼」

石峰君がいった。

化け蟹は、背中を草の上にくっつけて、泡を吹きながら、八本の足とはさみをめちゃくちゃに動かしている。

「いまなら、殺せるかもしれない」

石峰君がいった。

「うむ。やっつけてしまおう！」

わが輩がいった。その時だった。沼の水辺で、また、ぱしゃぱしゃと音がした。わが輩らは水音のほうを見た。わが輩、さらに新手が現れたのかと思って、正直、もう、かんべんしてくれという気になった。

たしかに、それは新手だった。ひっくり返って泡を吹いているのと同じ蟹だ。だが、そいつにくらべたら、ずっと小さい。大きさは甲羅だけで、せいぜい二尺といったところだ。色も、そのでかいのに比べると、やや黒みがかっている。その小型化け蟹が、三匹、つながるようにして、水際から砂浜を通って、化け蟹のほうに移動してきた。

「今度のやつは、小さいですね。生け捕りにしますか？」

石峰君がいった。

「う、うむ」

わが輩、なんと答えていいかわからず、あいまいな返事をした。大化け蟹は、相変わらず、ひっくり返って、はさみ、足をばたばたさせている。が、断末魔という雰囲気でもない。酔っぱらって、もがいているという感じだ。三人とも、どうしていいかわからず、その様子を見ていると、小蟹たちが、ひっくり返っている大化け蟹をわが輩らから守るように、囲んで、はさみを振り上げた。

「なんだ、小さいくせに、生意気なやつだな」

わが輩がいった。

「中村さん、あれ、大蟹の子供たちじゃないでしょうか？」

志保がいった。

「えっ!?」

わが輩、思わず、頓狂《とんきょう》な声を出した。わが輩、三十年ばかりの人生しかないが、蟹の親子愛などというのは聞いたことがない。だが、たしかに、志保にいわれてみると、小蟹たちは、倒れた大蟹を守っているように見える。

「ほんとうだ。そんな感じだ。きっと、そうだ。あれは、小蟹の親なんだよ」

石峰君がいった。

「蟹の子供が親を守ろうとするものかね？」

わが輩がいった。

「でも、現にああして」

石峰君がいった。そして、二、三歩、小蟹たちのほうに近づくと、蟹たちは、盛んにはさみを動かして威嚇《いかく》した。

「やはり、そうですわ」

志保が、感心したようにいった。

「ふーん。蟹がねえ」

わが輩、肩をすくめる。

「どうしましょう？　いまなら、やっつけられます」

石峰君が、さいぜんと同じことばを吐いた。

「あれが、ほんとうに親子ならだ……。やめておいてやろう」

　わが輩がいった。

「ええ。たとえ、お化け蟹でも親を殺しては、子供がかわいそうですわ」

　志保がいった。なぜか、この娘のことばは、わが輩の心を刺激する。優しい気持ちの娘だ。

　志保がそういった時、大化け蟹は、必死で起き上がろうとしていたが、ようやく左のはさみをてこにして、起きあがった。そして、まさに千鳥足といった動きで、からだをふらふらさせながら、沼に向かって逃げ出した。その後ろに小蟹が続く。どう見ても、それは親子の関係だ。

　ばしゃんばしゃんと、派手な音を立てて、蟹たちが、沼の中に沈んだ。

「ふう」

　その一連の行動を見て、石峰君が、大きなため息をついた。

「どうやら、助かったようですね」

「うん。また、志保さんに助けられたが、志保さん、あの隕鉄は？」

　わが輩が、さっき、途中まで質問したことばを続けた。

「はい。わたしも、自信はなかったのですけれど、子供のころ、学校に男の子が沢蟹を持ってきたことがありました。そしたら、博物学の先生が、蟹や海老《えび》の耳の中には、人間のように平衡を保つ器官がなく、その代わりに耳石《じせき》といって、砂や小石を耳の中に入れて、平衡を保つのだと教えてくださったのです。だから、その砂を耳から出してしまうと、蟹はふらふらして歩けないというのです。それ以上の詳しいことは知りません」

　志保が説明した。

「なるほど。蟹や海老というのは、そんなものを耳の中に入れているのか。はじめて聞いた」

　わが輩がいった。

「ぼくもです。知りませんでした」

　石峰君も、うなずいた。

「しかし、それと、隕鉄が、どう関係するのかね？」

　わが輩が、続けて質問した。

「はい。さっき、水辺の砂を見ましたら、この辺の砂は砂鉄でしたね」

「そうか。わかったぞ！　ということは、ここに住んでいる蟹は耳に砂鉄を入れているんだ。そこに、強力な磁石である隕鉄を入れたら、当然、平衡感覚が狂ってしまう。そうだね、志保さん」

　石峰君が、志保のことばを受け継いでいった。

「はい。そう考えました」

　志保がうなずいた。

「まさしく、その作戦が的中したわけだ」

石峰君がいった。

「しかし、志保さん、よく、小学校の時に習ったことを、覚えていたね。しかも、砂鉄のことまで気がついたとは……」

わが輩、またまた志保の頭の良さに舌をまいた。この娘が、なぜ、スマトラ島の遊廓《ゆうかく》になどおったのか信じられんかった。

「だって、中村さんや石峰さんが、命がけで闘っていられるのに、わたしだけが、ぼんやりしているわけにはいきません。それに、こんな時に、なにか、お手伝いができなければ、もう、探検旅行に連れていってもらえませんから……」

志保が、ややはにかむように、にっこりと笑った。

「いや。もう志保さんは、立派なわが輩ら探検隊の一員だ。二度と連れていかんなどとはいわんから安心してくれ。なあ、石峰君」

「もちろんです」

石峰君がうなずいた。

「ああ、そうか。石峰君には、いまの質問はするだけ野暮《やぼ》だったな」

わが輩が笑った。

「中村さん、かんべんしてくださいよ」

石峰君が、ちらりと志保の顔を見ていった。

「ははは。まあ、わが輩がよけいなことをいう問題ではないね。だが、隕鉄はもったいないことをしたなあ」

わが輩が、話題を変えた。

「それは、しかたありませんよ。いくら貴重な品でも、命にはかえられませんよ」

石峰君がいう。

「そりゃ、そうだ。でも、わが輩、ほんとうのことをいうと、あんなもの、じゃまになるばかりで、捨ててしまいたいぐらいのものだったのだ。いやあ、捨てんでよかった」

わが輩がいった。そして、続けた。

「で、あの化け蟹は、どうなるのだ?」

「そのうちに、あの隕鉄を耳から出せば、元通りになるんでしょう」

石峰君が答えた。

「なるほど。しかし、この沼に、あんな化け蟹がいることを、世界の博物学者や生物学者が知ったら、どれほど驚くか知れたものではないね」

わが輩がいった。

「でも、このことは黙っていましょうよ。現地人の話でも、かれらが害を受けているというのではないのですから、そっとしておいてやりましょう」

石峰君がいった。

「だが、石峰君。あの子蟹を一匹でも、ひっ捕らえて見せ物にしたら、大変な儲けになるぞ」

「いえいえ、ぼくの金儲けは、そんなケチなものじゃありません。どこかの国をひとつ買えるぐらいの金儲けです。中村さんと旅を続けているうちに、家を再興するのなどどうでもよくなってきました。それより、どこかに広大な土地を買って、第二の日本を作りたい気持ちです」

石峰君がいった。

「うむ。それでこそ、世界探検家だ。三人で、これからも大いにやろうじゃないか。それにしてもなんだね。これで、しばらくは蟹料理は喰いたくないね」

わが輩が、笑いながらいった。

「あら、明日の朝の食事は、蟹の缶詰にしようと思っていましたのに」

珍しく志保が、わが輩の顔を見て冗談をいった。

あとがき

本書『幻綺行《げんきこう》』は、ぼくの三つ目の明治時代を舞台にした作品シリーズで、主人公の中村《なかむら》春吉《はるきち》は、実在の自転車による世界無銭探検家です。

ぼくが、中村春吉という探検家の存在を知ったのは、いまから二十年ほど前のことでした。日本SFの祖といわれる押川春浪《おしかわしゅんろう》が、中村の口述をまとめて刊行した『中村春吉　自転車世界無銭旅行』(明治四十二年八月・博文館)という探検記によって、その存在を知ったのですが、これを読んだ時の感動というか、痛快さは、いまでも忘れられません。

バンカラの権化のような快男児・中村春吉が、次から次へと、まさに破天荒で波瀾万丈《はらんばんじょう》で痛快無比な旅を続ける物語に、ほんとうに胸の躍る気分にさせられました。

数年前から、明治を舞台にしたSFに手を染め、ふたつのシリーズを作り、そのどちらにも主人公のひとりに押川春浪を据えました。やがて、そのふたつのシリーズでは物足りなくなり、三つ目の明治SFを書くことにしたのですが、その主人公に、ためらいなく中村春吉を選びました。

その段階では、シリーズの設定までは決まっていませんでした。でも、主人公を中村春吉にすることで、必然的に外国を舞台にした探検SFとなりました。中村春吉を主人公にするとなれば、それ以外のジャンルは考えられないのです。

それまで、ぼくは、探検SFは一篇も書いたことがありません。外国を舞台にしたSFも書いていません。けれど、なんの不安もありませんでした。中村春吉を主人公にして、つまらない話ができるわけはないと思ったのです。もちろん、思ったことと結果は別の問題ですが、いつも弱気なぼくが、このシリーズに関してだけは、実際、そう思ったのです。

明治を舞台にしたSFは、よほどぼくの感性というか作家としての資質に適しているらしく、いつでも、とても楽しく書けるのですが、このシリーズもまた例外ではなく、いずれの物語も、なにか熱にでも浮かされたような感じで、非常にのって書くことができました。そののりが読者に伝わり、好評を得られれば、これ以上のよろこびはありません。

もし、本書を読まれ、中村春吉の実際の無銭旅行と、その生涯について興味を抱かれたかたがありましたら、拙著『明治バンカラ快人伝』（平成元年三月・光風社出版）をお読みください。

小説家の立場としては、ネタが割れるようで、あまりお薦めしたくはないのですが、ノンフィクション作家の立場では、ひとりでも多くの人に、中村春吉の真の姿を知っていただきたいという気持ちでいっぱいなのです。

このシリーズは、次は長篇を予定しています。気長にお待ちいただければ幸いです。

平成二年六月
横田《よこた》順彌《じゅんや》

（『幻綺行　中村春吉秘境探検記』徳間書店／一九九〇年七月）

画楼　幻綺行

バロン吉元

『幻綺行　中村春吉秘境探検記』
徳間書店／1990/7
カバー／表紙／作品扉

「中村春吉秘境探検記　聖樹怪」
「SFアドベンチャー」1989/7／徳間書店
雑誌掲載時挿絵

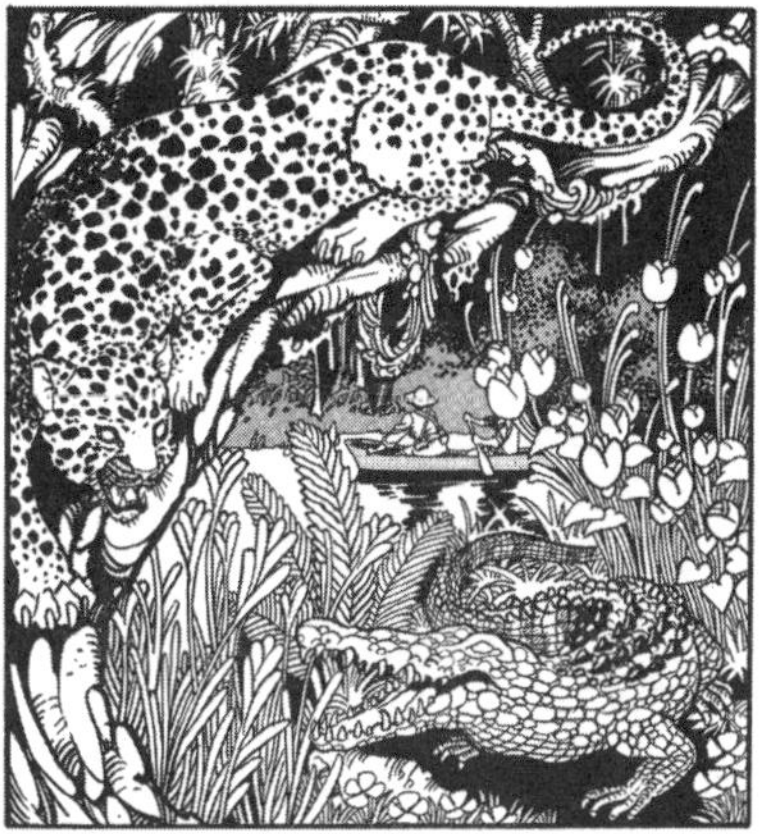

「中村春吉秘境探検記　奇窟魔」
「SFアドベンチャー」1989/10／徳間書店
雑誌掲載時挿絵

「中村春吉秘境探検記　流砂鬼」
「SFアドベンチャー」1990/1／
徳間書店
雑誌掲載時挿絵

「**中村春吉秘境探検記　麗悲妖**」
「SFアドベンチャー」1990/4／徳間書店
雑誌掲載時挿絵

A-ROUND

「快男児・中村春吉秘境探検記　求魂神」
「SFアドベンチャー」1991/3／徳間書店
雑誌掲載時挿絵

「中村春吉秘境探検記　古沼秘」
「SFアドベンチャー」1991/9／徳間書店
雑誌掲載時挿絵

編者解説

日下《くさか》 三蔵《さんぞう》

二〇一九年一月六日、放送の始まったＮＨＫの大河ドラマ「いだてん」に明治のバンカラ集団「天狗倶楽部《てんぐくらぶ》」が登場したのを見て、ＳＦファンは大いに興奮した。天狗倶楽部は横田《よこた》順彌《じゅんや》の明治ＳＦや明治ノンフィクションに、圧倒的な存在感で頻繁に登場する実在の団体だったからだ。実際、インターネットには、「天狗倶楽部だ！」「ヨコジュンだ！」という書き込みが数多くなされ、横田作品の思い出を語るファンの姿も多く見られた。

それだけに、一月十五日に横田さんの訃報が伝えられた時のファンの悲しみは一入《ひとしお》であった。しかも、自室で亡くなっていたのは一月四日、つまりドラマに出てきた天狗倶楽部の姿を見ることなく、横田さんはこの世を去っていたのだ。

だが、作家の肉体は消滅しても、作品は残る。残された作品が読まれ続ける限り、作家が読者の心から消えることはない。

横田順彌は一九四五（昭和二十）年、佐賀県に生まれた。学生時代からの熱心なＳＦファンで、ファングループ「一の日会」で知り合った鏡明《かがみあきら》、川又千秋《かわまたちあき》らとともに、本格的な同人誌「ＳＦ倶楽部」を発行している。平井《ひらい》和正《かずまさ》のジュブナイルＳＦ『超革命的中学生集団』には、多くの一の日会メンバーとともにキャラクターとして登場し、主人公級の活躍を見せた。

七〇年に平井和正の紹介で「週刊少年チャンピオン」の「ＳＦショートミステリー」コーナーの連載陣に参加して、商業誌デビューを果たす。この年、ＳＦ同人誌「サイレントスター」に発表したシリアスな短篇「友よ、明日を…」が翌年の「ＳＦマガジン」3月号に転載され、ＳＦ作家として本格的にデビュー。同じ号には梶尾《かじお》真治《しんじ》のデビュー作「美亜《みあ》へ贈る真珠」も掲載されていた。

軽妙な筆致で明治・大正・昭和初期のＳＦ作品を紹介するコラム「日本ＳＦこてん古典」を連載する一方、ダジャレとナンセンスギャグに満ちたハチャハチャＳＦで注目され、横田順彌は数年のうちに人気作家へとなっていく。山田《やまだ》正紀《まさき》、堀晃、かんべむさし、川又千秋、梶尾真治らと並んで、日本ＳＦ第二世代を代表する存在と言っていいだろう。

《荒熊雪之丞《あらくまゆきのじょう》》シリーズ、《ふぁん太爺《じい》さんほら吹き夜話》、《早《さ》乙女《おとめ》ボンド之介《のすけ》》シリーズなどの連作や、『宇宙ゴミ大戦争』（77年1月／ハヤカワ文庫ＪＡ）、『脱線！ たいむましん奇《き》譚《たん》』（78年12月／講談社）、『銀河パトロール報告』（79年8月／双葉社）、『対人カメレオン症』（80年6月／講談社）、『予期せぬ方程式』（81年5月／双葉ノベルス）などの作品集を次々と刊行するが、この時期のインタビューでは、いつも「明治ものを書きたい」と答えている。

双葉社「ＳＦワールド」7号（85年1月）の横田順彌特集号のインタビューには、こうある。

㉗　ハチャハチャ以外に書きたいSF作品は？

——明治ものとか、児童ものとかです。

㉘　SF以外で書きたいものは？

——あまりないですが、強いて言えば伝記小説を書きたいですね。

この言葉通り、横田順彌は押川春浪《おしかわしゅんろう》の詳細な評伝『快男児　押川春浪　日本SFの祖』（87年12月／パンリサーチ出版局／會津信吾《あいづしんご》と共著）を刊行。この作品は、翌年の第九回日本SF大賞を受賞した。

八八年五月、新潮文庫から刊行された『火星人類の逆襲』は、まさに満を持して発表された明治SFの第一作である。H・G・ウェルズの『宇宙戦争』に登場した火星人が、同時期に日本にも攻めてきていたら、という設定で、押川春浪率いる天狗倶楽部の面々と火星人との戦いを緊密な筆致で描いたもの。

続く『人外魔境の秘密』（91年2月／新潮文庫）はコナン・ドイル『失われた世界』を踏まえたもので、春浪たちが恐竜の棲《す》むアマゾン奥地のメイプル・ホワイト台地に赴いて大冒険を繰り広げる。SFの古典的名作を踏まえたこのシリーズは、天狗倶楽部三部作として、ウェルズ『タイムマシン』を扱った三作目が予告されていたが、ついに完結篇が執筆されることがなかったのは残念である。

『火星人類の逆襲』の刊行直後、双葉社の「小説推理」で短篇連作、徳間文庫から書下し長篇、というスタイルで、第二の明治SFシリーズがスタートする。押川春浪と天狗倶楽部のメンバーが主要なキャラクターとして登場するのは同じだが、ほぼ実在人物しか出てこなかった『火星人類の逆襲』に対して、春浪に私淑する若き科学小説家・鵜沢龍岳《うざわりゅうがく》、警視庁の腕利き・黒岩《くろいわ》四《し》郎《ろう》刑事、その妹で好奇心旺盛な女学生・黒岩時子《ときこ》といった架空のキャラクターが中心となって活躍する。

この《押川春浪&鵜沢龍岳》シリーズのうち、双葉社の短篇集三冊と徳間文庫の長篇三冊を、それぞれ合本にしたのが、柏書房《かしわしょぼう》で二〇一七年に私が編集した《横田順彌明治小説コレクション》（全3巻）である。このシリーズには他に、長篇『冒険秘録　菊花大作戦』（94年3月／出版芸術社）、短篇集『押川春浪回想譚』（07年5月／出版芸術社／ふしぎ文学館）がある。

八九年、徳間書店の月刊誌「SFアドベンチャー」でスタートしたのが、自転車で世界一周無銭旅行を刊行した冒険家・中村春吉《なかむらはるきち》を主人公にした《中村春吉秘境探検記》シリーズである。中村春吉は天狗倶楽部のメンバーと親しく、著者の他の明治SFにもしばしば顔を出しているが、このシリーズは世界各地で春吉が遭遇した奇妙な事件を描いたものなので、押川春浪らは登場しない。

各篇の初出データは、以下のとおり。

聖樹怪《せいじゅかい》「ＳＦアドベンチャー」89年7月号
奇窟魔《きくつま》「ＳＦアドベンチャー」89年10月号
流砂鬼《りゅうさき》「ＳＦアドベンチャー」90年1月号
麗悲妖《れいひよう》「ＳＦアドベンチャー」90年4月号
求魂神「ＳＦアドベンチャー」91年3月号　※初刊本未収録
古沼秘「ＳＦアドベンチャー」91年9月号　※初刊本未収録

九〇年七月、「聖樹怪」「奇窟魔」「流砂鬼」「麗悲妖」の四篇が徳間書店から『幻綺行　中村春吉秘境探検記』として刊行された。続けて「ＳＦアドベンチャー」に発表された「求魂神」と「古沼秘」の二篇は、単行本未収録のまま残されていたので、今回の文庫化を機に追加して、タイトルを『幻綺行　完全版』とした次第。なお、初出では「求魂神」のみシリーズ名が「快男児・中村春吉秘境探検記」となっていた。

『明治バンカラ快人伝』（89年3月／光風社出版）は、中村春吉、日本柔道の伝道者・前田光世《みつよ》、天狗倶楽部の野次将軍・吉岡信敬《よしおかしんけい》の三人のミニ評伝をまとめたノンフィクションだが、中村春吉については、とにかく残された資料が少ないことが分かる。だが、だからこそ、春吉が世界各地で奇想天外な事件に出会っていたとしても、おかしくないとも言えるのである。

さらに『わがはいは中村春吉である。　自転車で世界一周無銭旅行をした男』（11年3月／くもん出版／くもんの児童文学）という児童向けの伝記まで書くほどお気に入りの人物だっただけに、明治ＳＦの主人公として起用されたのは納得の人選だし、中村春吉を主人公にする以上、秘境探検小説というスタイルになるのも、また必然であった。

本邦には、小栗《おぐり》虫太郎《むしたろう》の折竹孫七《おりたけまごしち》シリーズ（『人外魔境』として河出文庫に収録）や香山《かやま》滋《しげる》の人見十吉《ひとみじゅうきち》シリーズ（『怪奇探偵小説名作選10　香山滋集　魔境原人』としてちくま文庫に収録）といった秘境探検小説の傑作があるが、本書はこれらの先行作品に伍《ご》して一歩も引けを取らない完成度を有している。

スマトラの女郎屋から助け出した元娼婦《しょうふ》の雨宮志保《あまみやしほ》、宝探しが目的で農商務省の職員になっていた石峰省吾《いしみねしょうご》、二人の押しかけ同行者とチームを組んで、中村春吉が秘境を探検することになるのだが、国際色豊かな魔境を舞台に、毎回その場所にふさわしい怪獣・怪物が登場するのが素晴らしい。

「聖樹怪」ではボルネオ奥地のジャングルで奇怪な人喰い植物と、「奇窟魔」ではチベットの寺院でサンショウウオの姿をした怪物と、「流砂鬼」ではペルシャの砂漠地帯の地下に広がる洞窟で巨大な怪魔像と、「麗悲妖」ではロシアのペテルブルグで血まみれのバラバラ死体と、「求魂神」ではポルトガルのマデイラ島で火の玉状の宇宙人と、「古沼秘」では英国領ケープタウンからキリマンジャロへ向かうジャングルで沼に棲《す》むという悪霊と、春吉たちはそれぞれ遭遇することになる。

バンカラそのものといった中村春吉のキャラクターと語り口からは、作者が本当にこの人物に惚《ほ》れ込んでいることが伝わってくるし、紅一点の志保が守られる一方のお姫さまポジションではなく、しばしば怪物の弱点を見抜いて仲間の危機を救う役割というのも面白い。

横田さんのことだから、当時の社会情勢や現地の風俗、トピックについては一次資料に当たって調べ尽くしているに違いないのだが、出来上がった小説が作者の苦心など微塵《みじん》も感じさせない良質のエンターテインメントになっているのは、流石《さすが》としか言いようがない。SFファン、冒険小説ファンならずとも、本書を読んだ人は誰でも、この一行の活躍をもっと読みたい、と思うに違いない。

なお、本書にはバロン吉元《よしもと》氏のご厚意で「SFアドベンチャー」掲載時の挿絵および単行本の各篇扉絵を、巻末にまとめて再録させていただいた。印刷物からの復刻ではあるが、雰囲気たっぷりのイラストの魅力は、充分に感じていただけることと思う。

この《中村春吉秘境探検記》シリーズには、他に『大聖神』（94年9月／徳間書店）、『日露戦争秘話　西郷隆盛《さいごうたかもり》を救出せよ』（95年4月／光栄／歴史キャラクターノベルズ）の二作の長篇がある。このうち、『日露戦争秘話　西郷隆盛を救出せよ』は本書の第一話「聖樹怪」より前の事件であるため、志保と石峰青年は登場しない。

読者の皆さんの支持をいただけるなら、ぜひとも長篇二作も復刊の機会を見つけたいと思っている。ご声援のほどを、よろしくお願いいたします。

横田順彌著作リスト

◉**凡例**

書名・収録作品（長篇およびエッセイのタイトルは省略）・発行年月日（西暦）・出版社（叢書名）・判型・外装

1　**宇宙ゴミ大戦争**
［友よ、明日を／かわいた風／宇宙ゴミ大戦争／謎の宇宙人ＵＦＯ／決戦‼スペースオペラ／ミルキー・ウェイ／アンドロメダの少年／星盗人／星ぶとん／大マゼラン星雲の小人／金色の海／プラネタリウム共和国／星花火／オリオン座の瞳／信号機／ブラック・マント／手品の夜／終電車／ナイト・プロジェクト／銀色の電車／動物園の悲劇／地球栓／郵便ポスト／白い月／風船計画／ブランデーの香り］
77年1月31日　早川書房（ハヤカワ文庫ＪＡ）Ａ６判　カバー

2　**ＳＦ事典→ＳＦ大辞典**
77年5月15日　廣済堂出版　新書判　カバー
86年11月25日　角川書店（角川文庫）Ａ６判　カバー　帯
※ＳＦガイドブック、文庫版は改訂あり

3　**太陽が消えちゃう**
77年5月20日　いんなあとりっぷ社　Ｂ６判　カバー　帯
※リレー長篇、川又千秋、岡田英明（鏡明）、かんべむさしとの共著

4　**２０９５年の少年**
［バス・ルームで今晩は／紀元前３０００年のキッス／２０９５年の少年／時間列車１２１号／クロッカスの少年／迷探偵ゲタバコ／ユノゴンは放たれた！／にこにこ現象／こちら、観光コンサル

タント／平国家ニッポン」
77年9月20日　集英社（集英社文庫コバルトシリーズ）Ａ6判　カバー　帯

5
謎の宇宙人ＵＦＯ
［関東大時震／続・関東大時震／謎の宇宙人ＵＦＯ／決戦!!スペース・オペラ／中継ステ＊ション／続・中継ステ＊ション」
78年6月30日　早川書房　Ｂ6判　カバー　帯
81年8月10日　角川書店（角川文庫）Ａ6判　カバー　帯
※荒熊雪之丞シリーズ1、角川文庫版は「宇宙ゴミ大戦争」と「究極の方程式」を増補

6
宇宙のファイアマン
［宇宙のファイアマン／Ｏｈ Ｈｅｌｐ！ビール・パニック／宇宙から来た迷優たち／機器怪々譚／銀河の果てから愛をこめて／ある老人の話／原住民たち／盗まれた過去／宇宙通信アルファ計画／セールスマン／親友／放課後／Ｔ氏の病気／ペット／ある日……／消えたホームラン／不合格／とびだした赤ちゃん／雨」
78年9月20日　集英社（集英社文庫コバルトシリーズ）Ａ6判　カバー　帯

7
脱線！　たいむましん奇譚
［おたまじゃくしの叛乱／鯨が出てきた日／脱線！たいむましん奇譚／メグロの決死圏／くみとり物語／空から堕ちてきた轢死体／日本ちんぼ＊／２０＊＊年宇宙の旅／ＳＴＡＲ　ＢＡＷＳ」

78年12月20日　講談社　B6判　カバー　帯
81年12月15日　講談社（講談社文庫）A6判　カバー　帯

8

ポエム君とミラクルタウンの仲間たち

［ポエム君と故障れた鳩時計／オーシャン君と南の国からきた手紙／ロマン青年と月の大異変／レンズさんと消えた〝街の影〟／シューズさんと盗まれた雪長靴／ミラーさんと謎の怪人カガミ男］
79年6月30日　奇想天外社　B6判　カバー　帯
80年7月25日　集英社（集英社文庫）A6判　カバー　帯
※ポエム君とミラクルタウンの仲間たち1

9

銀河パトロール報告

［まだらのひもの／○○との遭遇／Yの悲劇／ワースト・レンズマン／外人二十面相／10月10日では遅すぎる／じんぎすかんの秘密／宇宙船ビーゲリ号の冒険／そして誰もいなかった／太陽族の日／謎の小惑星強奪団／麻雀西遊記／親孝行病源体／ポカリ!!キュー／代償／奇病／ビン類大戦争］
79年8月10日　双葉社　B6判　カバー　帯
81年10月25日　集英社（集英社文庫）A6判　カバー　帯
※文庫版は「ビン類大戦争」を割愛

10

ヨコジュンのびっくりハウス

［ぼくとお父さんが、カレイになった話／タマ／四角い雨空／ふしぎなドングリ／黄金色の電車／

ざしき童子のはなし／五月のホーレン草／他」
80年3月30日　双葉社　B6判　カバー　帯
83年8月10日　角川書店（角川文庫）A6判　カバー　帯
※バラエティ・ブック、文庫版は内容に異同があり創作パートで「風の公園で」「悲しい恋の物語」を追加

11
日本SFこてん古典1
80年5月15日　早川書房　B6判　カバー　帯
84年8月25日　集英社（集英社文庫）A6判　カバー　帯
※ノンフィクション、文庫版は副題「宇宙への夢」

12
対人カメレオン症
［真夜中の訪問者／対人カメレオン症／おお！ファンタスティック／腕／筍の朝がきた／考える足／珍説地球最後の日／窓際族は死なず／断腸記／大逆転！」
80年6月10日　講談社　B6判　カバー　帯
85年6月15日　講談社（講談社文庫）A6判　カバー　帯

13
小惑星帯遊侠伝
80年8月25日　集英社　B6判　カバー　帯
83年3月25日　集英社（集英社文庫）A6判　カバー　帯

90年6月15日　徳間書店（徳間文庫）Ａ6判　カバー　帯
※昇り龍シリーズ1

14　**日本ＳＦこてん古典2**
80年12月31日　早川書房　Ｂ6判　カバー　帯
84年11月25日　集英社（集英社文庫）Ａ6判　カバー　帯
※ノンフィクション、文庫版は副題「異郷への夢」

15　**反世界へ行った男 → ヨコジュンのショート博覧会**
［靖国神社にて／老人の仕事／汚れた英雄／ロボットたちの時代／育児相談／ノンエネ冷房法／スーパー・フルーツ／奈真津博士の偉大な計画／原爆機東へ／真説創世記／地球は青かった／大異変／時間採水計画／幽霊製造機／あるテスト／発明奇譚／この宇宙のどこかに／若者たち／病源体根絶／地獄／花の惑星／まちがい電話／丘の上で…／反世界へ行った男／ブラックホール／人面疽／頭の中の美人／大宇宙の謎／取引き／息子よ…／宇宙からきた女性／ある朝、突然に…／タイム・クローン計画／タイム・クローン計画　パート2／不可解な接触／最後のひとびと／かたつむり］
81年1月31日　徳間書店　Ｂ6判　カバー　帯
87年8月15日　徳間書店（徳間文庫）Ａ6判　カバー　帯

16　**ふぁん太爺さんほら吹き夜話**
［秘話　父かえる／異聞　太平洋戦争／怪話　幽霊だよ／仮説　大宇宙の危機／鬼談　地獄変／民

話　蝉の恩返し／盗作　ミクロスパイ大作戦／落噺　小説一丁！／真説　天気予想／笑説　宇宙商人」
81年3月25日　集英社　B6判　カバー　帯
86年3月25日　集英社（集英社文庫）A6判　カバー　帯
※ふぁん太爺さんほら吹き夜話1

17
世にも馬鹿げた物語　→　ヨコジュンの日本おかし話
［わんだあぶっく／嗚呼！美わしきわが祖国／屁川ゴネルくん／世にも馬鹿げた物語／大相撲ばんざい！／終わりなき対決／ジャイアンツは不滅です／平国家ニッポン」
81年4月30日　徳間書店　B6判　カバー　帯
89年3月15日　徳間書店（徳間文庫）A6判　カバー　帯

18
日本SFこてん古典3
81年4月30日　早川書房　B6判　カバー　帯
85年1月25日　集英社（集英社文庫）A6判　カバー　帯
※ノンフィクション、文庫版は副題「未来への扉」

19
予期せぬ方程式
［黄金の天馬／大正三年十一月十六日／予期せぬ方程式／新セックス薬／緊急着陸／タマよりも速く…／たぬきの泥舟／いつか訪れる日／地球滅亡／風流志道軒伝（平賀源内原作）／西征快心篇（巌

垣月洲原作）］
81年5月10日　双葉社（双葉ノベルス）新書判　カバー
84年1月25日　双葉社（双葉ポケット文庫）A6判　カバー　帯

20
乱調変調悪あがき超科学講座
［乱調変調悪あがき超科学教室／トツゲキ!!科学最前線］
82年1月31日　徳間書店　B6判　カバー　帯
※ノンフィクション（鼎談＋ルポ）

21
永井豪選　原色馬鹿図鑑
［日本ちんぼ＊／真夜中の訪問者／決戦!!スペース・オペラ／まだらのひもの／太陽族最後の日／宇宙からきた女性／おたまじゃくしの叛乱／代償／ある朝、突然に／わんだあぶっく／おお！ファンタスティック／秘話 父かえる／仮説　大宇宙の危機］
82年2月25日　有楽出版社　新書判　カバー　帯

22
ヨコジュンのＳＦ塾　宇宙的おもしろ講座
82年4月15日　集英社（集英社文庫コバルトシリーズ）A6判　カバー　帯
※ＳＦガイドブック

23

天使の惑星
［犬たちの時代／天使の惑星／ある変身譚／屋台にいた男／非常着陸／大混戦〝ロボット・ウォーズ〟／泣く女／日本発熱／許可証／ゲーム／海野君の場合／使途不明／医師との遭遇］
82年7月26日　有楽出版社　B6判　カバー　帯
85年10月25日　新潮社（新潮文庫）A6判　カバー　帯

24

ポエム君とミラクルタウンの怪事件
［謎の鉱石X／不思議な流れ星／ジャガイモ大戦争／五月のサンタクロース／宇宙怪人現る／落ちてきた輪の秘密］
83年3月25日　集英社　B6判　カバー　帯
※ポエム君とミラクルタウンの仲間たち2

25

む　横田順彌の無比な夢遊の物語→13の超小説
［裸の訪問者／コズミック・フード・オペレーション／奥様は魔女!?／予期せぬ出来事／ニグロの決死圏／助産婦さん物語／異境の狂剣士／禁男の惑星／わさびと共に去りぬ／特別任務／地球防衛軍は今日もゆく／七輪族の反乱／柳生一族の願望］
83年3月31日　徳間書店　B6判　カバー　帯
89年7月15日　徳間書店（徳間文庫）A6判　カバー　帯

26
絶叫大冒険
83年10月20日　講談社　B6判　カバー　帯
※体験ルポ

27
二人だけの競奏曲
［死臭／追う男／「雪国」／異説・桃太郎／幽霊の正体見たり……／魔界のギャンブラー／遅刻／卒業制作／音痴のカエル／たいくつしのぎ／秘薬／訓練／半端者／父と娘／存在理由／他］
84年10月24日　講談社　B6判　カバー　帯
87年10月15日　講談社（講談社文庫）A6判　カバー　帯
※赤川次郎との共著（テーマ競作ショート・ショート集）

28
奇想天外殺人事件
［高利貸し殺人事件／極秘研究殺人事件／ホモ・セクシュアル殺人事件／銀行強盗殺人事件／若手真打ち殺人事件／正一位稲荷殺人事件／ねじまわし殺人事件／みにくい日本人殺人事件／人毛かつら殺人事件／穴だらけ殺人事件］
84年12月5日　講談社（講談社ノベルス）新書判　カバー　帯
87年8月15日　講談社（講談社文庫）A6判　カバー　帯
※早乙女ボンド之介シリーズ1、文庫版は「「講談社文庫」殺人事件」を追加

29
俺はスーパーマン
［誕生／初仕事／美女出現／地下室の対決！／月爆破計画／透明人間現わる／陰謀団の魔手／絶対絶命／最後の敵］
85年5月20日　実業之日本社　B6判　カバー　帯
89年10月15日　講談社（講談社文庫）A6判　カバー　帯

30
ヨコジュンのわんだあブック
［リレー小説（神々の星／双子宇宙）／他］
85年6月10日　角川書店（角川文庫）A6判　カバー　帯
※バラエティ・ブック

31
寒い国へ行きたくないスパイ
［寒い国へ行きたくないスパイ／話にならない話／緊急手術／必殺ホース固め／部長の憂鬱／続・話にならない話／二〇〇一年から来た機械／異星の客／△□戦争始末記／保存版　未来生活の知恵／博士のタイムトンネル／月の法善寺横丁／中村一郎の場合］
85年7月15日　徳間書店（徳間文庫）A6判　カバー　帯

32
ポエムくんのびっくり宝島
85年9月　日　金の星社（みんなの文学24）A5判　カバー
※童話、ポエム君とミラクルタウンの仲間たち3、奥付に発行日の記載なし

33
山田太郎十番勝負
［ホーム・スイートホーム／湯気の中から今晩は／家庭人戦記／聖者が家にやってきた／セールスマンさん気をつけて／姿も見えず声もなく／鬼右衛門ふたたび／ミイラが来たりてほらを吹く／妻よあなたは強かった／思いこんだら試練の道を…／弁慶がな、ぎなたを持って］
86年2月10日　角川書店（角川文庫）Ａ6判　カバー　帯

34
銀河残侠伝
86年7月25日　勁文社（ケイブンシャノベルス）新書判　カバー　帯
90年8月15日　徳間書店（徳間文庫）Ａ6判　カバー　帯
※昇り龍シリーズ2

35
ただしいだじゃれの本
［裸の訪問者／七輪族の反乱／他］
86年10月1日　草土文化　Ｂ6判　カバー
※児童向けだじゃれ入門書

36
悲しきカンガルー
［最重要条件／お返し／人を食った話／老人のはなし／異次元生物／大悲劇／名医／西暦2025年／最初の男／宇宙からきた女性たち／透視術／ひと夜だけ／謎の小惑星／夢／ある出来事／はるかなる旅路／外来患者／ある対局／変なやつ／ペンション「ハレー」にて／おふくろの味／最初の

接触／方向音痴／世にも不思議な物語／決断の時／『耳なし芳一』後日譚／怪談帯屋敷／取引き／悲しきカンガルー／夢じゅんや／3号病棟にて／酒場にきた男／最初の行動／おめでとう！」
86年10月25日　新潮社（新潮文庫）Ａ6判　カバー　帯

37
帰ってきた雪之丞
［大秘境のダイヤモンド／マグロの決死圏／人外魔境探検隊／帰ってきた雪之丞／さわがしき友人たち／雪之丞最後の挨拶／雪之丞は不滅です!!］
86年11月15日　徳間書店（徳間文庫）Ａ6判　カバー　帯
※荒熊雪之丞シリーズ2

38
幽霊なんかこわくない
［昔話　ツナの恩返し／実録　ＵＦＯ奇譚／童話　マージャン国のふぁん太／夢譚　ニセ札ものがたり／秘聞　亜弗利加大探険／怪談　幽霊なんかこわくない／新説　電気鋸の恩返し／戯作　名探偵登場／笑話　異星の客／秘史　ある愛の詩／実記　宇宙船〈八百安号〉の冒険／哀話　誓いのホームラン］
87年1月25日　集英社（集英社文庫）Ａ6判　カバー　帯
※ふぁん太爺さんほら吹き夜話2

39
ポエムくんのとうめい人間をさがせ!!
87年6月　日　金の星社（みんなの文学30）Ａ5判　カバー

※童話、ポエム君とミラクルタウンの仲間たち4、奥付に発行日の記載なし

40

犯人はダ・レ・ジ・ャ事件簿

［ジョーズはいずこ?／無実の囚人が真犯人を殺してホントの囚人になる怪事件／超高性能頭脳捜索事件／人間の脳に入った殺し屋が、マンマと体外に逃亡した怪事件／クローン人間はダレだ？／誘拐犯のアジトを密かに知らせてきたのは誰か事件／変装宇宙人を捜せ！／人気絶頂のタレント達が見まもる中で珍鳥が絶命した怪事件／〝霧隠肺臓〟事件!!／七つの顔の男に〝出目金の目玉〟を奪われた目玉の飛び出しそうな怪事件／鬼をさがせ!?／ミクロ人間たちはナゼ、人気タレントにカンタンにコントロールされてしまったのか、という怪事件／ウラオモテヤマネコ盗難事件／イチバン科学的な宇宙船に幽霊が出るという非科学的で奇ッ怪な事件／スーパー植物恐怖の殺植物事件／丑の刻参りは迷信ではない、と主張していた老科学者の突然の死の原因は一体ナニか、という難事件／密室、殺猫事件　犯ロボット人工臓器を捜せ！／火のないところに煙がたって冷凍睡眠をジャマしてしまったのはどういうわけだ、という怪事件／タイムマシン〈第三大漁丸〉遭難!?／奇々怪々、処女懐胎してしまった娘はもしかしたら聖母なのか、という難事件／変態魚捜索事件／固いコンクリートの壁を打ち破って、見事に脱獄してしまった男はホントーは何だったのかという怪事件／物質変換装置人間変換事件／狂気の科学者は自分の体をケムリにかえて、一体ナニをしたのか、という怪事件／5人の霊媒事件／地底戦車に乗り込んだ魚好きの王様は、一体何の音を聞いたのか、という怪事件／宇宙塵脱臭事件／やさしいマイホームパパを見殺しにしてしまったムゴいヤツは誰なのか、という怪事件／地球は馬鹿か利口か事件!?／宇宙人殺しの罪に問われたフレッドのＵＦＯ事件／合成人間の秘密!?／新幹線の中で美男と美女が顔を見つめ合って死んでしまった怪事件／宇宙

人に異常人にされた事件」
87年8月12日　大陸書房（奇想天外ノベルス）新書判　カバー　帯

41
SFなんでも講座
87年11月25日　草土文化（ジュニアSF選）B6判　カバー
※編著、児童向けSFガイドブック

42
快男児・押川春浪　日本SFの祖
87年12月21日　パンリサーチ出版局　B6判　カバー　帯
91年5月15日　徳間書店（徳間文庫）A6判　カバー　帯
※明治ノンフィクション、會津信吾との共著

43
奇想展覧会
［シルバーシート／ママの身の上ばなし／老婦人の悩み／クラス会の夜／宇宙間結婚／「釈迦伝」抄／長寿世界一／娘の嫁ぐ日／地球強奪略奪作戦／カエルの目／ピーマンと少年／たったひとつの用途／桃太郎殺人事件／へたな鉄砲／うそつき弥次郎・海外篇／D-51物語／幸せな男／女と男／だるまさんがクローンだ／魔法のランプ／鍼治療／羅生門の鬼／人喰い人種／膨張する宇宙／満月・人間・狼／死神／外来患者／悪魔との契約／美女と怪物／キリマンジャロの雪／左甚五郎秘聞／荘戸翔人氏の短い人生」
88年4月10日　双葉社（双葉ノベルス）新書判　カバー　帯

90年9月15日　双葉社（双葉文庫）Ａ６判　カバー　帯

44　**火星人類の逆襲**
88年5月25日　新潮社（新潮文庫）Ａ６判　カバー　帯
※天狗倶楽部シリーズ１

45　**銀河笑撃隊Ⅰ**
［わが赴くは星の群れ／人間以上／異星の客／宇宙の戦士］
88年5月31日　朝日ソノラマ（ソノラマ文庫）Ａ６判　カバー　帯

46　**新・日本ＳＦこてん古典**
88年8月15日　徳間書店（徳間文庫）Ａ６判　カバー　帯
※會津信吾との対談集

47　**とっぴトッピング**
［留守番電話／ああ！　栄光の背番号3／宇宙人のテスト／落噺　長屋の珍客／ご先祖さまのプレゼント／釈迦殿にて／傷心旅行／仏門帰依／プラプラ星人の約束／奇跡／極楽殺人事件／進太郎くんの大冒険／作家志願／出エジプト記／究極のＳＦ］
88年10月20日　光風社出版（アルゴ文庫）Ａ６判　カバー　帯

48

イヤー・優勝だ！・オブ・ザ・中日ドラゴンズ

88年11月10日　大陸書房（大陸ブックス）新書判　カバー　帯

※高信太郎との対談集

49

宇宙船〈スロッピイ号〉の冒険 → **さらば地球よ！**

［メッセージ／就職難／宇宙葬／最初の接触／原住生物／アンドロイド第1号／密航者／パラダイス／動機／K-1号の犯罪／コンピュータ予測／ある患者／脳移植／その原因／ロボット殺人事件／小さな宇宙人／家宝／宇宙怪物ハンター／妻たちの会話／釣果／謎の宇宙通信／食糧調達／親善使節／漂流物体Z／形態模写／泣く男／顔のない神々／セックス改造／アルバイト／最後の晩餐／恋人たち／勇者のねがい／野球狂／ブラックホール／老博士／幽霊／ばかげた理由／膨張する宇宙］

89年2月28日　徳間書店　B6判　カバー　帯

92年1月15日　徳間書店（徳間文庫）A6判　カバー　帯

※宇宙船スロッピイ号の冒険1

50

明治バンカラ快人伝

89年3月10日　光風社出版　B6判　カバー　帯

96年2月22日　筑摩書房（ちくま文庫）A6判　カバー　帯

※明治ノンフィクション、文庫版は内容に増補あり

51
真夜中の標的　新婚探偵局
［夜の大捜査線／ある愛の詩／七年目の浮気／わんわん物語／日曜はダメよ／ちょっとご主人貸して／危険な情事／愛と栄光への日々／黄金の七人］
89年7月10日　廣済堂出版（廣済堂ブルーブックス）新書判　カバー　帯

52
銀河笑撃隊2
［人間の手がまだ触れない／地球人よ、故郷に帰れ／猫のゆりかご／地球の緑の丘／地には平和を］
89年9月30日　朝日ソノラマ（ソノラマ文庫）A6判　カバー　帯

53
宿題のない国緑町3丁目→勉強してはいけません！
89年10月16日　ペップ出版（ペップ21世紀ライブラリー1）B6判　カバー　帯
05年11月15日　講談社（青い鳥文庫fシリーズ）新書判　カバー　帯
※進太郎シリーズ1、青い鳥文庫版は改稿あり

54
混線乱線殺人事件
［支離滅裂殺人事件／最新科学殺人事件／銀河残侠殺人事件／武者修行殺人事件／良寛禅師殺人事件／混線乱線殺人事件］
89年10月20日　大陸書房（大陸ノベルス）新書判　カバー　帯
93年7月15日　徳間書店（徳間文庫）A6判　カバー　帯
※早乙女ボンド之介シリーズ2

55
星影の伝説
89年11月15日　徳間書店（徳間文庫）A6判　カバー　帯
※押川春浪&鵜沢龍岳シリーズ1

56
まきこのまわりみち
89年12月10日　講談社（わくわくライブラリー）A5判　カバー　帯
※童話

57
時の幻影館　秘聞・七幻想探偵譚
［蛇／縄／霧／馬／夢／空／心］
89年12月10日　双葉社　B6判　カバー　帯
92年7月15日　双葉社（双葉文庫）A6判　カバー　帯
※押川春浪&鵜沢龍岳シリーズ2

58
さがして、愛のキューピッド！
89年12月25日　双葉社（いちご文庫ティーンズ・メイト）A6判　カバー　帯
※真木じゅん名義

59
ヨコジュンの大推理狂時代
［軽井沢の別荘でおこなわれた大富豪の誕生パーティで、皿回し芸人の皿がぜんぶ割れてしまった

にもかかわらず、ことなきをえたという怪事件⁉／父親の〝タイムスリップ〟を着てバックトゥしてしまった芸術家の息子が、いったいどの時代に旅立ったのか、さがしてもらいたいという難事件⁉／ケチな男が無人島で石油を見つけたけれど、それに火がついて焼け死んでしまったというおそろしい怪事件⁉／〝伝説のコイビト〟に冷たくされてしまった、非常に身だしなみのいい、大天才博士をめぐるいともキッカイな怪事件⁉／やっとみつけだした大財宝の中から、小判1枚を盗みだした男を、四昼夜も追いかけて殺した犯人の使った凶器はなんだったのかという難事件⁉／あくまでも悪魔の子をこの世に誕生させたい悪魔が、おそろしい魔力を使って、いったいどの女性を妊娠させたのかという難事件⁉／沈着冷静な女性工作員が、あどけない顔をした十八歳の青年スパイを、色じかけで殺そうとしたけれど、逆に殺されてしまった難事件⁉／逆恨みで国家元首殺害を計画しているのは、いったいどの国に逃げた平家の落人かという頭のいたい難事件⁉／新薬実験で死んだ独身女性が飲んだのは、5種類のすばらしい薬のうちいったいどれなのか、はっきりさせてもらいたいという難事件⁉／ナポレオンからもらったたいせつなブルマを、盗んで子どもにあたえた研究熱心な宇宙人は、いったいだれなのかという難事件⁉／熱血・冒険小説作家の父親が殺されたのだが、事件前夜の被害者の部屋からきこえた騒々しさはなんだったのかという怪事件⁉／災害と会話ができる〝天災少年〟を操って、発作的に博士を殺害したのは、いったいどの災害なのか、という天変地異の怪事件⁉／これ以上ない幸せな結婚をした花嫁が、いつも悪酔いをしてしまうのは、どうしてなのだろうかという、うらやましいような難事件⁉／南の島の酋長が、先祖代々伝わる財宝のありかを教えた信用できる部下とは、5人のうちいったいだれなのかという難事件⁉／食べる物も木1本もない小さな無人島で、10年も生きのびた父子は、いったいなにを食べて生きていたかという怪事件⁉／毒性細菌を無毒にする薬が、心中したくなる薬になって、スパイは、いったいどの動物に細菌を感染させたかというあぶなっかしい難事件!?／お菓子グルメがアマゾン奥地の究極のお菓子を食べて腹を真っ黒に焦がして死んだのはいったいなぜなのかという難事件!?／人間なみの知能と容姿をもつケイジンの夫婦が倦怠期にはじめた商売とはいったいなんなのかというとりとめのない難事件!?／借金を踏み倒した宇宙人を見つけないと、地球が爆破されてしまうのだが、日本に潜入した4人のうち、犯人はだれなのかという難事件!?／食糧の大半を失ったターザン研究所々長を、救助の日まで生きのびさせた食料とはなんだったのか、という密林の難事件!?／感情の起伏が激しい超能力者の青年が、普通の人間になると、いったいどんな職業につくのかというこれが最後の難事件!?」

90年2月14日　ペップ出版　B6判　カバー

60

幻綺行　中村春吉秘境探検記 → 幻綺行 完全版

［聖樹怪／奇窟魔／流砂鬼／麗悲妖］

90年7月31日　徳間書店　B6判　カバー　帯

20年6月25日　竹書房（竹書房文庫）A6判　カバー　帯

※中村春吉秘境探検記1、竹書房文庫版（本書）は「求魂神」「古沼秘」を増補

61

第二の太陽へ

91年1月30日　朝日ソノラマ（ソノラマ文庫）A6判　カバー　帯

62
人外魔境の秘密
91年2月25日　新潮社（新潮文庫）　A6判　カバー　帯
※天狗倶楽部シリーズ2

63
早慶戦の謎　空白の19年
91年7月20日　ベースボール・マガジン社　B6判　カバー　帯
※明治ノンフィクション

64
夢の陽炎館　続・秘聞・七幻想探偵譚
［夜／命／絆／幻／愛／犬／情］
91年9月25日　双葉社　B6判　カバー　帯
※押川春浪&鵜沢龍岳シリーズ3

65
熱血児押川春浪　野球害毒論と新渡戸稲造
91年12月15日　三一書房　B6判　カバー　帯
※明治ノンフィクション

66
はるかなる旅路
［武士道／民のかまど／治安不良／賭け／少年と犬／地球留学／医者と宇宙人／神父の憂鬱／犬のいる理由／困った種族／ギネスブックもの／記憶喪失／死亡率100％／便座の謎殺人事件／捨子／大

名人／名判決／命の恩人／睡眠誘導術／もっともな理由／カスト星の真実／博士の大研究／春の惑星／交通事故／見学ツアー／副作用／表敬訪問／インド大魔術／ビール泥棒／ある創世記」
92年1月16日　大陸書房（大陸ネオファンタジー文庫）Ａ6判　カバー　帯
※宇宙船スロッピイ号の冒険2

67
水晶の涙
92年7月15日　徳間書店（徳間文庫）Ａ6判　カバー　帯
※押川春浪&鵜沢龍岳シリーズ4

68
明治幻想青春譜
［吾輩は…である／「敬天愛人」の人／われ泣きぬれて…／皇国ノ興廃此ノ一戦ニ／宵待草のやるせなさ］
92年8月30日　朝日ソノラマ（ソノラマ・ノベルズ）新書判　カバー　帯

69
探書記 → 古本探偵の冒険
92年12月10日　本の雑誌社（活字倶楽部）新書判　ビニールカバー　帯
98年8月20日　学陽書房（学陽文庫）Ａ6判　カバー　帯
※古書エッセイ集

70
正しい魔法のランプのつかいかた
93年5月22日　くもん出版（くもんのおもしろ文学クラブ17）A5判　カバー　帯
※童話

71
メビウスの8つの謎　女子大生ミステリー事件簿
［ふたりの世界／灰色の瞳／君といつまでも／悲しみのセレナーデ／また逢う日まで／道標ない旅／心のこり／惜別の歌］
93年7月1日　廣済堂出版（廣済堂文庫）A6判　カバー　帯

72
東洋の秘術　北京1910年
93年7月10日　文藝春秋（文春文庫）A6判　カバー　帯
※原案・ジョージ・ルーカス、ヤング・インディ・ジョーンズ9

73
〈天狗倶楽部〉快傑伝　元気と正義の男たち
93年8月30日　朝日ソノラマ　B6判　カバー　帯
19年8月25日　朝日新聞出版（朝日選書）B6判　カバー　帯
※明治ノンフィクション

74
小鳥の先生、ただいま診療中！
93年10月13日　くもん出版（おはなしノンフィクション3）A5判　カバー　帯

※児童向けノンフィクション

75
風の月光館　新・秘聞・七幻想探偵譚
［骨／恩／福／奇／妖／虚／雅］
93年12月25日　双葉社　B6判　カバー　帯
※押川春浪&鵜沢龍岳シリーズ5

76
冒険秘録　菊花大作戦
94年3月20日　出版芸術社　B6判　カバー　帯
※押川春浪&鵜沢龍岳シリーズ6

77
大聖神　中村春吉秘境探検記
94年9月30日　徳間書店　B6判　カバー　帯
※中村春吉秘境探検記2

78
百年前の二十世紀　明治・大正の未来予測
94年11月22日　筑摩書房（ちくまプリマーブックス）B6判　カバー　帯
※明治ノンフィクション

79 **惜別の宴**
95年3月15日　徳間書店（徳間文庫）A6判　カバー　帯
※押川春浪&鵜沢龍岳シリーズ7

80 **明治不可思議堂**
95年3月24日　筑摩書房　B6判　カバー　帯
98年3月24日　筑摩書房（ちくま文庫）A6判　カバー　帯
※明治ノンフィクション

81 **日露戦争秘話　西郷隆盛を救出せよ**
95年4月5日　光栄（歴史キャラクターノベルズ）B6判　カバー　帯
※中村春吉秘境探検記3

82 **明治「空想小説」コレクション**
95年12月29日　PHP研究所　B6判　カバー　帯
※古典SFガイドブック

83 **古書狩り**
［古書奇譚／古書狩り／時のメモリアル／姿なき怪盗／本の虫／小沢さんの話／思い出コレクション／書棚の奥／奇蹟の夜］

97年3月31日　ジャストシステム　B6判　カバー　帯
00年3月8日　筑摩書房（ちくま文庫）A6判　カバー　帯

84
極楽探偵シャカモトくん
97年4月30日　国土社　A5判　カバー　帯
※童話

85
明治はいから文明史
97年6月30日　講談社　B6判　カバー　帯
※明治ノンフィクション

86
明治ワンダー科学館
97年12月5日　ジャストシステム　B6判　カバー　帯
※明治ノンフィクション

87
明治おもしろ博覧会
98年3月14日　西日本新聞社　B6判　カバー　帯
※明治ノンフィクション

88
義侠娼婦風船お玉
98年4月15日　講談社　B6判　カバー　帯

89
明治の夢工房
98年7月5日　潮出版社（潮ライブラリー）B6判　カバー　帯
※明治ノンフィクション

90
ソロモン王の洞窟
98年7月17日　講談社（痛快世界の冒険文学10）B6判　カバー　帯
※翻案（原作・H・R・ハガード）

91
雲の上から見た明治　ニッポン飛行機秘録
98年3月10日　学陽書房　B6判　カバー　帯
※明治ノンフィクション

92
快絶壮遊〔天狗倶楽部〕明治バンカラ交友録
99年6月9日　教育出版（江戸東京ライブラリー8）B6判　カバー　帯
19年2月25日　早川書房（ハヤカワ文庫JA）A6判　カバー　帯
※明治ノンフィクション

93
雑本展覧会　古書の森を散歩する
00年3月6日　日本経済新聞社　B6判　カバー　帯
※古書エッセイ集

94
明治ふしぎ写真館
00年6月8日　東京書籍　B6判　カバー　帯
※明治ノンフィクション

95
五無斎先生探偵帳　明治快人伝
00年12月25日　インターメディア出版　B6判　カバー　帯
[不思議な石／壊された裸婦像／放火したのは誰だ!?／踊る蟹の秘密／快人対快人]

96
横田順彌（ヨコジュン）のハチャハチャ青春記
01年4月3日　東京書籍　B6判　カバー　帯
※自伝エッセイ集

97
明治時代は謎だらけ
02年2月6日　平凡社　B6判　カバー　帯
※明治ノンフィクション

98 **古書ワンダーランド1**
04年1月23日　平凡社　B6判　カバー　帯
※古書エッセイ集

99 **古書ワンダーランド2**
04年6月23日　平凡社　B6判　カバー　帯
※古書エッセイ集

100 **嗚呼!!　明治の日本野球**
06年5月7日　平凡社（平凡社ライブラリー576）A6判　カバー　帯
※明治ノンフィクション

101 **早く寝てはいけません！**
07年5月15日　講談社（青い鳥文庫fシリーズ）新書判　カバー　帯
※進太郎シリーズ2

102 **押川春浪回想譚**
［遊神女／幽霊船／恐怖病／木偶人／来訪者／星月夜／曲馬団／大喝采／飛胡蝶／蝉時雨／落葉舞／花菖蒲］
07年5月25日　出版芸術社（ふしぎ文学館）B6判　カバー　帯

※押川春浪＆鵜沢龍岳シリーズ8

103
歯をみがいてはいけません！
08年2月15日　講談社（青い鳥文庫fシリーズ）新書判　カバー　帯
※進太郎シリーズ3

104
大笑い！　東海道は日本晴れ!!　巻の一　さらば、花のお江戸
09年12月12日　くもん出版（くもんの児童文学）　B6判　カバー　帯

105
近代日本奇想小説史　明治篇
11年1月20日　ピラールプレス　A5判　函　函帯
※ノンフィクション、初版の奥付のみ「明治篇」の副題なし

106
わがはいは中村春吉である。　自転車で世界一周無銭旅行をした男
11年3月20日　くもん出版（くもんの児童文学）　A5判　カバー　帯

107
近代日本奇想小説史　入門篇
12年3月24日　ピラールプレス　B6判　カバー　帯
※ノンフィクション

108

ナイト・スケッチ ―横田順彌ショートショート―

［ミルキー・ウェイ／アンドロメダの少年／星盗人／星ぶとん／大マゼラン星雲の小人／金色の海／プラネタリウム共和国／星花火／オリオン座の瞳／信号機［シグナル］／ブラック・マント／手品の夜／終電車／ナイト・プロジェクト／銀色の電車／動物園の悲劇／地球栓／郵便ポスト／白い月／風船計画／ブランデーの香り］

13年12月15日　書肆盛林堂（盛林堂ミステリアス文庫）　A6判

※1に収録されたショートショート21篇を単体で刊行

109

横田順彌豆本傑作選　飛行機小説集

［少年の双眼鏡／靖国神社にて／原爆機東へ］

15年12月1日　書肆盛林堂（盛林堂ミステリアス文庫）　A7判

※91に収録されたショートショート3篇を単体で刊行

110

荒熊雪之丞大全

［宇宙ゴミ大戦争／謎の宇宙人UFO／決戦!!スペース・オペラ／関東大時震／続・関東大時震／中継ステ＊ション／続・中継ステ＊ション／究極の方程式／大秘境のダイヤモンド／マグロの決死圏／人外魔境探検隊／帰ってきた雪之丞／さわがしき友人たち／雪之丞最後の挨拶／雪之丞は不滅です!!／支離滅裂殺人事件］

16年12月17日　書肆盛林堂（盛林堂ミステリアス文庫）　A5判　帯

※荒熊雪之丞シリーズ、5の角川文庫版と37を合本にして54収録の「支離滅裂殺人事件」を加え

たシリーズ完全版

111
横田順彌明治小説コレクション1　時の幻影館　星影の伝説
［時の幻影館（蛇／縄／霧／馬／夢／空／心）／星影の伝説］
17年9月10日　柏書房　B6判　カバー　帯
※57と55の合本

112
横田順彌明治小説コレクション2　夢の陽炎館　水晶の涙雫
［夢の陽炎館（夜／命／絆／幻／愛／犬／情）／水晶の涙雫］
17年10月10日　柏書房　B6判　カバー　帯
※64と67の合本

113
横田順彌明治小説コレクション3　風の月光館　惜別の祝宴
［風の月光館（骨／恩／福／奇／妖／虚／雅）／惜別の祝宴］
17年11月10日　柏書房　B6判　カバー　帯
※75と79の合本

114
ヨコジュンの読書ノート　附：映画鑑賞ノート
19年12月30日　書肆盛林堂（盛林堂ミステリアス文庫）　A5判
※デビュー以前の読書ノートの復刻

※本リストの制作に当たって、小野純一、北原尚彦、高井信、田中すけきよ、中根ユウサク、星敬、山岸真、ＹＯＵＣＨＡＮの各氏よりご協力をいただきました。

幻綺《げんき》行《こう》 完全版

2020年6月25日　初版第一刷発行

著者 ……………………………… 横田《よこた》順彌《じゅんや》
編者 ……………………………… 日下《くさか》三蔵《さんぞう》
イラスト ……………………………… 榊原《さかきばら》一樹《いつき》
デザイン ………………… 坂野《さかの》公一《こういち》(welle design)

発行人 ……………………………… 後藤明信
発行所 ……………………… 株式会社竹書房
〒102-0072 東京都千代田区飯田橋2-7-3
電話：03-3264-1576(代表)
03-3234-6383(編集)
http://www.takeshobo.co.jp
印刷所 ………………… 凸版印刷株式会社

定価はカバーに表示してあります。
乱丁・落丁の場合には竹書房までお問い合わせください。

ISBN978-4-8019-2285-3 C0193
Printed in Japan